我的第一本韓語文法

|全新・初級篇|

全MP3一次下載

韓中版本

韓文版本

iOS系統請升級至 iOS13後再行下載，下載前請先安裝ZIP解壓縮程式或APP，
此為大型檔案，建議使用 Wifi 連線下載，以免占用流量，並確認連線狀況，以利下載順暢。

前言

한국어를 가르치면서 학생들로부터 한국어가 어렵다는 이야기를 많이 듣습니다. 한국어는 다른 외국어와는 달리 어미와 조사가 상당히 많고 복잡하여 한국어를 오래 배운 고급 학습자들도 문법·문형을 종종 틀리는 것을 보게 됩니다. 의미는 비슷한데 뉘앙스에서 조금 차이가 나 어색하게 사용하거나 의미는 맞게 사용했는데 제약이 있어 비문을 만들기도 합니다. 그래서 학생들로부터 문법을 따로 공부할 수 있는 책이 있느냐는 질문들을 많이 받아왔습니다. 1급부터 배운 수많은 문법들을 한눈에 볼 수 있는 책, 한국어의 비슷비슷한 문법들이 어떻게 다른지 설명하고 있는 책을 구하고 싶어했습니다. 그러나 외국인을 위한 한국어 교재는 대부분 통합 교재이고 외국인 학습자들이 쉽게 한국어 문법만을 공부할 수 있는 책은 찾아볼 수 없었습니다. 그래서 문법 공부를 심도 있게 하고 싶은 학생들은 한국인을 대상으로 하는 책을 보는 경우도 있지만 이러한 책들은 복잡한 문법 설명과 예문으로 한국인조차 이해하기가 쉽지 않은 실정입니다. 이런 학생들의 상황에 대해 교사로서 항상 미안하고 안타까운 마음이 들었습니다.

본 교재는 이러한 마음에서 출발하였습니다. 본 교재에서는 한국의 대학 기관과 학원에서 가르치고 있는 교재의 1~2급에 나오는 문법들을 정리하여 초급 한국어 문법을 한 눈에 볼 수 있게 하였습니다. 쓰임과 의미가 비슷한 문법들을 서로 비교해 놓아 학습자들이 혼동하는 문법 항목들을 쉽게 찾아볼 수 있도록 하였습니다. 이를 통해 학생들은 의미가 비슷한 문법 항목들을 정리할 수 있는 동시에 한 가지 상황에 대해 다르게 표현하는 것을 배울 수 있을 것입니다. 또한 문법의 뜻은 알아도 문법적인 제약을 모르고 사용해 어색한 문장을 만드는 경우가 많기 때문에 '문법적인 주의'를 요하는 부분도 책에 첨가하였습니다.

그 동안 한국어 문법을 어려워했던 많은 학생들이 이 책을 통하여 한국어 문법에 좀 더 쉽게 접근할 수 있었으면 합니다. 더불어 본 교재를 공부하면서 학생들이 한국어를 좀 더 자연스럽고 다양하며, 정확하게 구사할 수 있게 되기를 바랍니다. 또한 학생들 못지않게 한국어 문법을 가르치는 것에 어려움이 많은 교사들 역시 이 책을 통해 수많은 문법 사항을 정리하고 비교하는 데 도움을 받을 수 있기를 진심으로 바랍니다.

끝으로 사명감을 가지고 좋은 한국어 교재 편찬에 열심을 다하는 다락원의 한국어출판부 편집진께 감사의 말을 전하고 싶습니다. 여러 가지 쉽지 않은 일이 많이 있었을 텐데 본 교재가 나오기까지 꼼꼼하게 신경을 써 주신 것에 감사를 드립니다. 또한 이 책의 번역을 맡아 주신 채드 워커 씨와 책에 대해 여러 가지 조언을 해 준 학생들과 친구들에게도 고마움을 전합니다.

저자 일동

在韓語教學中，常聽到學生說韓語好難。韓語和其他外語不同，語尾跟助詞相當複雜，可以看到就連學很久的高級學習者也時常會犯文法、句型的錯誤。像是意思相近但在語感上有些差異而使句子不自然，或意思是對的，卻因為文法使用上的限制而錯誤。因此，學生們常常詢問是否另有可以學習文法的書。他們想找一本涵蓋1級開始學過的眾多文法，並解說眾多相似文法不同之處的教材。可是，專為外國人編寫的韓語教材大部分都是統合性教材，找不到外國學習者易於學習的韓語文法書。因此，雖然想深入學習文法的學生們會去看寫給韓國人看的文法書，但實際的情況是這類書籍的文法解釋和例句很複雜，就連韓國人自己都不易理解。身為韓語老師，我們對於這類學生的情況總是感到抱歉與惋惜。

本書就是在這種心境下促成的，書中整理了韓國大學教育機構與補習班教授之1～2級教材中出現的文法，讓學習者可以一覽初級韓語文法。我們將寫法與意思相近的文法放在一起比較，讓學習者可以輕鬆查找令他們混淆的文法項目。如此一來，學生們不僅可以藉此整理意義相近之文法項目，還能學到在同樣的情境下以不同的方式來表達。此外，由於學生們常發生了解文法意思卻不曉得其使用限制而造出語句不自然之句子的情形，本書也添加「注意！」這塊須留意的部分。

希望以前覺得韓語文法困難的學生們，可以藉由本書更容易地學習韓語。另外，也期許學生們使用本書，可以更自然、多樣地、正確地運用。此外，真心期盼透過本書，能讓在韓語文法教學上遭遇不亞於學生窘境的眾多韓語教師們，在整理、比較眾多文法項目方面有所助益。

最後，我們想向懷抱使命感，對編修優良韓語教材盡心盡力的多樂園韓語出版部編輯群致謝。編輯過程中想必有許多不容易的事情，謝謝你們一直到出版為止都對這本書傾注心力。另外，還想向負責翻譯的譯者以及對本書給予許多建議的學生和朋友們表達謝意。

作者群

如何使用本書

文法標題 （例）N 때、A/V-(으)ㄹ 때

「N」表「名詞」；「A」表「形容詞」；「V」表「動詞」。當文法標題標記為「A/V-(으)ㄹ 때」時，意味著「-(으)ㄹ 때」只能搭配形容詞和動詞。常有學生在只能接動詞的位置接形容詞而犯了文法上的錯誤，為免錯誤會標示它的連接資訊。

03 못 V-아/어요 (V-지 못해요)

저는 수영을 못해요.
(= 저는 수영하지 못해요.)
我不會游泳。

029.mp3

오늘은 술을 못 마셔요.
(= 오늘은 술을 마시지 못해요.)
我今天不能喝酒。

저는 노래를 못 불러요.
(= 저는 노래를 부르지 못해요.)
我不會唱歌。

文法重點

　　此文法用來表示主語缺乏能力做某事，或是某事因為外在因素而沒有依照某人的希望或期望進行的事實，相當於中文的「不能…；沒辦法…」。將못加在動詞前，或在動詞語幹後加上-지 못해요即可。
（可參考單元 6 能力與可能性 01 V-(으)ㄹ 수 있다/없다作句型的比較）

못 + 가다 → 못 가요. ⋯⋯⋯⋯ 가다 + -지 못해요 → 가지 못해요
못 + 요리하다 → 요리 못해요 (○) 못 요리해요 (×)

原形	못 -아/어요	-지 못해요
타다	못 타요	타지 못해요
읽다	못 읽어요	읽지 못해요
숙제하다	숙제 못 해요	숙제하지 못해요
*쓰다	못 써요	쓰지 못해요
*듣다	못 들어요	듣지 못해요

*不規則變化

單元 2　否定形態 | 61

例句

這是學習目標文法前，可從與圖片搭配提示的例句中，先推測目標文法意思的部分。詮釋目標文法的同時造出日常生活中使用的句子，透過暗示對話脈絡的圖片，可以更容易接近感到困難的文法。

文法重點

這是學習文法一般知識與文法使用限制的部分，可減少文法使用時犯錯。將學生們容易犯錯的活用方法與經常使用的詞類（名詞、動詞、形容詞）一同整理成表格。
・○表示正確；×表示錯誤。

QR Code 線上音檔

正文中附的MP3是韓中版本的單軌音檔，學習者也可至書名頁下載韓中版本或全韓語版本的全書音檔。

저녁 때	피곤하다	피곤할 때	*듣다	들을 때
크리스마스 때	*살다	살 때	*붓다	부을 때
휴가 때	*만들다	만들 때	*덥다	더울 때

*不規則變化

會 話

A 몇 살 때 첫 데이트를 했어요?
B 20살 때 했어요.

A 你幾歲時第一次約會?
B 20歲的時候。

088.mp3

A 초등학교 때 친구들을 자주 만나요?
B 아니요, 자주 못 만나요.

A 時常跟國小時的朋友見面嗎?
B 沒有,不常見面。

A 이 옷은 실크예요.
  세탁할 때 조심하세요.
B 네, 알았어요.

A 這件衣服是用絲綢做的。
  洗衣服的時候請小心。
B 是的,我知道了。

注 意!

때不能與오전、오후、아침或星期幾一起合用。

- 오전 때 공부를 해요. (×) → 오전에 공부를 해요. (○)   我早上讀書。
- 오후 때 운동을 해요. (×) → 오후에 운동을 해요. (○)   我下午運動。
- 월요일 때 공항에 가요. (×) → 월요일에 공항에 가요. (○)   我星期一去機場。

哪裡不一樣?

크리스마스에和크리스마스 때兩者哪裡不一樣?
對於某些名詞,像是저녁、점심和방학來說,不管是被寫成「名詞 때」或「名詞에」意思都是一樣的。但是對於某些名詞,特別是假日如크리스마스和추석來說,「名詞에」表示這些假日的休假時間,而「名詞 때」表示大約那個時間附近,例如假日當天或假日前後。舉例來說,크리스마스에表示12月25日,而크리스마스 때表示聖誕節附近的那幾天,例如是聖誕節前一天或後一天。

- 크리스마스 때 聖誕節附近的那幾天,包括聖誕節前、聖誕節當天及聖誕節之後。
- 크리스마스에 12月25日當天。

때或에都可以與저녁、점심和방학一起使用,不會影響句意。
- 저녁 때 = 저녁에、점심 때 = 점심에、방학 때 = 방학에

單元 5 時間表達 | 139

會話

這是可以從對話中確認使用目標文法句子的部分。並非是針對文法寫的制式句子,而是日常生活中實際使用的2～3句對話組成。每則對話都可掃描QR碼聆聽。

注意!

這是檢查使用目標文法時,情境或文章脈絡中學生容易犯錯的部分。對於情境中目標文法適當的使用方法、慣用表達、理解其文化脈絡等都有幫助。

哪裡不一樣?

這是可以對意義、用法、形態相似或令人混淆之文法比較的部分。跨越條列式的文法學習,為幫助學習統整過的文法,收錄令人混淆的2～3個文法予以比較。提示若非母語人士便難以了解的意思微妙差異或用法差異,幫助外國學生使用更道地的韓語。

自己做

這是讓學生自己試著回答目標文法的題目,確認是否確實理解該文法的部分。不僅止於目標文法知識,學生們可自行試著回答使用目標文法的練習題。這裡的練習題並非機械式練習,而是同時運用圖片搭配多樣化類型的練習題,讓動輒變得生硬的文法學習更有趣。

A 這是什麼?
B 這是包包。

002.mp3

A 你是學生嗎?
B 是,我是學生。

A 누구예요?
B 친구예요.

A 他是誰?
B 是我朋友。

A 고향이 어디예요?
B 서울이에요.

A 老家在哪裡?
B 在首爾。

自己做

依照圖片並利用이다填空。

(1)
A 시계 _____?
B 네, 시계 _____.

(2)
A 무엇 _____?
B 모자 _____.

(3)
A 가수 _____?
B 네, 가수 _____.

(4)
A 누구입니까?
B 선생님 _____.

準備學韓語吧! | 23

目錄

韓語介紹

1. 韓語的句子結構

韓語的句子是由「主語＋述語（動詞）」或是由「主語＋述語（受詞＋動詞）」構成。

캐럴이　가요.
主語　＋述語（動詞）

凱蘿去。

캐럴이　자요.
主語　＋　述語（動詞）

凱蘿睡覺。

에릭이　사과를　먹어요.
主語　＋　受詞　＋　動詞

艾瑞克吃蘋果。

에릭이　도서관에서　책을　읽어요.
主語　＋副詞語＋　受詞　＋　動詞

艾瑞克在圖書館讀書。

韓語的助詞附加在句子中的單詞後。助詞表現出各個單詞在句子中扮演的角色。在句子中的主語後面加上이或가；在受詞後面加上을或를；在副詞之後則加上에或에서。（請見單元 3 助詞篇）

에릭이　사과를　먹어요.
主格助詞　受格助詞

에릭이　도서관에서　책을　읽어요.
主格助詞　　副詞格助詞 受格助詞

敘述語（動詞和形容詞）則是擺放在句子的最後。而依說話者想要表達的意思，主語、受詞與副詞的順序可以任意改變。即使在句子中的位置有所改變，但是由於助詞的關係，還是可以辨別各個詞在句子中的角色。

사과를	에릭이	먹어요.	책을	도서관에서	에릭이	읽어요.

사과를　에릭이　먹어요.　　책을　　도서관에서　에릭이　읽어요.

受詞　＋　主語　＋　動詞　　受詞　＋　副詞　＋　主語　＋　動詞

蘋果　　艾瑞克　　吃　　　書　　　在圖書館　艾瑞克　讀

若依據前後文境可以清楚知道主語時，主語可以省略。

A 에릭이 뭐 해요?　　　　　　　艾瑞克在做什麼？

B (에릭이) 사과를 먹어요.　　　　（艾瑞克）在吃蘋果。

A 어디에 가요?　　　　　　　　（你）要去哪裡？

B 학교에 가요.　　　　　　　　（我）要去學校。

2. 動詞與形容詞的變化

　　韓語動詞和形容詞的特徵之一為兩者都可以根據時制、禮貌程度、因果關係及說話方式而有「語尾變化」。動詞與形容詞是由「語幹」和「語尾」組成。語幹加上다的形態稱為「原形（字典形）」。因此字典都以這些字的原形呈現。像가다（去）、오다（來）、먹다（吃）、입다（穿）等。語尾變化時動詞與形容詞的語幹不變，다則依說話者的意圖而替代為其他形式。

● 動詞

原形	
가 다 ↑　↑ 語幹　語尾 （去）	**갑니다** 去 가(다) ＋ -ㅂ니다（現在時制格式體語尾）
	가십니다 去（與上位者/年長者說話時） 가(다) ＋ -시-（尊待形）＋-ㅂ니다（現在時制格式體語尾）
	갔습니다 去了（過去時制） 가(다)＋-았-（過去時制）＋-습니다（現在時制格式體語尾）

● 形容詞

原　形	
좋 다 ↑　　↑ 語幹　語尾 （好）	좋습니다 好 좋(다) + -습니다（現在時制格式體語尾）
	좋았습니다 好（與上位者/年長者説話時） 좋(다) + -았-（過去時制）+ -습니다（現在時制格式體語尾）
	좋겠습니다 看起來好 좋(다)+ -겠-（猜測）+ -습니다（現在時制格式體語尾）

3. 連接句子

　　韓語有兩種方法可以連接句子，一為使用「連結副詞」，例如**그리고**（而且）、**그렇지만**（但是）、**그런데**（所以，因此）；另一種方式為使用「連結語尾」。

(1) 而且

連結副詞	바람이 불어요. 그리고 추워요. 現在在颱風。而且很冷。
連結語尾	바람이 불고 추워요. 現在在颱風而且很冷。

(2) 但是

連結副詞	김치는 맵습니다. 그렇지만 맛있습니다. 泡菜辣。但是好吃。
連結語尾	김치는 맵지만 맛있습니다. 泡菜辣但是好吃。

(3) 所以、因此

連結副詞	눈이 와요. 그래서 길이 많이 막혀요. 現在在下雪。所以路上嚴重阻塞。
連結語尾	눈이 와서 길이 많이 막혀요. 現在在下雪所以路上嚴重阻塞。

當使用連結副詞連結兩個句子時，只要將連結副詞置於兩個句子的中間即可。

但是，當使用連結語尾時，一定要與前面句子最後一個字的語幹相結合，以連結兩個句子。

(1) 바람이 불다 + -고　　 + 추워요　　　 → 바람이 불고 추워요.
(2) 김치가 맵다 + -지만 + 맛있어요　　 → 김치가 맵지만 맛있어요.
(3) 눈이 오다　 + -아서 + 길이 많이 막혀요 → 눈이 와서 길이 많이
　　　　　　　　　　　　　　　　　　　　　막혀요.

4. 句子種類

　　韓語有四種句子類型：「陳述句」、「疑問句」、「祈使句」與「建議句」。此外句子種類因言語風格而分為三種：「格式體（正式體）」、「非格式體」、「半語」。格式體尊待形-(스)ㅂ니다常用於正式或公眾場合，包括軍隊、新聞播報、簡報、會議及演講等。非格式體尊待形-아/어요則是日常生活中最常用的敬語形式。比起格式體，非格式體比較柔和也較不正式，主要是用於家庭成員、朋友與其他親密的人之間的對話。此外，雖然格式體尊待形對於四種不同句子的類型（陳述句、疑問句、祈使句與建議句）各有不同形態，但是非格式體尊待形在這四種不同類型的句子都是相同形態。所以非格式體尊待形中的句子種類，須藉由情況與句子語氣決定。因此，非格式體尊待形不似格式體尊待形複雜。而半語-아/어常用於親密朋友、上級對下級及家庭成員間的對話。如對不認識或不是很熟的人使用半語，會被認為是不禮貌的。在此，我們只介紹格式體尊待形與非格式體尊待形。

(1) 陳述句

陳述句是用來說明某事或回答問題。

（請見單元 1 時制 01現在時制）

① 格式體尊待形

將-(스)ㅂ니다加在語幹之後，形成陳述句的格式體尊待形。

* 저는 학교에 갑니다.　　　　　　　　　我去學校。
* 저는 빵을 먹습니다.　　　　　　　　　我吃麵包。

② 非格式體尊待形

將-아/어요加在語幹之後，形成陳述句的非格式體尊待形。

- 저는 학교에 가요.　　　　　　　　　　　我去學校。
- 저는 빵을 먹어요.　　　　　　　　　　　我吃麵包。

(2) 疑問句

疑問句是用來提出疑問。

（請見單元 1 時制 01 現在時制）

① 格式體尊待形

將-(스)ㅂ니까?加在語幹之後，形成疑問句的格式體尊待形。

- 학교에 갑니까?　　　　　　　　　　　您去學校嗎？
- 빵을 먹습니까?　　　　　　　　　　　您吃麵包嗎？

② 非格式體尊待形

　　將 -아/어요加在語幹之後，形成疑問句的非格式體尊待形。但因與陳述句的非格式體尊待形的形態一樣，所以唸句子時，句尾語調要上揚使之變成疑問句（書寫時則在句尾加上問號）。

- 학교에 가요?　　　　　　　　　　　你去學校嗎？
- 빵을 먹어요?　　　　　　　　　　　你吃麵包嗎？

(3) 祈使句

祈使句用來表示給予命令或提出意見。

（請見單元 7 要求與義務，允許與禁止 01 V-(으)세요）

① 格式體尊待形

將-(으)십시오加在語幹之後，形成祈使句的格式體尊待形。

- 공책에 쓰십시오.　　　　　　　　　　請寫在筆記本裡。
- 책을 읽으십시오.　　　　　　　　　　請讀書。

② 非格式體尊待形

如同上面所示。將-아/어요加在語幹之後，形成祈使句的非格式體尊待形，但使用-(으)세요會比-아/어요有禮貌，所以應該要用-(으)세요。

- 공책에 쓰세요.　　　　　　　　　　　請寫在筆記本裡。
- 책을 읽으세요.　　　　　　　　　　　請讀書。

(4) 建議句

建議句用來表示給予建議，或同意某人的建議。

（請見單元 12 詢問意見與給予建議 03 V-(으)ㅂ시다）

① 格式體尊待形

將 - (으)ㅂ시다加在語幹之後，形成建議句的格式體尊待形。-(으)ㅂ시다也可用於聽者比較年輕，或跟說話者同年紀的情況。不可用於跟年長者說話的情況，如使用此語尾與上位者或長者說話，會被認為不合禮儀。

- 11시에 만납시다.　　　　　　　　　我們11點見面吧。
- 여기에서 점심을 먹읍시다.　　　　　一起在這裡吃午餐吧。

② 非格式體尊待形

如同上面所示，將 - 아/어요加在語幹之後，形成建議句的非格式體尊待形。

- 11시에 만나요.　　　　　　　　　　我們11點見面吧。
- 여기에서 점심을 먹어요.　　　　　　一起在這裡吃午餐吧。

上述的句子種類，以動詞**가다**（去）為例總結如下。主語在情境或上下文都知道的情況下省略。

	格式體尊待形	非格式體尊待形
陳述句	갑니다.	가요.↘（我）去（我）正要去
疑問句	갑니까?	가요?↗（我們）一起去嗎?
祈使句	가십시오.	가세요.↓去！
建議句	갑시다.	가요.→一起去吧！

（※以上箭頭表示句尾音調高低的變化。）

5. 尊待表現

韓國社會因深受儒家思想影響,所以在韓國說話者根據年紀、家庭關係、社會地位及社交程度（親密度）而在對話中同時使「尊待語」和「謙讓語」。

(1) 主語尊待

當句中主語的年紀比說話者還要年長、是家庭的年長者或社會地位較高的人,為了表示對他們的尊待,在形容詞與動詞語幹之後加-(으)시-。當語幹以母音結尾時加-시-;當動詞語幹以子音結尾則加-(으)시-。

가다 去

가 + -시- + -ㅂ니다	→	가십니다
가 + -시- + -어요	→	가세요
가 + -시- + -었어요	→	가셨어요
가 + -시 + -(으)ㄹ 거예요	→	가실 거예요

읽다 讀

읽 + -으시- + -ㅂ니다	→	읽으십니다
읽 + -으시- + -어요	→	읽으세요
읽 + -으시- + -었어요	→	읽으셨어요
읽 + 으시 + -(으)ㄹ 거예요	→	읽으실 거예요

- 선생님께서 한국말을 가르치십니다.　　　老師教韓語。
- 아버지께서는 작년에 부산에 가셨어요.　　爸爸去年去了釜山。

(2) 聽者尊待

當聽者比說話者年長或社會地位較高時,以及說話者跟聽者彼此不熟的情況下,不論年齡大小都要用尊待語。以終結語尾的形態,即格式體、非格式體、半語表現尊待的程度。

（請見本單元 4 句子種類）

도와주셔서 감사합니다. （格式體尊待形）
도와주셔서 감사해요. （非格式體尊待形）
도와줘서 고마워. （半語）

(3) 其他尊待表現

① 若干動詞的尊待語不是藉由加-(으)시於語尾中，而是使用不同形態表現。

原形	尊待形	原形	尊待形
자다（睡）	주무시다	죽다（死）	돌아가시다
말하다（說話）	말씀하시다	데려가다（帶去）	모셔가다
먹다（吃）	잡수시다/드시다	있다（在）	계시다
마시다（喝）	드시다	있다（有）	있으시다

- 어머니께서 집에 안 계세요. 媽媽不在家。
- 내일 시간 있으세요? 明天有空嗎？

② 自有尊待意義的名詞。

基本形	尊待形	基本形	尊待形
나이（年紀）	연세（年歲）	생일（生日）	생신（生辰）
말（話）	말씀	집（家）	댁（宅）
밥（餐/飯）	진지	이름（名字）	성함（姓函）
사람（人）	분	아내（太太）	부인（夫人）

- 할아버지, 진지 잡수세요. 爺爺，請用餐。
- 부인께서도 안녕하십니까? （您）夫人安好嗎？

③ 尊待助詞可用於表示人的名詞之後。

이/가 → 께서　은/는 → 께서는　에게(한테) → 께

- 동생이 친구에게 선물을 줍니다.　　　我弟弟/妹妹給朋友禮物。
- 할아버지께서 친구에게 선물을 주십니다.　　爺爺給朋友禮物。
- 저는 딸기를 좋아해요.　　　　　　　我喜歡草莓。
- 할머니께서는 딸기를 좋아하세요.　　　奶奶喜歡草莓。

④ 表示人的名詞之後加上接尾詞-님，表示尊待。

基本形	尊待形	基本形	尊待形
선생（老師）	선생님	교수（教授）	교수님
사장（社長）	사장님	박사（博士）	박사님
목사（牧師）	목사님	원장（院長）	원장님

- 저희 사장님은 마음이 넓으십니다.
  我們社長心胸很寬大。
- 목사님, 기도해 주셔서 감사합니다.
  牧師，感謝您為我祈禱。

⑤ 可以藉由以下的字來表示對於聽者或動作對象的尊待。

基本形	尊待形	基本形	尊待形
말하다（說話）	말씀드리다（稟告）	묻다（問）	여쭙다（請教）
주다（給）	드리다（呈上）	보다/만나다（見）	뵙다（拜見）

- 아버지께 말씀드릴까요?　　　　要稟告父親嗎？
- 할아버지께 이 책을 드리세요.　　請把此書呈給爺爺。

⑥ 說話者也可藉由謙虛的言詞降低自己的地位，向聽者表示尊待。

나 → 저 敝人　　우리 → 저희 我們　　말 → 말씀 話

- 저도 그 소식을 들었어요.　　　　　　在下（我）也聽到了那個消息。
- 저희 집에 한번 놀러 오세요.　　　　請來寒舍一遊（我們家玩）。
- 부장님, 드릴 말씀이 있습니다.　　　部長，我有言相稟（有話想跟您說）。

(4) 使用尊待語時的注意事項

① 在韓語，常見說話者提到他人時，會重複使用他人的名字或頭銜，而非使用像是당신
（您）、너（你/妳）、그（他）、그녀（她）和그들（他們）這種代名詞。

「요코 씨, 어제 회사에서 재준 씨를 만났어요? 재준 씨가 요코 씨를
　　　　　　　　　　　　　　　　　　그가(×)　　　당신을(×)

찾았어요. 그러니까 요코 씨가 재준 씨한테 전화해 보세요.」
　　　　　　　　　　그가(×)　　당신을(×)

「庸子，昨天妳在公司見到在準了嗎？在準在找庸子。所以請庸子打電話給在準。」
　　　　　　　　　　　　　不使用「他」　不使用「妳」　不使用「妳」　不使用「他」

당신常用在夫妻間，表示彼此的稱呼，所以不能用於配偶以外的人。同樣地，너只能
用於親密的朋友。

- 여보, 아까 당신이 나한테 전화했어요?　　親愛的，你剛剛有打電話給我嗎？
- 너는 오늘 뭐 하니?　　　　　　　　　　　你今天要幹嘛？

② 像是 **성함이 어떻게 되세요?**（請教尊姓大名？）以及 **연세가 어떻게 되세요?**（您貴庚？）這樣特別的句子，則用於詢問你不認識、比你年長或社會地位較高者的名字或年齡。

- 할아버지, 성함이 어떻게 되세요? (○) 老先生（老爺爺），請教尊姓大名？
  할아버지, 이름이 뭐예요? (✕)
- 사장님 연세가 어떻게 되세요? (○) 社長，請問您貴庚？
  사장님 나이가 몇 살이에요? (✕)

③ 在大部分的情況，**살**（歲）不可用於當某人年紀比說話者年長的情況。

A 캐럴 씨, 할아버지 연세가 어떻게 되세요? 凱蘿，妳爺爺貴庚？
B 올해 일흔 다섯이세요. (○) 他今年75了。
  올해 일흔다섯 살이세요. (✕)
不說「75歲」

④ **주다**（給）的兩種尊待語為 **드리다** 與 **주시다**。
當給予者年紀比接受者小的時候，要用 **드리다**；但當給予者的年紀比接受者還大時，則用 **주시다**。

- 나는 선물을 어머니께 드렸어요. 我把禮物獻給母親。
- 어머니께서 나에게 선물을 주셨어요. 母親將禮物賜予我。
- 나는 동생에게 선물을 주었어요. 我給妹妹禮物。

準備學韓語吧！

01 이다 (是)

A 무엇입니까? (= 뭐예요?)

這是什麼？

B 의자입니다. (= 의자예요.)

這是椅子。

001.mp3

A 한국 사람입니까? (= 한국 사람이에요?)

她是韓國人嗎？

B 네, 한국 사람입니다. (= 한국 사람이에요.)

是的，她是韓國人。

A 어디입니까? (= 어디예요?)

這是哪裡？

B 한국입니다. (= 한국이에요.)

這是韓國。

文法重點

　　이다附加於名詞後，表示主語跟該名詞是相等的關係，相當於中文的「是」或英文的「be 動詞」，也用來具體指定某事物。格式體的陳述句為입니다，疑問句則為입니까？而對應的非格式體為예요/이에요。陳述句與疑問句的形態是相同的，只是當為疑問句時，發音音調要上揚，如：예요？/이에요？當前面的名詞是以母音結尾時，要用예요；當以子音結尾時，則用이에요。否定形為아니다。

（請見單元 2 否定形態 01 否定的字詞）

非格式體		格式體
以母音結束的名詞	以子音結束的名詞	
예요	이에요	입니다
사과예요. 나비예요. 어머니예요.	책상이에요. 연필이에요. 학생이에요.	사과입니다. : 책상입니다. 나비입니다. : 연필입니다. 어머니입니다. : 학생입니다.

A 무엇입니까?   A 這是什麼？
B 가방입니다.   B 這是包包。

002.mp3

A 학생입니까?   A 你是學生嗎？
B 네, 학생입니다.   B 是，我是學生。

A 누구예요?   A 他是誰？
B 친구예요.   B 是我朋友。

A 고향이 어디예요?   A 老家在哪裡？
B 서울이에요.   B 在首爾。

自己做

依照圖片並利用 이다 填空。

(1)

A 시계 _____?
B 네, 시계 _____.

(2)

A 무엇 _____?
B 모자 _____.

(3)

A 가수 _____?
B 네, 가수 _____.

(4)

A 누구입니까?
B 선생님 _____.

02 있다 (存在/有)

개가 의자 위에 있어요.
(= 개가 의자 위에 있습니다.)

狗在椅子上。

003.mp3

우리 집이 신촌에 있어요.
(= 우리 집이 신촌에 있습니다.)

我們家在新村。

남자 친구가 있어요.
(= 남자 친구가 있습니다.)

我有男朋友。

文法重點

1) 있다表示存在或某事物的所在地點。相當於「有…」或「在…」之意。雖然固定使用「N이/가 場所에 있다」的形態，但即使和主語位置互換為「場所에 N이/가 있다」也不變其意義。있다的反義詞為없다（沒有/在…沒有…）。當用「場所에 있다」表達一個地方時，可使用下列的場所名詞。

앞, 뒤, 위, 아래 (= 밑), 옆 (오른쪽, 왼쪽), 가운데, 사이, 안, 밖

① 책상 위
在書桌上

② 책상 아래 (= 책상 밑)
在書桌下

③ 책상 앞
在書桌前

④ 책상 뒤
在書桌後

⑤ 책상 옆
在書桌旁

⑥ 책상 왼쪽
在書桌左邊

⑦ 책상 오른쪽
在書桌右邊

⑧ 사이
在…之間

⑨ 책상 가운데
在書桌的正中央

⑩ 집 안
在屋裡

⑪ 집 밖
在屋外

① 책상 위에 컴퓨터가 있어요.　　　　書桌上有電腦。

② 책상 아래 (= 책상 밑에) 구두가 있어요.　書桌下有皮鞋。

③ 책상 앞에 의자가 있어요.　　　　　書桌前面有椅子。

④ 책상 뒤에 책장이 있어요.　　　　　書桌後面有書櫃。

⑤ 책상 옆에 화분하고 옷걸이가 있어요.　書桌旁邊有花盆和衣架。

⑥ 책상 왼쪽에 화분이 있어요.　　　　書桌左邊有花盆。

⑦ 책상 오른쪽에 옷걸이가 있어요.　　書桌右邊有衣架。

⑧ 화분과 옷걸이 사이에 책상이 있어요.　書桌在花盆與衣架之間。

⑨ 책상 가운데에 인형이 있어요.　　　書桌正中央有玩偶。

⑩ 집 안에 강아지가 있어요.　　　　　屋子裡有一隻小狗。

⑪ 집 밖에 고양이가 있어요.　　　　　屋子外有一隻貓。

2) 있다常以「N이/가 있다」形式表示「擁有」的意思。相當於英文的 to have。있다的
反義詞為없다（沒有）。

（請見單元 2 否定形態 01 否定的字詞）

- 나는 언니가 있어요. 동생이 없어요.
  我有姐姐。沒有弟弟妹妹。

- 자전거가 있어요. 차가 없어요.
  我有腳踏車，沒有汽車。

會 話

A 책이 어디에 있어요?
B 가방 안에 있어요.

A 은행이 어디에 있어요?
B 학교 옆에 있어요.

A 한국 친구가 있어요?
B 네, 한국 친구가 있어요.

A 컴퓨터가 있어요?
B 네, 있어요.

A 書在哪裡？
B 在書包裡。

A 銀行在哪裡？
B 在學校旁。

A 妳有韓國朋友嗎？
B 是的，我有韓國朋友。

A 你有電腦嗎？
B 對，我有。

004.mp3

自己做

請描述這個房間。看著圖片，並依照例句在空格內寫下正確的單字。

> 例　전화가 텔레비전 <u>옆</u>에 있어요.

(1) 텔레비전 _____에 꽃병이 있어요.　　(2) 이민우 씨 _____에 캐럴 씨가 있어요.

(3) _____ 씨 왼쪽에 가방이 있어요.　　(4) 가방 _____에 책이 있어요.

(5) 신문이 가방 _____에 있어요.　　(6) 이민우 씨가 _____ 오른쪽에 있어요.

03 數字

韓語的漢字數字

005.mp3

0	1	2	3	4	5	6	7	8	9	10
영/공	일	이	삼	사	오	육	칠	팔	구	십
	11	20	30	40	50	60	70	80	90	100
	십일	이십	삼십	사십	오십	육십	칠십	팔십	구십	백
	1,000	10,000	100,000	1,000,000						
	천	만	십만	백만						

文法重點

　　在韓語中，使用兩套數字。一種是「漢字數字」，另一種為「固有數字」。漢字數字用在電話號碼、公車號碼、高度、重量、門牌號碼、年份、月份、分鐘、秒數及金錢。

공일공 사칠팔삼의[에]
삼이칠오

（010-4783-3275）

백육십삼 번

（163 號）

백오십 센티미터
사십팔 킬로그램

（150 公分，48 公斤）

삼 층

（3 樓）

오백일 호

（501 號）

이백십삼 동
사백십이 호

（213 棟，412 號）

팔만 삼천 원

（83,000韓元）

이백삼십칠만 원

（2,370,000韓元）

注 意！

❶ 韓語數字跟中文一樣，以個、十、百、千、萬來進位。因此，354,970 被唸做「三十五萬四千九百七十」(→ 삼십오만 사천구백칠십)。

- 26354790 → 2635/4790

  이천육백삼십오만 사천칠백구십

❷ 當數字大於1且以1為開始時，開頭的1（일）省略不唸。簡單來説，只要不是數字1，剩下所有1開頭的數字如10、100、1,000、10,000等，都不把1唸出來，而是讀做「拾、佰、仟、萬」。這項規則不論數字單位多大皆適用，包括100億、1000兆等。但須特別留意，1億和1兆這兩個數字是例外，讀做「壹億」和「壹兆」。

- 10: 십 (일십×)　　　110: 백십 (일백십×)
- 1,110: 천백십 (일천백십×)　11,110: 만 천백십 (일만 천백십×)

❸ 16，26，36…96 唸 [심뉵]、[이심뉵]、[삼심뉵] … [구심뉵]。

❹ 0 可以被唸做공或영。但用於電話號碼時，要唸做공。

- 6508-8254 → 육오공팔의[에] 팔이오사
- 010-4783-0274 → 공일공 사칠팔삼의[에] 공이칠사

❺ 電話號碼可以用兩種方法唸出：

- 7804-3577 → 칠팔공사의[에] 삼오칠칠

  → 칠천팔백사 국의[에] 삼천오백칠십칠 번

* 在此種情況，의 讀為 [에] 而非 [의]。

會 話

A 사무실이 몇 층이에요?
B 9층이에요. (구 층)

A 辦公室在幾樓？
B 在九樓。

006.mp3

A 전화번호가 뭐예요?
B 019-8729-9509예요.
　(공일구 팔칠이구의[에] 구오공구)

A 電話號碼幾號？
B 是019-8729-9509。

A 몇 번 버스를 타요?
B 705번 버스를 타요. (칠백오 번)

A 要搭幾號公車？
B 要搭705號公車。

A 책이 얼마예요?　　　　　A 書多少錢？
B 25,000원이에요. (이만오천 원)　B 25,000元。

跟己做

依照例句，將下列數字用韓語表示。

> 例　A 전화번호가 뭐예요?
>
> 　　B 2734-3698이에요.
>
> 　　　(이칠삼사의 삼육구팔)이에요.

(1) A 휴대전화가 있어요?

　　B 네, 있어요. 010-738-3509예요.

　　(　　　　　　　　　　　)예요.

(2) A 몸무게가 몇 킬로그램(kg)이에요?

　　B 34킬로그램(kg)이에요.

　　(　　　　)킬로그램(kg)이에요.

(3) A 키가 몇 센티미터(cm)예요?

　　B 175센티미터(cm)예요.

　　(　　　　)센티미터(cm)예요.

(4) A 치마가 얼마예요?

　　B 62,000원이에요.

　　(　　　　　　)원이에요.

固有數字

007.mp3

1	2	3	4	5	6	7	8	9	10
하나 (= 한)	둘 (= 두)	셋 (= 세)	넷 (= 네)	다섯	여섯	일곱	여덟	아홉	열
11	20	30	40	50	60	70	80	90	100
열하나	스물 (= 스무)	서른	마흔	쉰	예순	일흔	여든	아흔	백

한 분（一位）

두 마리（兩隻）

세 명（三名）

네 권（四本）

다섯 개（五個）

여섯 병（六瓶）

여덟 장（八張）

세 잔（三杯）

두 대（兩台）

한 살（一歲）

열 송이（十朵）

한 켤레（一雙）

文法重點

固有數字用來表示時間與單位，通常都與計算數量、人數時，表達出正確單位的量詞一起使用。量詞的例子有 명（名）、마리（隻）、개（個）、살（歲）和 잔（杯）。不過，有五個固有數字若在量詞前，以不同的形態呈現。하나變為 한（학생 한 명），둘變為 두（개 두 마리），셋變為 세（커피 세 잔），넷變為 네（콜라 네 병），以及 스물 變為 스무（사과 스무 개）。

하나 + 개	한 개	아홉 + 개	아홉 개
둘 + 개	두 개	열 + 개	열 개
셋 + 개	세 개	열하나 + 개	열한 개
넷 + 개	네 개	열둘 + 개	열두 개
다섯 + 개	다섯 개	……	……
여섯 + 개	여섯 개	스물 + 개	스무 개
일곱 + 개	일곱 개	스물한 + 개	스물한 개
여덟 + 개	여덟 개	스물둘 + 개	스물두 개

量 詞

1	한 명	한 분	한 마리	한 권	한 개	한 병
2	두 명	두 분	두 마리	두 권	두 개	두 병
3	세 명	세 분	세 마리	세 권	세 개	세 병
4	네 명	네 분	네 마리	네 권	네 개	네 병
5	다섯 명	다섯 분	다섯 마리	다섯 권	다섯 개	다섯 병
6	여섯 명	여섯 분	여섯 마리	여섯 권	여섯 개	여섯 병
7	일곱 명	일곱 분	일곱 마리	일곱 권	일곱 개	일곱 병
8	여덟 명	여덟 분	여덟 마리	여덟 권	여덟 개	여덟 병
9	아홉 명	아홉 분	아홉 마리	아홉 권	아홉 개	아홉 병
10	열 명	열 분	열 마리	열 권	열 개	열 병
11	열한 명	열한 분	열한 마리	열한 권	열한 개	열한 병
……	……	……	……	……	……	……
20	스무 명	스무 분	스무 마리	스무 권	스무 개	스무 병
幾	몇 명 （人：幾名，一般計算人數時使用）	몇 분 （人：幾位；表示對人的尊待）	몇 마리	몇 권	몇 개	몇 병

會 話

A 가족이 몇 명이에요?
B 우리 가족은 네 명이에요.

A 你有幾個家人？
B 我們家有四個人。

008.mp3

A 동생이 몇 살이에요?
B 남동생은 스물세 살이에요.
　여동생은 스무 살이에요.

A 弟弟/妹妹幾歲？
B 弟弟23歲。妹妹20歲。

A 여기 사과 세 개, 콜라 한 병 주세요.
B 네, 모두 오천육백 원입니다.

A 請給我三顆蘋果和一瓶可樂。
B 好，總共5600元。

看著圖片，依照例句在空格內寫下正確的單字。

例　남자가 **두 명**, 여자가 **세 명** 있어요.

(1) 개가 _____ 있어요.

(2) 텔레비전이 _____, 컴퓨터가 _____ 있어요.

(3) 의자가 _____ 개, 사과가 _____ 있어요.

(4) 콜라가 _____, 주스가 _____ 있어요.

(5) 책이 _____ 있어요.
　　꽃이 _____ 송이 있어요.

2010년 5월 7일 목요일

009.mp3

몇 년? 幾年？

2010년: 이천십 년, 1998년: 천구백구십팔 년, 1864년: 천팔백육십사 년

몇 월? 幾月？

1월	2월	3월	4월	5월	6월	7월	8월	9월	10월	11월	12월
일월	이월	삼월	사월	오월	유월	칠월	팔월	구월	시월	십일월	십이월

며칠? 幾日？

1일	2일	3일	4일	5일	6일	7일	8일	9일	10일
일일	이일	삼일	사일	오일	육일	칠일	팔일	구일	십일

11일	12일	13일	14일	15일	16일	17일	18일	19일	20일
십일일	십이일	십삼일	십사일	십오일	십육일 [심뉴길]	십칠일	십팔일	십구일	이십일

21일	22일	23일	24일	25일	26일	27일	28일	29일	30일	31일
이십일일	이십이일	이십삼일	이십사일	이십오일	이십육일 [이심뉴길]	이십칠일	이십팔일	이십구일	삼십일	삼십일일

무슨 요일? 星期幾？

일	월	화	수	목	금	토
일요일	월요일	화요일	수요일	목요일	금요일	토요일

會 話

A 오늘이 며칠이에요?
B 5월 5일(오월 오일)이에요.

A 今天幾月幾號？
B 五月五號。

010.mp3

A 오늘이 무슨 요일이에요?
B 화요일이에요.

A 今天星期幾？
B 星期二。

A 언제 결혼했어요?
B 2001년(이천일 년)에 결혼했어요.

A 妳哪時候結婚的？
B 2001年結婚的。

注 意！

❶ 韓語的六月和十月各讀和寫成**유월**及**시월**，而不是**육월**和**십월**。

❷ 當要問「幾年？」時，要使用**몇 년**；要問「幾月？」時，要用**몇 월**；但當要問「幾日？」時，要用**며칠**，而非**몇일**。

  * 오늘이 몇일이에요？(✕) → 오늘이 며칠이에요？(○) 今天是幾號？

自己做

依照下列圖片用韓語寫下正確日期。

例
1994.3.25.(금)：<u>천구백구십사 년 삼월 이십오 일</u> <u>금</u>요일

(1)  6

2009.6.6.(토) ：_____ ____요일

(2)  15

1987.11.15.(일)：_____ ____요일

(3)  2013. 10. 10. (목)

2013.10.10.(목)：_____ ____요일

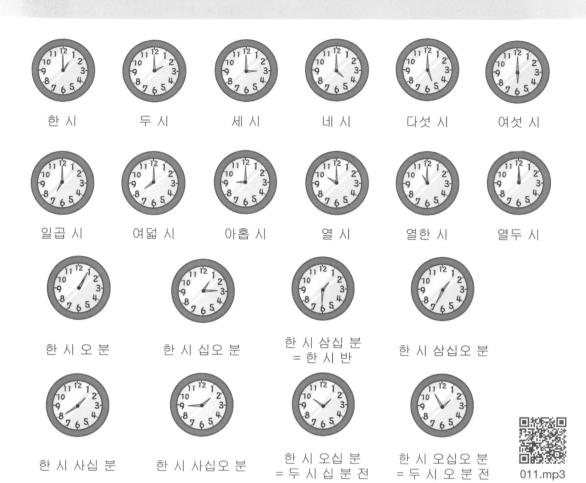

한 시	두 시	세 시	네 시	다섯 시	여섯 시
일곱 시	여덟 시	아홉 시	열 시	열한 시	열두 시

한 시 오 분

한 시 십오 분

한 시 삼십 분
= 한 시 반

한 시 삼십오 분

한 시 사십 분

한 시 사십오 분

한 시 오십 분
= 두 시 십 분 전

한 시 오십오 분
= 두 시 오 분 전

011.mp3

文法重點

在韓語中，幾點鐘的韓語要用固有數字來表示，而分鐘則是用漢字數字表示。當想表達動作發生的時間點時，須在時間名詞後面加上助詞에。

오후(午後)　　　　　　　　　오전（午前）

오전（午前）、오후（午後）如字面上的意思是中午之前、中午之後。此外，時間還可被分為更小的單位，例如새벽（凌晨），아침（早晨），점심（中午，午餐時間），저녁（傍晚），밤（夜晚）。

會話

012.mp3

A 지금 몇 시예요?
B 오전 아홉 시 십 분이에요. (9:10 A.M.)

A 現在幾點？
B 上午九點十分。

A 지금 몇 시예요?
B 두 시 십 분 전이에요.
　（= 한 시 오십 분이에요.）(1:50)

A 現在幾點？
B 差十分兩點。
　（一點五十分。）

A 몇 시에 일어나요?
B 아침 일곱 시에 일어나요. (7:00)

A 妳幾點起床？
B 早上七點起床。

自己做

依照圖片在空格寫出正確時間。

例
오전 일곱 시

(1)
_____

(2)
_____

(3)
_____

(4)
_____

(5)
_____

(6)
저녁 _____

(7)
밤 _____

(8)
밤 _____

單元 **1.**

∙∙

時制

＊A為形容詞（Adjective），V為動詞（Verb）。

안녕하십니까?

您好。

9시 뉴스입니다.

這是9點新聞。

013.mp3

질문 있습니까?

有問題嗎?

A 이것을 어떻게 생각합니까?

　這個您覺得如何?

B 좋습니다.

　很好。

文法重點

　　韓語格式體尊待形的現在時制為-(스)ㅂ니다,此形態主要用在正式或公眾場合,如軍隊、新聞播報、簡報、會議與演講等場合。

	語幹以母音結束	語幹以子音結束
陳述句	-ㅂ니다	-습니다
疑問句	-ㅂ니까?	-습니까?

	가다 去	가 +	-ㅂ니다 -ㅂ니까?	→ →	갑니다 갑니까?	陳述句 疑問句
語幹以母音結束	오다 來	오 +	-ㅂ니다 -ㅂ니까?	→ →	옵니다 옵니까?	陳述句 疑問句

語幹以子音結束	먹다 吃	먹 +	-습니다 → -습니까? →	먹습니다 먹습니까?	陳述句 疑問句
	앉다 坐	앉 +	-습니다 → -습니까? →	앉습니다 앉습니까?	陳述句 疑問句

	原形	陳述句	疑問句
語幹以母音結束 + -ㅂ니다 -ㅂ니까?	자다（睡）	잡니다	잡니까?
	예쁘다（漂亮的）	예쁩니다	예쁩니까?
	이다（是…）	입니다	입니까?
	아니다（不是…）	아닙니다	아닙니까?
	*만들다（製作）	만듭니다	만듭니까?
語幹以子音結束 + -습니다 -습니까?	읽다（讀）	읽습니다	읽습니까?
	작다（小的）	작습니다	작습니까?
	있다（有、在）	있습니다	있습니까?
	없다（沒有、不在）	없습니다	없습니까?

*不規則變化

會話

014.mp3

A 학교에 갑니까?　　　　　A 你去學校嗎？
B 네, 학교에 갑니다.　　　 B 是的，我去學校。

A 아침을 먹습니까?　　　　A 妳吃早餐嗎？
B 네, 먹습니다.　　　　　　B 是的，我吃早餐。

A 운동을 합니까?　　　　　A 你運動嗎？
B 네, 운동을 합니다.　　　 B 是的，我運動。

依照圖片，參考例句並填滿空格。

例
A 갑니까?
B 네, 갑니다.
(가다)

例
A 뭐 합니까?
B 운동합니다.
(운동하다)

(1)

(먹다)

A 햄버거를 _____?
B _____.

(2)

(기다리다)

A 뭐 합니까?
B 친구를 _____.

(3)

(읽다)

A 신문을 _____?
B _____.

(4)

(만나다)

A 뭐 합니까?
B 친구를 _____.

(5)

(쓰다)

A 뭐 합니까?
B 일기를 _____.

(6)

A 책을 _____?
B _____.

(사다)

02 現在時制　A/V-아/어요

A 맛있어요?

　　好吃嗎？

B 네, 맛있어요.

　　是的，好吃。

015.mp3

A 어디에 가요?

　　去哪裡?

B 학교에 가요.

　　去學校。

사랑해요, 캐럴 씨.

我愛你，凱蘿。

文法重點

　　非格式體尊待形是日常生活中最常用的尊待語。比起格式體，此形態比較溫和且較不正式，所以常被用在與家庭成員，朋友以及其他熟人間的對話。非格式體尊待形的陳述句與疑問句形態一樣。陳述句在句尾的音調下降，而疑問句的句尾音調則是上揚。

1.-아요	當語幹最後一個字為ㅏ或ㅗ，則加아요。 ① 當語幹最後一個字以子音結束，則加아요。 　앉다 + 아요 → 앉아요 　받다 → 받아요, 살다 → 살아요 ② 當語幹最後一個字以母音ㅏ結束，其中一個ㅏ省略。 　가다 + 아요 → 가요 　자다 → 자요, 만나다 → 만나요, 끝나다 → 끝나요 ③ 當語幹最後一個字以母音ㅗ結束，則如下合併發音（音節省略）。 　오다 + 아요 → 와요 (오 + ㅏ요 → 와요) 　보다 → 봐요

2.-어요	當語幹最後一個字不是ㅏ或ㅗ時,則加어요。 ① 當語幹最後一個字以子音結束,則加어요。 　읽다 + 어요 → 읽어요 　먹다 → 먹어요, 입다 → 입어요 ② 當語幹最後一個字以母音ㅐ、ㅓ或ㅕ結束時,-어요的어略除。 　보내다 + 어요 → 보내요 　지내다 → 지내요, 서다 → 서요, 켜다 → 켜요 ③ 當語幹最後一個字以母音ㅜ結束時,ㅜ與어요的어結合為ㅝ。 　배우다 + 어요 → 배워요 (배우 + ㅓ요 → 배워요) 　주다 → 줘요, 바꾸다 → 바꿔요 ④ 當語幹以母音ㅣ結束,與어요的어結合形成ㅕ。 　마시다 + 어요 → 마셔요 (마시 + ㅓ요 → 마셔요) 　기다리다 → 기다려요, 헤어지다 → 헤어져요
3.-여요 → 해요	當動詞/形容詞以하다結束,要結合成해요。(여요原本要加在하後面,形成하여요,但是已經簡化為해요。) 　말하다 → 말해요 　공부하다 → 공부해요, 전화하다 → 전화해요, 　여행하다 → 여행해요, 일하다 → 일해요
4.예요/ 이에요	動詞이다變成예요/이에요。當이다前面的名詞為母音結尾加예요;以子音結尾則加이에요。 ① 當名詞以母音結尾:의사예요 (의사 + 예요) 　사과이다 → 사과예요, 어머니이다 → 어머니예요 ② 當名詞以子音結尾:회사원이에요 (회사원 + 이에요) 　책상이다 → 책상이에요, 선생님이다 → 선생님이에요

原形	-아요	原形	-어요	原形	해요
앉다	앉아요	읽다	읽어요	말하다	말해요
살다	살아요	꺼내다	꺼내요	전화하다	전화해요
가다	가요	서다	서요	운동하다	운동해요
만나다	만나요	배우다	배워요	일하다	일해요
오다	와요	마시다	마셔요	숙제하다	숙제해요

이다	名詞是母音結尾	-예요	간호사예요	의자예요	우유예요
	名詞是子音結尾	-이에요	학생이에요	책상이에요	빵이에요

會 話

A 지금 뭐 해요?　　　　　　　　　A 現在在做什麼？

B 숙제해요.　　　　　　　　　　　B 在做作業。

016.mp3

A 몇 시에 점심을 먹어요?　　　　　A 妳幾點吃午餐？

B 보통 1시에 점심을 먹어요.　　　　B 我通常一點吃午餐。

A 민우 씨는 직업이 뭐예요?　　　　A 民宇的工作是什麼？

B 선생님이에요.　　　　　　　　　B 他是老師。

注 意！

現在時制的特點。

❶ 在韓語，現在時制不只包含現在時制，還包含了現在進行時制，以及說明事情將會發生的未來時制。

- 現在時制-저는 대학교에 다닙니다/다녀요.　　我上大學。
- 現在進行時制-저는 지금 공부를 합니다/해요. 我現在在讀書。
- 未來時制-저는 내일 학교에 갑니다/가요.　　我明天要去學校。

❷ 現在時制也用來表示真理，以及描述規律發生的事情。

- 지구는 태양 주위를 돌아요.　　　　　地球繞著太陽轉。
- 저는 아침마다 달리기를 해요.　　　　我每天早晨跑步。

1 依照圖片，參考例句填空。

例

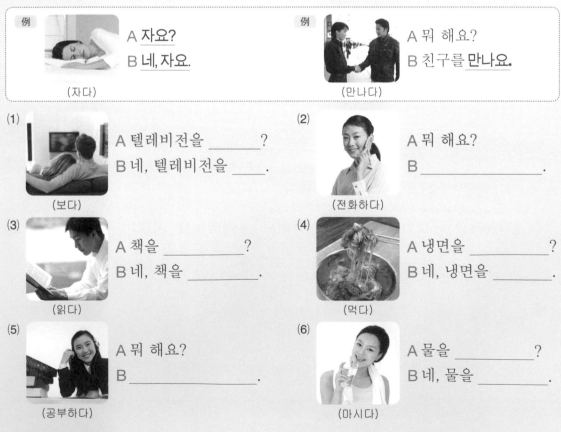

A 의자예요?
B 네, 의자예요.

(의자)

(1)

A _____?
B _____.

(학생)

(2)

A _____?
B _____.

(의사)

(3)

A _____?
B _____.

(책상)

(4)

A _____?
B _____.

(사과)

2 依照圖片，參考例句填空。

例

A 자요?
B 네, 자요.

(자다)

例

A 뭐 해요?
B 친구를 만나요.

(만나다)

(1)

A 텔레비전을 _____?
B 네, 텔레비전을 ____.

(보다)

(2)

A 뭐 해요?
B _____.

(전화하다)

(3)

A 책을 _____?
B 네, 책을 _____.

(읽다)

(4)

A 냉면을 _____?
B 네, 냉면을 _____.

(먹다)

(5)

A 뭐 해요?
B _____.

(공부하다)

(6)

A 물을 _____?
B 네, 물을 _____.

(마시다)

03 過去時制　A/V-았/었어요

1981년 3월 5일에 태어났어요.
（小寶寶）於1981年3月5日出生。

017.mp3

2004년 2월에 대학교를 졸업했어요.
我於2004年2月從大學畢業。

작년에 결혼했어요.
我們去年結婚了。

文法重點

　　將-았/었加在形容詞與動詞的語幹，就可以形成過去時制。當語幹以母音ㅏ或ㅗ結束，要加-았어요；當語幹以其他母音結束，則加-었어요。對於以하다為語幹結尾的動詞和形容詞，加上-였어요形成하＋였어요，並且可以被簡化為했어요。在格式體的情況下，使用-았/었습니다和했습니다。

語幹以ㅏ或ㅗ結束	語幹以非ㅏ或ㅗ結束	語幹以하다結束
앉다 ＋ -았어요 → 앉았어요	먹다 ＋ -었어요 → 먹었어요	공부하다 → 공부했어요

原形	-았어요	原形	-었어요	原形	했어요
보다	봤어요	씻다	씻었어요	청소하다	청소했어요
만나다	만났어요	*쓰다	썼어요	입학하다	입학했어요
닫다	닫았어요	있다	있었어요	운동하다	운동했어요
팔다	팔았어요	열다	열었어요	요리하다	요리했어요

잡다	잡았어요	*줍다	주웠어요	숙제하다	숙제했어요
*모르다	몰랐어요	*부르다	불렀어요	게임하다	게임했어요

이다	名詞是母音結尾	였어요	간호사였어요
	名詞是子音結尾	이었어요	학생이었어요
아니다	名詞是母音結尾	가 아니었어요	간호사가 아니었어요
	名詞是子音結尾	이 아니었어요	학생이 아니었어요

*不規則變化

會 話

018.mp3

A 어제 뭐 했어요?　　　　　　　A 昨天做了什麼?

B 공부했어요.　　　　　　　　　B 我讀了書。

A 토요일에 영화를 봤어요?　　　A 星期六有去看電影嗎?

B 네, 봤어요. 재미있었어요.　　　B 是的,我看了。很有趣。

A 주말에 뭐 했어요?　　　　　　A 週末做了什麼?

B 음악을 들었어요.　　　　　　　B 我聽了音樂。

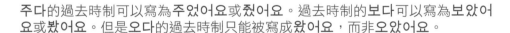

注 意!

주다的過去時制可以寫為**주**었어요或**줬**어요。過去時制的보다可以寫為**보**았어요或**봤**어요。但是오다的過去時制只能被寫成**왔**어요,而非오았어요。

- 주다 + -었어요 → 주었어요 (○) 줬어요 (○)
- 보다 + -았어요 → 보았어요 (○) 봤어요 (○)
- 오다 + -았어요 → 왔어요 (○) 오았어요 (×)

凱蘿這星期做了什麼？依照月曆，從下列選項中選出正確的字，並利用-았/었어요填空。

| 가다 | 만나다 | 맛있다 | 먹다 | 보다 | 부르다 |
| 사다 | 싸다 | 아프다 | 재미있다 | 청소하다 |

- 12월 7일: (1) 친구를 _____.
  - (2) 피자를 _____.
  - (3) 피자가 _____.

- 12월 8일: (4) 백화점에 _____.
  - (5) 구두를 _____.
  - (6) 구두가 _____.

- 12월 9일: (7) 머리가 _____. 병원에 갔어요.

- 12월 10일: (8) 노래를 _____.

- 12월 11일: (9) _____.

- 12월 12일: (10) 영화를 _____.

  - (11) 영화가 _____.

2년 후에 차를 살 거예요.
我兩年後要買車。

019.mp3

주말에 낚시를 할 거예요.
週末要去釣魚。

방학에 중국에 갈 거예요.
放假要去中國。

文法重點

此形態用來表示未來計畫或是意圖。相當於中文的「將要；會…」。只要將-(으)ㄹ 거예요加在動詞語幹之後即可。當動詞語幹以母音或ㄹ結束,加-ㄹ 거예요;當動詞語幹以子音結尾,則加-을 거예요。

動詞語幹以母音或ㄹ結束	動詞語幹以子音結尾
가다 + -ㄹ 거예요 → 갈 거예요	먹다 + -을 거예요 → 먹을 거예요

原形	-ㄹ 거예요	原形	-을 거예요
보다	볼 거예요	입다	입을 거예요
주다	줄 거예요	받다	받을 거예요
만나다	만날 거예요	씻다	씻을 거예요
공부하다	공부할 거예요	*듣다	들을 거예요
*살다	살 거예요	*붓다	부을 거예요
*만들다	만들 거예요	*돕다	도울 거예요

*不規則變化

會話

A 언제 고향에 돌아갈 거예요?

B 내년에 돌아갈 거예요.

A 何時要回老家？

B 明年會回去。

020.mp3

A 주말에 뭐 할 거예요?

B 자전거를 탈 거예요.

A 週末要做什麼？

B 我要騎腳踏車。

自己做

下面的月曆是王靜的每日計畫。這星期王靜要做什麼呢？從下列選項中選出正確的字，並使用-(으)ㄹ 거예요形態填空。

가다　　공부하다　　놀다　　먹다　　부르다　　쉬다　　타다

　오늘은 5월 4일이에요. 내일은 5월 5일 '어린이날'이에요. 그래서 내일 학교에 안 가요. 내일 나는 롯데월드에 (1)＿＿＿＿＿＿＿＿＿＿. 롯데월드에서 친구들하고 같이 (2)＿＿＿＿＿＿＿＿. 스케이트를 (3)＿＿＿＿＿＿＿＿＿＿. 목요일에 한국어 시험이 있어요. 그래서 수요일에 학교 도서관에서 (4)＿＿＿＿＿＿＿＿. 금요일은 캐럴 씨의 생일이에요. 우리는 불고기를 (5)＿＿＿＿＿＿＿＿ 그리고 노래방에서 노래를 (6)＿＿＿＿＿＿＿＿. 토요일은 집에서 (7)＿＿＿＿＿＿＿＿.

댄 씨가 지금 음악을 듣고 있어요.

丹現在在聽音樂。

021.mp3

민우 씨가 지금 집에 가고 있어요.

民宇現在正在回家的路上。

어제 친구가 웨슬리 씨한테 전화했어요.

그때 웨슬리 씨는 자고 있었어요.

昨天朋友打電話給衛斯理。

那時候衛斯理正在睡覺。

文法重點

　　此文法用來表示某動作的進行或是持續，相當於「正在…」之意。只要將-고 있다加在動詞語幹後面即可。若要表達過去已經發生之動作的持續，則用-고 있었다。

가다 + -고 있다 → 가고 있다　　　　먹다 + -고 있었다 → 먹고 있었다

原形	-고 있어요	原形	-고 있어요
사다	사고 있어요	찾다	찾고 있어요
보다	보고 있어요	만들다	만들고 있어요
만나다	만나고 있어요	일하다	일하고 있어요
오다	오고 있어요	공부하다	공부하고 있어요

會 話

A 왕징 씨, 지금 시장에 같이 가요.
B 미안해요, 지금 숙제를 하고 있어요.

A 王靜，現在一起去市場吧。
B 對不起，我現在在做作業。

022.mp3

A 왜 아까 전화를 안 받았어요?
B 샤워하고 있었어요.

A 為什麼剛剛沒接電話？
B 剛剛在沖澡。

A 지금 어디에서 살고 있어요?
B 서울에서 살고 있어요.

A 現在住在哪裡？
B 現在住在首爾。

注 意!

如果只是想表達過去發生的動作，則用-았/었어요。

A 어제 뭐 했어요?   昨天做了什麼？
B 집에서 쉬고 있었어요. (✕) → 집에서 쉬었어요. (〇) 我在家休息。

나己做

依照圖片，參考例句填空。

A 지금 뭐 해요?
B 피아노를 치고 있어요.
(피아노를 치다)

(1)
A 지금 뭐 해요?
B _____.
(세수하다)

(2)
A 요즘 뭐 해요?
B _____.
(한국어를 배우다)

(3)
A 운룡 씨가 지금 공부를 해요?
B 아니요, _____.
(밥을 먹다)

(4)
A 무엇을 찾고 있었어요?
B _____.
(반지를 찾다)

06 過去完成時制 A/V-았/었었어요

미국에 갔었어요.

我去過美國。

（我去了，也已經從美國回來了。）

023.mp3

중국에서 살았었어요.

我住過中國。

（我現在不住中國。）

아버지가 뚱뚱했었어요.

爸爸以前很胖。

（爸爸現在不胖。）

文法重點

　　此形態用來表示發生於過去的某事或某個情況不再繼續進行，或因為此事比說話者描述的當下還更早發生，所以將某事從現在時制分隔開。大約相當於「曾經…」、「…過」之意。當動詞與形容詞語幹以ㅏ或ㅗ結尾時，加-았었어요，反之加-었었어요。而對於動詞語幹以하다結束時，則加-했었어요。

動詞語幹以母音ㅏ或ㅗ結束	動詞語幹非以ㅏ或ㅗ母音結束	動詞語幹以하다結束
살다 + -았었어요 → 살았었어요	먹다 + -었었어요 → 먹었었어요	공부하다 → 공부했었어요

原形	-았/었었어요	原形	-았/었었어요
가다	갔었어요	많다	많았었어요
사다	샀었어요	싸다	쌌었어요
배우다	배웠었어요	길다	길었었어요

읽다	읽었었어요	친절하다	친절했었어요
일하다	일했었어요	한가하다	한가했었어요
*듣다	들었었어요	*어렵다	어려웠었어요

*不規則變化

會 話

A 담배를 안 피워요?

B 작년에는 담배를 피웠었어요.
　그렇지만 지금은 안 피워요.

A 你不抽菸嗎?

B 去年還有抽菸。但是現在不抽了。

024.mp3

A 요즘 바다에 사람이 없어요.

B 여름에는 사람이 많았었어요.

A 最近海邊沒有什麼人。

B 夏天時人很多。

A 주말에 뭐 했어요?

B 롯데월드에 갔었어요.
　아주 재미있었어요.

A 週末做了什麼?

B 我去了樂天世界。真的很好玩。

● 哪裡不一樣?

-았/었어요

單純表達某事在過去發生,或是在過去已經結束的動作或情況,到現在還是保持原樣。

• 댄 씨는 작년에 한국에 왔어요.

　丹去年來到韓國。
　(丹可能現在還在韓國。但我們不知道他來到韓國後發生的後續,所以他現在也可能不在韓國。)

• 댄 씨는 서울에서 1년 동안 살았어요.

　丹在首爾住了一年。
　(丹在首爾住了一年。雖然他以前在首爾住了一年,但我們不知道他現在住在哪裡。)

-았/었었어요

表達過去發生的事情沒有繼續進行至今。

• 댄 씨는 작년에 한국에 왔었어요.

　丹去年來過韓國。
　(丹來韓國之後就離開了,所以他現在不在韓國。)

• 댄 씨는 서울에서 1년 동안 살았었어요.

　丹在首爾住過一年。
　(丹以前曾經在首爾住過一年,但是現在他不住首爾。)

夏英10年前是怎麼樣的情況？請依照圖片，參考例句填空。

例
(10년 전 / 현재)

하영 씨는 <u>안경을 안 썼었어요.</u>
　　　　　(안경을 안 쓰다)

(1)
(10년 전 / 현재)

하영 씨는 _____.
　　　　　　　　　(키가 작다)

(2)
(10년 전 / 현재)

하영 씨는 _____.
　　　　　　　　　(머리가 길다)

(3)
(10년 전 / 현재)

하영 씨는 _____.
　　　　　　　　　(고기를 안 먹다)

(4)
(10년 전 / 현재)

하영 씨는 _____.
　　　　　　　　　(치마를 안 입다)

單元 **2.**

否定表現

* A為形容詞（Adjective），V為動詞（Verb）。

025.mp3

한국 사람이에요.

她是韓國人。

한국 사람이 아니에요.

她不是韓國人。

돈이 있어요.

我有錢。

돈이 없어요.

我沒有錢。

한국말을 알아요.

我懂韓語。

한국말을 몰라요.

我不懂韓語。

文法重點

　　否定句可以用否定形態或直接使用否定性的字詞來完成。否定性字詞如이다對아니다，있다對없다，알다對모르다。其中，아니다要以이/가 아니다的形態表達，口語表達時可省略이/가。

否定↔肯定	格式體尊待形	非格式體尊待形
아니다 ↔ 이다	아닙니다	아니에요
없다 ↔ 있다	없습니다	없어요
모르다 ↔ 알다	모릅니다	몰라요

會話

026.mp3

A 민우 씨가 학생이에요?
B 아니요, 학생이 아니에요. 선생님이에요.
　(= 아니요, 학생이 아니라 선생님이에요.)

A 오늘 시간 있어요?
B 아니요, 오늘 시간 없어요. 바빠요.

A 일본어를 알아요?
B 아니요, 몰라요.

A 民宇先生是學生嗎？
B 不，他不是學生，他是老師。

A 今天有時間嗎？
B 不，今天沒時間，我很忙。

A 你懂日語嗎？
B 不，我不懂。

依照圖片，參考例句將空格填滿。

> **例**
>
> A 미국 사람이에요?
> B 아니요, 미국 사람<u>이 아니에요</u>. 영국 사람이에요.

(1)

A 남자 친구예요?
B 아니요, 남자 친구＿＿＿＿＿＿＿. 동생이에요.

(2)

A 집에 개가 있어요?
B 아니요, 개＿＿＿＿＿＿＿.

(3)

A 교실에 댄 씨가 있어요?
B 아니요, 댄 씨＿＿＿＿＿＿＿.

(4)

A 선생님의 전화번호를 알아요?
B 아니요, 저는 선생님의 전화번호를 ＿＿＿＿＿＿＿.
　요코 씨가 알아요.

02 안 A/V-아/어요 (A/V-지 않아요)

저는 오징어를 안 먹어요.
(= 저는 오징어를 먹지 않아요.)

我不吃烏賊。

027.mp3

그 구두는 안 예뻐요.
(= 그 구두는 예쁘지 않아요.)

那皮鞋不好看。

방이 안 넓어요.
(= 방이 넓지 않아요.)

房間不寬敞。

文法重點

　　此形態被加於動詞或形容詞後，用來否定動作或狀態，接近「不⋯」之意。它是在動詞或形容詞前加안，或於動詞、形容詞語幹後加-지 않아요所形成。

안 + 가다 → 안 가요　　　　가다 + -지 않아요 → 가지 않아요
안 + 크다 → 안 커요　　　　크다 + -지 않아요 → 크지 않아요

　　因為語幹以하다結尾的動詞是以「名詞＋하다」所組成，所以안加在動詞前，形成「名詞 안 하다」。另一方面，對於形容詞，則是把안加在形容詞前面，形成「안＋形容詞」。但是，對於좋아하다（喜歡）與싫어하다（不喜歡），因為它們不是由「名詞＋하다」組成，而是不可分割的單一動詞，所以它們應寫為안 좋아하다/좋아하지 않다及안 싫어하다/싫어하지 않다。

안 + 일하다 → 일 안 해요　　　일하다 + -지 않아요 → 일하지 않아요
안 + 친절하다 → 안 친절해요　　　친절하다 + -지 않아요 → 친절하지 않아요
안 + 좋아하다 → 안 좋아해요/좋아하지 않아요 (○) 좋아 안 해요 (×)

原形	안 -아/어요	-지 않아요
타다	안 타요	타지 않아요
멀다	안 멀어요	멀지 않아요
불편하다	안 불편해요	불편하지 않아요
공부하다	공부 안 해요	공부하지 않아요
*덥다	안 더워요	덥지 않아요
*걷다	안 걸어요	걷지 않아요

*不規則變化

雖然안和-지 않다可以使用於陳述句與疑問句，但它們不能用在祈使句與建議句。

- 안 가십시오 (×), 가지 않으십시오 (×)
  → 가지 마십시오 (○)
  請不要走。

- 안 먹읍시다 (×), 먹지 않읍시다 (×)
  → 먹지 맙시다 (○)
  我們就別吃了。

會 話

A 불고기를 좋아해요?

B 아니요, 저는 고기를 안 먹어요.

A 토요일에 회사에 가요?

B 아니요, 토요일에는 가지 않아요.

A 집이 멀어요?

B 아니요, 안 멀어요. 가까워요.

A 喜歡烤肉嗎？

B 不，我不吃肉。

028.mp3

A 星期六要去公司嗎？

B 不，星期六不去公司。

A 家住很遠嗎？

B 不，不遠。很近。

依照圖片，參考例句將空格填滿。

例
A 교회에 다녀요?
B 아니요, <u>안 다녀요.</u> / <u>다니지 않아요.</u>

(1)

A 오늘 영화를 봐요?
B 아니요, _____.

(2)

A 매일 운동해요?
B 아니요, _____.

(3)

A 물이 깊어요?
B 아니요, _____.

(4)

A 식당 아저씨가 친절해요?
B 아니요, _____.

03 못 V-아/어요 (V-지 못해요)

저는 수영을 못해요.
(= 저는 수영하지 못해요.)

我不會游泳。

029.mp3

오늘은 술을 못 마셔요.
(= 오늘은 술을 마시지 못해요.)

我今天不能喝酒。

저는 노래를 못 불러요.
(= 저는 노래를 부르지 못해요.)

我不會唱歌。

文法重點

　　此文法用來表示主語缺乏能力做某事，或是某事因為外在因素而沒有依照某人的希望或期望進行的事實，相當於「不能…；沒辦法…」之意。將못加在動詞前，或在動詞語幹後加上-지 못해요即可。

（可參考單元 6 能力與可能性 01 V-(으)ㄹ 수 있다/없다的比較）

못 + 가다 → 못 가요　　　　　　　　　　　　가다 + -지 못해요 → 가지 못해요
못 + 요리하다 → 요리 못해요 (○) 못 요리해요 (×)

原形	못 -아/어요	-지 못해요
타다	못 타요	타지 못해요
읽다	못 읽어요	읽지 못해요
숙제하다	숙제 못 해요	숙제하지 못해요
*쓰다	못 써요	쓰지 못해요
*듣다	못 들어요	듣지 못해요

*不規則變化

會話

A 운전해요?

B 아니요, 운전 못해요.
운전을 안 배웠어요.

A 왜 밥을 안 먹어요?

B 이가 아파요. 그래서 먹지 못해요.

A 你開車嗎？

B 不，我不會開車。
我沒學過開車。

030.mp3

A 為什麼不吃飯？

B 因為牙齒痛，所以不能吃。

哪裡不一樣?

안(-지 않다)	못(-지 못하다)
❶ 可以與形容詞和動詞合用。 •학교에 안 가요. (○)　　我不去學校。 •치마가 안 예뻐요. (○)　　這裙子不好看。	❶ 可以與動詞合用，但通常不與形容詞連用。 •학교에 못 가요. (○)　　我不能去學校。 •치마가 못 예뻐요. (✕)
❷ 用來表達不管能力或外在因素如何，都不去做某事。 •저는 운전을 안 해요.　　我不開車。 （我會開車但是我不想開。） •오늘은 쇼핑을 하지 않아요. 我今天不去逛街。 （我只是單純不想逛街。）	❷ 用來表示某人無法，或不可能去做某事。 •저는 운전을 못해요.　　我不能開車。 （我想要開車，但因為外在因素，例如腿傷所以沒辦法。） •오늘은 쇼핑을 하지 못해요. 我今天不能逛街。 （我想要去逛街，但因為外在因素，例如沒錢或沒時間，所以沒辦法去。）

依照圖片，參考例句並利用못將空格填滿。

例

A 요코 씨, 술을 마셔요?
B 아니요, **못 마셔요. /
마시지 못해요.**

(1)
A 숙제 다 했어요?
B 아니요, _____.
어려워요.

(2)

A 티루엔 씨의 생일 파티에 가요?
B 아니요, _____.
바빠요.

(3)

A 어제 영화 봤어요?
B 아니요, _____.
표가 없었어요.

單元 **3.**

助詞

＊N為名詞（Noun）。

날씨가 좋아요.

天氣很好。

031.mp3

옛날에 공주가 있었어요.

很久以前有一位公主。

저기 재준 씨가 와요.

在準來了。

文法重點

1. 이/가加在主語後面，使之標明為句子的主語。如果主語是以母音結束加가；若是以子音結束則加이。

   - 조엘 씨가 빵을 먹어요.　　　　約爾吃麵包。
   - 과일이 너무 비싸요.　　　　　水果太貴了。

2. 이/가也可用來特別強調前面的主語。

   A 누가 음식을 준비할 거예요?　誰準備食物？
   B 준호 씨가 음식을 준비할 거예요. 俊浩準備食物。
   　　　　　　　　　　　　　　　　（意思為不是別人，正是俊浩準備。）

   A 누가 안 왔어요?　　　　　　誰沒有來？
   B 요코 씨가 안 왔어요.　　　　庸子沒有來。

3 이/가也用來表示句子中的新資訊，也就是新主題的介紹

- 옛날에 한 남자가 살았어요. 그 남자는 아이들이 두 명 있었어요.
  很久以前，住著一個男人。這個男人有兩個小孩。
- 저기 민우 씨가 와요.
  民宇來了。

名詞以母音結束 + 가	名詞以子音結束 + 이
친구가 바빠요. 학교가 가까워요. 준호가 학교에서 공부해요.	선생님이 키가 커요. 방이 작아요. 동생이 지금 자요.

會 話

A 누가 제이슨 씨예요? A 傑森是哪一位？
B 저 사람이 제이슨 씨예요. B 那個人是傑森。

A 어디가 아파요? A 哪裡痛？
B 배가 아파요. B 肚子痛。

A 넥타이가 멋있어요. A 領帶很好看。
B 고맙습니다. B 謝謝。

032.mp3

注 意!

當가加於나、저和누구之後，要結合成下列形式：

나 + 가 → 내가　　저 + 가 → 제가　　누구 + 가 → 누가

- 내가 리처드예요. 我是理查。
- 나가 리처드예요. (×)
- 제가 할게요. 我來做。
  저가 할게요. (×)
- 누가 청소하겠어요? 誰要打掃？
  누구가 청소하겠어요? (×)

1 朋友們聚在一起辦派對。下面這些人會做什麼呢？請依照圖示填入이/가。

(1) A 누가 사진을 찍을 거예요?

　　 B ＿＿＿＿＿＿＿＿ 사진을 찍을 거예요.

(2) A 누가 케이크를 만들 거예요?

　　 B ＿＿＿＿＿＿＿＿ 케이크를 만들 거예요.

(3) A 그럼, 누가 음료수를 살 거예요?

　　 B 아, ＿＿＿＿＿＿＿＿ 음료수를 살 거예요.

(4) A 그리고 누가 음악을 준비할 거예요?

　　 B ＿＿＿＿＿＿＿＿ 음악을 준비할 거예요.

2 請依照圖片填入이/가。

(1)  날씨＿＿＿＿ 더워요.

(2)  비빔밥＿＿＿＿ 맛있어요.

(3) 드라마＿＿＿＿ 재미없어요.

(4) 꽃＿＿＿＿ 예뻐요.

02 N은/는

033.mp3

안녕하세요? 저는 댄이에요.
你好，我是丹。

형은 키가 커요. 동생은 키가 작아요.
哥哥個子高。弟弟個子矮。

부디 씨는 운동을 잘해요. 그렇지만 공부는 못해요.
普迪很會運動。但是功課不好。

文法重點

1　-은/는用來表示其所附加的話是先前句子所談論的主題，或是要說明的對象，為「至於談到⋯」之意。當名詞以母音結束加는，當名詞以子音結束加은。

- 저는 한국 사람입니다.　　　　我是韓國人。
- 리처드 씨는 29살입니다.　　　理查29歲。
- 제 직업은 변호사입니다.　　　我的職業是律師。

2　은/는用於提到先前已經說過的內容，或是對話的兩方都已知道的主題時。也就是說，은/는用來表示「舊的」訊息。

- 저는 내일 요코 씨를 만나요. 요코 씨는 일본에서 왔어요.
  我明天要見庸子。庸子從日本來了。
- 저는 작년에 뉴욕에 갔었어요. 뉴욕은 정말 아름다웠어요.
  我去年去了紐約。紐約真的很漂亮。
- 옛날에 한 남자가 살았어요. 그 남자는 아이들이 두 명 있었어요.
  很久以前住著一個男人。那個男人有兩個小孩。

3 은/는用於比較或對比兩個事物時。在此情況下，不只可以接在主語後面，也可接於受詞或句子其他部分。

- 에릭은 미국 사람이에요. 그렇지만 준호는 한국 사람이에요.
  艾瑞克是美國人。但是俊浩是韓國人。　（主語比較）

- 저는 축구는 좋아해요. 그렇지만 야구는 좋아하지 않아요.
  我喜歡足球。但是不喜歡棒球。　（受詞對比）

- 서울에는 눈이 왔어요. 그렇지만 부산에는 눈이 오지 않았어요.
  首爾下雪了。但是釜山沒有下雪。　（地點對比）

A 사과 있어요?　你有蘋果嗎?

B 아니요, 배는 있어요.　不，我有梨子。

（暗示說雖然沒有蘋果，但是有梨子）

名詞以母音結束 + 는	名詞以子音結束 + 은
소냐는 겨울을 좋아해요. 제주도는 섬이에요.	제이슨은 의사예요. 서울은 한국에 있어요.

會 話

A 부모님 직업이 뭐예요?

B 아버지는 회사원이에요.
그리고 어머니는 선생님이에요.

A 父母是在做什麼的？

B 爸爸是公司員工。
媽媽是老師。

034.mp3

A 도쿄가 어때요?

B 도쿄는 많이 복잡해요.

A 東京如何？

B 東京很熱鬧。

A 안녕하세요? 저는 댄입니다.

B 안녕하세요? 저는 캐럴이에요.
미국 사람이에요.

A 妳好，我是丹。

B 你好，我是凱蘿。
我是美國人。

1 以下是緹魯安的自我介紹。請閱讀文章並將은/는填入空格。

　　안녕하세요? **(1)** 제 이름____ 티루엔이에요. **(2)** 저____ 베트남 사람이에요. **(3)** 제 고향____ 하노이예요. **(4)** 하노이__ 아주 복잡해요. 저는 가족이 3명 있어요. **(5)** 아버지____ 회사원이에요. **(6)** 그리고 어머니_____ 선생님이에요. **(7)** 동생____ 학생이에요. **(8)** 동생____ 음악을 좋아해요. **(9)** 저____ 운동을 좋아해요. 그래서 운동을 많이 해요. **(10)** 그렇지만 수영____ 못해요.

2 請依照圖片填入은/는。

(1) 이 사람_____ 왕징 씨예요.

(2) 왕징 씨_____ 중국 베이징에서 왔어요.

(3) 한국_____ 겨울이에요.

(4) 시드니_____ 여름이에요.

(5) 작년에 파리에 갔었어요. 파리_____ 아름다웠어요.

03 N을/를

035.mp3

부디 씨가 영화를 봐요.

普迪看電影。

아버지가 신문을 읽어요.

爸爸看報紙。

요코 씨가 음악을 들어요.

庸子聽音樂。

文法重點

　　受格助詞을/를接在名詞後面，表示此名詞為句子的受詞。如名詞以母音結尾加를。如名詞以子音結尾則加을。須有受詞的一般動詞如：먹다（吃）、마시다（喝）、좋아하다（喜歡）、읽다（讀）、보다（看）、만나다（見）、사다（買）、가르치다（教）、배우다（學）、쓰다（寫）。在口語中，을/를常省略。

名詞以母音結束 + 를	名詞以子音結束 + 을
커피를 마셔요.	물을 마셔요.
영화를 봐요.	신문을 봐요.
친구를 만나요.	선생님을 만나요.
구두를 사요.	옷을 사요.
노래를 들어요.	음악을 들어요.

會 話

A 무슨 운동을 좋아해요?
B 축구를 좋아해요.

A 你喜歡什麼運動？
B 我喜歡足球。

036.mp3

A 무엇을 배워요?
B 한국어를 배워요.

A 妳學什麼？
B 我學韓語。

A 오늘 누구를 만나요?
B 여자 친구를 만나요.

A 今天跟誰見面？
B 跟女朋友見面。

注 意！

❶ N + 하다 → N하다

을/를與動詞하다結合可省略，如공부를 하다為공부하다，수영을 하다為수영하다，운동을 하다為운동하다，산책을 하다為산책하다，此時整個N하다視為一個動詞。但是對於좋아하다和싫어하다來說，因為좋아-和싫어-不是名詞，所以它們本身就是動詞的單字形式。

❷ 뭐 해요?

疑問代名詞무엇可縮寫為무어或再縮為뭐。因此疑問句뭐를 해요? 可更簡短為뭘 해요? 更可以被簡化為뭐 해요? 這種縮略的形式常常出現在口語對話中。

- 무엇 → 무어 → 뭐
- 무엇을 해요? → 뭐를 해요? → 뭘 해요? → 뭐 해요?

自己做

請依照圖片將을/를填入空格。

(1)
A 민우 씨가 무엇을 해요?
B 노래_____ 불러요.

(2)
A 웨슬리 씨가 뭐를 해요?
B 한국어_____ 배워요.

(3)
A 요코 씨가 뭐해요?
B _____.

(4)
A 티루엔 씨가 뭐 해요?
B _____.

저는 수박과 딸기를 좋아해요.

我喜歡西瓜和草莓。

(= 저는 딸기와 수박을 좋아해요.)

我喜歡草莓和西瓜。

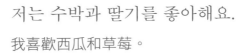

037.mp3

어제 가방이랑 모자를 샀어요.

昨天我買了包包和帽子。

(= 어제 모자랑 가방을 샀어요.)

昨天我買了帽子和包包。

햄버거하고 콜라 주세요.

請給我漢堡跟可樂。

文法重點

1   這些助詞用來列舉許多不同的人、事、物，相當於「和…、與…」之意。와/과常用於書寫文章、報告或演講。然而(이)랑和하고常用於日常對話中。當名詞以母音結尾則用와或랑。當名詞以子音結尾則用과或이랑。하고則是不管名詞的結尾為何，都可以用來連接兩個名詞。

名詞以母音結束 + 와/랑/하고	名詞以子音結束 + 과/이랑/하고
의자와 책상이 있습니다. 엄마랑 아빠는 회사에 가요. 불고기하고 비빔밥을 먹어요.	신문과 잡지를 봅니다. 동생이랑 저는 아이스크림을 좋아해요. 옷하고 운동화를 살 거예요.

2   這些助詞也用來表示和主語一起動作的對象，相當於「和…一起…」之意。當要表明這種關係時，通常在這些詞後面加上같이（唸成가치）和함께。

- 내일 친구하고 같이 영화를 볼 거예요. 我明天要和朋友一起看電影。
- 가족과 함께 여행을 가고 싶어요. 我想和家人去旅行。

• 우리 선생님하고 같이 식사할까요?　　　我們要跟老師一起吃飯嗎？

會話

A 교실에 누가 있습니까?
B 선생님과 학생들이 있습니다.

A 教室裡有誰？
B 有老師和學生們。

038.mp3

A 무슨 음식을 좋아해요?
B 냉면이랑 김밥을 좋아해요.

A 你喜歡什麼食物？
B 我喜歡冷麵和紫菜飯捲。

注 意!

❶ 當用來列舉事物時，(이)랑和하고可加於列舉事物中的最後一個名詞前；
但是와/과則不可。

• 바지랑 가방을 샀어요. (○) • 바지하고 가방을 샀어요. (○) • 바지와 가방을 샀어요. (○)
我買了褲子與包包。

• 옷이랑 가방이랑 사요. (○) • 옷하고 가방하고 사요. (○) • 옷과 가방과 사요. (✕)
我買衣服與包包。

❷ 雖然와/과、(이)랑和하고同樣都可用來列舉事物，但是不能混用在同一個句子裡。

• 저는 딸기와 바나나하고 귤이랑 감을 좋아해요. (✕)

• 저는 딸기와 바나나와 귤과 감을 좋아해요. (○)　　我喜歡草莓、香蕉、橘子和柿子。

• 저는 딸기하고 바나나하고 귤하고 감을 좋아해요. (○)

• 저는 딸기랑 바나나랑 귤이랑 감을 좋아해요. (○)

自己做

請依照圖片，將와/과或(이)랑或하고填入空格。

(1)
A 무엇을 좋아해요?
B 비빔밥＿＿＿＿＿＿＿ 불고기를 좋아해요.

(2)
A 어제 집에서 뭘 했어요?
B 청소＿＿＿＿＿＿＿ 빨래를 했어요.

(3)
A 누구하고 여행을 할 거예요?
B ＿＿＿＿＿＿＿＿ 여행을 할 거예요.

(4)
A 누구랑 살아요?
B ＿＿＿＿＿＿＿＿＿ 같이 살아요.

나　재준

이것은 웨슬리의 책이에요.
(= 이것은 웨슬리 책이에요.)

這是衛斯理的書。

039.mp3

이분은 부디 씨의 선생님입니다.
(= 이분은 부디 씨 선생님입니다.)

這位是普迪的老師。

제 이름은 요코입니다.
(= 저의 이름은 요코입니다.)

我的名字是庸子。

文法重點

　　의用來表示第一個名詞為第二個名詞的擁有者，也就是「所有格」的關係，相當於「⋯的⋯」之意。當의用於所有格時，可讀為의或에兩音，但是比較常讀做에。此外，此助詞常於說話中省略。當代名詞為人的時候，例如나、저和너則與這些代名詞結合為：나의→내，저의→제，너의→네而不省略。在句子中，의在擁有者與被擁有者的中間位置。

名詞의
리처드의 어머니 (= 리처드 어머니)
우리의 선생님 (= 우리 선생님)
나의 친구/내 친구
저의 이름/제 이름
너의 책/네 책

會 話

A 이것은 누구의 우산입니까?
B 재준 씨의 우산입니다.

A 這是誰的雨傘？
B 這是在準的雨傘。

040.mp3

A 이분은 누구예요?
B 제이슨 씨의 어머니예요.

A 這位是誰？
B （她是）傑森的媽媽。

A 이름이 뭐예요?
B 제 이름은 이민우예요.

A 你叫什麼名字？
B 我的名字是李民宇。

注 意！

當提及與個人有關的團體（家、家人、公司、國家或學校等），우리/저희常代替나來使用。並且當提到家庭成員時，우리代替제和내來使用。但是在동생的情況下，내 동생與제 동생則比우리 동생（我們的弟弟/妹妹）更常使用。

- 내 집 我的家 → 우리 집 我的/我們的家
- 내 가족 我的家人 → 우리 가족 我的/我們的家人
- 제 회사 我的公司 → 우리 회사 我的/我們的公司
- 제 나라 我的國家 → 우리나라 我的/我們的國家
- 제 학교 我的學校 → 우리 학교 我的/我們的學校

- 내 어머니 我的媽媽 → 우리 어머니 我的/我們的媽媽
- 제 아버지 我的爸爸 → 우리 아버지 我的/我們的爸爸
- 제 언니 我的姊姊 → 우리 언니 我的/我們的姊姊
- 제 남편/아내 我的老公/老婆 → 우리 남편/아내 我的老公/老婆
- 제 딸/아들 我的女兒/兒子 → 우리 딸/아들 我的/我們的女兒/兒子

   * 제 동생 我的弟弟/妹妹

當想要對聽者表示尊待時，則要用우리的謙讓語저희（在下的）。例如저희 어머니 和저희 아버지。但是當提到國家時，則只能用우리 나라，而不是 저희 나라。

請依照圖片，利用의填空。

(1)

A 이것은 누구의 가방이에요?

B ＿＿＿＿＿＿＿＿가방이에요.
　　　(저)

(2)

A 그것은 누구의 지갑이에요?

B ＿＿＿＿＿＿＿＿지갑이에요.
　　　(부디 씨)

(3)

A 저 남자분은 누구세요?

B ＿＿＿＿＿＿＿＿＿＿＿＿＿＿＿.
　　　　(김 선생님, 남편)

(4)

A 이분은 누구세요?

B 이분은＿＿＿＿＿＿＿＿＿＿＿＿.
　　　　(우리, 어머니)

06 N에 ①

친구가 한국에 와요.

我的朋友來韓國。

041.mp3

동생이 대학교에 다녀요.

我弟弟念大學。

다음 달에 고향에 돌아가요.

下個月要回故鄉。

文法重點

1 에主要與가다（去）、오다（來）、다니다（往返）、돌아가다（回去）、도착하다（到達）、올라가다（上去）和내려가다（下去）合用。表示特定動作的行進方向，相當於「往…（目的地）」之意。

名詞에 가다/오다
매일 회사에 가요. 우리 집에 오세요. 교회에 다녀요.

2 에也可與있다和없다合用。表示人或事物的所在地點，相當於中文的「在…（地點）」。（請見準備學韓語吧！02 있다（是））

- 소파 위에 강아지가 있어요.
  沙發上面有小狗。

- 지금 집에 어머니와 동생이 있어요.
  現在我媽媽和弟弟/妹妹在家裡。

A 어디에 가요? A 妳要去哪裡？
B 백화점에 가요. B 我要去百貨公司。

042.mp3

A 요코 씨가 생일 파티에 와요? A 庸子來生日派對嗎？
B 아니요, 안 와요. B 不，她不來。

A 오늘 오후에 뭐해요? A 妳下午要做什麼？
B 서점에 가요. B 我要去書店。

自己做

請依照圖片利用에填空。

(1)
A 캐럴 씨가 어디에 가요?
B _____.

(2)
A 운룡 씨가 학교를 졸업했어요?
B 네, 졸업했어요. 요즘_____.

(3)
A 지금 동생이 어디에 있어요?
B _____.

(4)
A 전화기가 어디에 있어요?
B _____.

07 N에 ②

저는 아침 8시에 일어나요.
我早上八點起床。

043.mp3

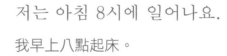

3월 2일에 한국에 왔어요.
我三月二號來到韓國。

토요일에 만나요.
星期六見。

文法重點

에接在時間名詞後面，表示動作、事件或情況發生的時間點，相當於「在…時間」之意。也可以與其他助詞는和도合用而為에는和에도。

時間名詞에	
년/해 年	2009년에, 작년에, 올해에, 내년에
월/달 月	4월에, 지난달에, 이번 달에, 다음 달에
날 日	4월 18일에, 생일에, 어린이날에, 크리스마스에
요일 星期幾	월요일에, 토요일에, 주말에
시간 時間	한 시에, 오전에, 오후에, 아침에, 저녁에
계절 季節	봄에, 여름에, 가을에, 겨울에

但當名詞本身已指出時間時，像是그제（＝그저께）（前天）、어제（＝어저께）（昨天）、오늘（今天）、내일（明天）、모레（後天）或언제（何時）時，後面就不能加에。

- 어제에 친구를 만났어요. (×)　→ 어제 친구를 만났어요. (○)
　　　　　　　　　　　　　　　　　　我昨天見了朋友。

- 내일에 영화를 볼 거예요. (×)　→ 내일 영화를 볼 거예요. (○)
　　　　　　　　　　　　　　　　　　我明天要去看電影。

- 언제에 일본에 가요? (×)　　　→ 언제 일본에 가요? (○)
　　　　　　　　　　　　　　　　　　你何時要去日本？

會 話

044.mp3

A 보통 몇 시에 자요?　　　　　　A 妳通常幾點睡？
B 보통 밤 11시에 자요.　　　　　B 我通常晚上11點睡。

A 언제 고향에 돌아갈 거예요?　　A 你何時要回老家？
B 내년 6월에 돌아갈 거예요.　　　B 明年六月要回去。

A 주말에 시간이 있어요?　　　　　A 週末有空嗎？
B 네, 주말에 시간이 있어요.　　　B 是，週末有空。

注 意！

當句子中有多個名詞表示時間的話，에 只加在最後一個時間名詞之後。

- 다음 주에 토요일에 오전에 10시 30분에 만나요. (×)
- → 다음 주 토요일 오전 10시 30분에 만나요. (○)
　　下週六上午十點三十分見面吧！

스스로 해

請依照圖片利用에填空。

(1)

A 일요일 몇 시에 만나요?

B _____.

(2)

A 한국에 언제 왔어요?

B _____.

(3)

A 댄 씨의 생일 파티를 언제 해요?

B _____.

(4)

A 부디 씨는 언제 결혼해요?

B _____.

045.mp3

학교에 가요. 학교에서 공부를 해요.

我去學校。我在學校讀書。

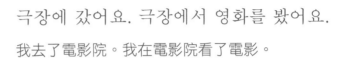

극장에 갔어요. 극장에서 영화를 봤어요.

我去了電影院。我在電影院看了電影。

식당에 갈 거예요. 식당에서 밥을 먹을 거예요.

我要去餐廳。我要在餐廳吃飯。

文法重點

에서加在地方名詞後，表示動作或行為發生的場所。相當於中文的「在…地方做某事」。

地方名詞에서
백화점에서 쇼핑해요. 도서관에서 공부해요. 우체국에서 편지를 보내요. 커피숍에서 커피를 마셔요. 헬스클럽에서 운동해요.

會 話

A 어디에서 살아요?

B 서울에서 살아요.

A 你住哪裡?

B 我住首爾。

046.mp3

A 어제 뭐 했어요?

B 명동에서 친구를 만났어요.

A 妳昨天做了什麼?

B 我在明洞見了朋友。

A 내일 뭐 할 거예요?

B 도서관에서 공부할 거예요.

A 明天你要做什麼?

B 我要在圖書館讀書。

注 意!

當被用於動詞**살다**（住、生活）前時，助詞**에**和**에서**兩者都可以用。意思上只有一點點差異。

• 저는 서울에 살아요. (○)　　　　　敘述居住或存在於首爾的狀態。

• 저는 서울에서 살아요. (○)　　　　強調居住在首爾的動作或行為。

哪裡不一樣?

에	에서
指出某人或某物的所在地或其行進方向，而且常與表示動向、地點或存在的動詞合用。	指出動作發生的地點，且可以與許多動詞合用。
• 시청은 서울에 있어요. (○) 　市政府在首爾。 • 집에 에어컨이 없어요. (○) 　家裡沒有冷氣。 • 식당에 밥을 먹어요. (×) • 학교에 한국어를 배웠어요. (×)	• 시청은 서울에서 있어요. (×) • 집에서 에어컨이 없어요. (×) • 식당에서 밥을 먹어요. (○) 　我在餐廳吃飯。 • 학교에서 한국어를 배웠어요. (○) 　（我）在學校學了韓語。

請依照圖片，使用에서填空。

(1)

A 어디에서 일해요?

B _____.

(2)

A 어디에서 기차를 타요?

B _____.

(3)

A 토요일에 뭐 할 거예요?

B _____.

(4)

A 어제 저녁에 뭐 했어요?

B _____.

09 N에서 N까지, N부터 N까지

047.mp3

학교에서 집까지 걸어왔어요.

我從學校走到了家裡。

서울에서 부산까지 시간이 얼마나 걸려요?

從首爾到釜山要多久？

오전 9시부터 오후 5시까지 일해요.

從早上九點工作到下午五點。

文法重點

　　這些助詞表示某動作或事件的物理性或時間範圍。相當於「從…到…」或「從…直到…為止」之意。當表示地點時通常使用「名詞에서 名詞까지」。當表達時間範圍時，則用「名詞부터 名詞까지」。有時候，兩者沒有任何區別都可以使用。

地點에서　地點까지（地點的範圍）	時間부터　時間까지（時間的範圍）
집에서 학교까지 버스로 20분쯤 걸려요. 한국에서 일본까지 배로 갈 수 있어요. 여기에서 저기까지 몇 미터(m)예요? (= 여기부터 저기까지 몇 미터(m)예요?)	점심시간은 오후 1시부터 2시까지입니다. 월요일부터 금요일까지 학교에 가요. 7월부터 8월까지 방학이에요. (= 7월에서 8월까지 방학이에요.)

會 話

A 여기에서 학교까지 멀어요?
B 네, 버스로 한 시간쯤 걸려요.

A 從這裡到學校遠嗎？
B 是，搭公車要一個小時。

048.mp3

A 이 도서관은 토요일에 문을 엽니까?
B 네, 토요일은 오전 10시부터
　오후 4시까지 엽니다.

A 這間圖書館星期六有開嗎？
B 有，星期六從早上十點開到下午四點。

A 명동에서 동대문까지 어떻게 가요?
B 지하철 4호선을 타고 가세요.

A 從明洞到東大門要怎麼去？
B 請搭地鐵四號線。

自己做

請依照圖片，以에서~까지或부터~까지填空。

(1)

A 서울_____제주도_____얼마나 걸립니까?
B 비행기로 1시간 걸립니다.

(2)

A _____얼마나 걸려요?
B 자전거로 10분 걸려요.

(3)
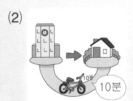

A 몇 시부터 몇 시까지 점심시간이에요?
B 오후 1시_____2시_____점심시간입니다.

(4)

(10. 8~10. 10)

A 언제부터 언제까지 학교 축제예요?
B _____학교 축제예요.

049.mp3

재준 씨가 캐럴 씨에게 선물을 줍니다.

在準給凱蘿禮物。

선생님이 학생들에게 한국어를 가르칩니다.

老師教學生韓語。

동생이 개한테 밥을 줘요.

妹妹給狗飯。

文法重點

　　에게/한테加在表示人或其他生物的名詞之後，意指此名詞為動作的接受者或對象。한테比에게較口語化。에게/한테只能用在前面的名詞為人或動物的狀況，而植物、東西、地方則要用에。

　　에게/한테不能與所有的動詞合用。可以搭配使用的動詞如：주다（給）、선물하다（送禮）、던지다（扔）、보내다（發送）、부치다（配送/郵寄）、붙이다（貼）、쓰다（寫）、전화하다（打電話）、묻다（問）、가르치다（教）、말하다（說）、팔다（賣）、가다（去）、오다（來）。

人，動物에게/한테	東西，植物，地點에
개에게 줘요 친구에게 소포를 보내요 선생님한테 물어봐요 친구한테 전화해요 아기가 엄마한테 와요	나무에 물을 줘요 중국에 소포를 보내요 회사에 물어봐요 사무실에 전화해요 친구가 우리 집에 와요

會 話

A 누구한테 편지를 써요?
B 고향 친구한테 편지를 써요.

A 왜 꽃을 샀어요?
B 여자 친구한테 선물할 거예요.

A 선생님, 남산 도서관 전화번호가
　몇 번이에요?
B 미안해요. 잘 몰라요.
　114에 전화해 보세요.

A 你在給誰寫信？
B 我在給老家朋友寫信。

050.mp3

A 為什麼買花？
B 要送禮物給女朋友。

A 老師，南山圖書館的電話號碼幾號？

B 對不起，我不知道。
　請打給114。

注　意！

❶ 當給某人東西或為某人做事時，其接受者的地位跟説話者相等或比較低時用에게 주다。而當接受者的地位比説話者高，説話者須對其表尊待時，則用表示尊待的께代替에게/한테，並用 드리다 來替代주다。
（請見韓語介紹 5 尊待表現法）

• 나는 할아버지**에게** 선물을 **주었습니다**. → 나는 할아버지**께** 선물을 **드렸습니다**.
　我給爺爺禮物。
• 사장님**에게** 전화를 **했습니다**. → 사장님**께** 전화를 **드렸습니다**.
　我打電話給老闆。
• 아버지**에게** 말했습니다. → 아버지**께** 말씀**드렸습니다**.
　我告訴爸爸。

❷ 從別人那裡接受某物或學到某事時，則用에게서 받다/배우다或 한테서 받다/배우다。서可省略而為에게 받다/배우다或 한테 받다/배우다。若是從地位較高的人接受某物或學習某事時，則用表示尊待的께，而非에게서和한테서。

• 내 생일에 친구**에게서** 선물을 받았습니다. = 내 생일에 친구**에게** 선물을 받았습니다.
　生日時，我從朋友那裡收到生日禮物。
• 이정아 선생님**한테서** 한국말을 배웠습니다. = 이정아 선생님**한테** 한국말을 배웠습니다.
　我向李貞雅老師學韓語。
• 어렸을 때 할아버지**께** 한자를 배웠습니다.
　小時候從爺爺那裡學了漢字。

请依照圖片，利用에(게)/한테填空。

(1)

캐럴 씨가 남자 친구_____전화해요.

(2)

아이가 칠판_____그림을 그립니다.

(3)

댄 씨가_____공을 던집니다.

(4)

요코 씨가 꽃_____물을 줍니다.

무쿨 씨는 인도 사람이에요.
그리고 친구도 인도 사람이에요.

051.mp3

姆庫先生是印度人。
而且他的朋友也是印度人。

아버지는 키가 커요. 그리고 저도 키가 커요.

爸爸個子高。而且我個子也很高。

왕징 씨는 사과를 좋아해요. 그리고 딸기도
좋아해요.

王靜喜歡蘋果。而且也喜歡草莓。

文法重點

　　도加在作為主語和受詞的名詞後面，用來列舉主語與受詞，或表示在前面提過的主語或受詞之後加入新的主語或受詞。相當於「也」之意。

名詞도
나는 한국 사람입니다. 그리고 친구도 한국 사람입니다. 아버지는 돈이 많습니다. 그리고 시간도 많습니다. 나는 사과를 좋아합니다. 그리고 수박도 좋아합니다. 나는 공부를 잘합니다. 그리고 운동도 잘합니다.

當도加於主格助詞之後，主格助詞省略，只留下도。

- 나는 한국 사람이에요. 그리고 친구는도 한국 사람이에요. (✕)
  → 나는 한국 사람이에요. 그리고 친구도 한국 사람이에요. (○)
  我是韓國人，而且我朋友也是韓國人。

同樣地，도加在受格助詞之後，을/를省略，只留下도。

- 나는 사과를 좋아해요. 그리고 딸기를도 좋아해요. (×)
  → 나는 사과를 좋아해요. 그리고 딸기도 좋아해요. (○)
  我喜歡蘋果。而且我也喜歡草莓。

當도加在主格助詞或受格助詞以外的其他助詞之後時，其他助詞不省略。

- 일본에 친구가 있어요. 그리고 미국에도 친구가 있어요. (○)
  我在日本有朋友。而且我在美國也有朋友。
  일본에 친구가 있어요. 그리고 미국도 친구가 있어요. (×)

- 집에서 공부해요. 그리고 도서관에서도 공부해요. (○)
  我在家讀書。而且我也在圖書館讀書。
  집에서 공부해요. 그리고 도서관도 공부해요. (×)

- 친구에게 선물을 주었어요. 그리고 동생에게도 선물을 주었어요. (○)
  我給了朋友禮物。而且我也給了妹妹禮物。
  친구에게 선물을 주었어요. 그리고 동생도 선물을 주었어요. (×)

會 話

052.mp3

A 무엇을 먹을 거예요?
B 비빔밥을 먹을 거예요.
  그리고 된장찌개도 먹을 거예요.

A 妳要吃什麼？
B 我要吃拌飯。
  而且我也要吃大醬鍋。

A 요즘 무엇을 배워요?
B 한국어를 배워요.
  그리고 태권도도 배워요.

A 最近學什麼？
B 學韓語。
  而且我也學跆拳道。

A 어제 생일 파티에 누가 왔어요?
B 마틴 씨가 왔어요.
  그리고 요코 씨도 왔어요.

A 昨天生日派對上誰來了？
B 馬汀來了。
  而且庸子也來了。

請依照圖片，利用도填空。

(1)

A 무슨 음식을 좋아해요?
B 불고기를 좋아해요. 그리고 비빔밥_____좋아해요.

(2)

A 누가 예뻐요?
B 하영 씨가 예뻐요.
　그리고_____.

(3)

A 어제 누구를 만났어요?
B 친구를_____.
　그리고 여자 친구_____.

(4)

A 어제 시장에서 무엇을 샀어요?
B 바지를_____.
　그리고_____.

12 N만

오늘 학교에 캐럴 씨만 왔어요.

今天只有凱蘿來學校。

053.mp3

댄 씨는 야채는 안 먹어요. 고기만 먹어요.

丹不吃蔬菜。（他）只吃肉。

5분만 기다려 주세요.

請等五分鐘就好。

....
文法重點

　　만表示排除其他事物，只選擇某物。相當於「只有⋯」之意。當만加於數字之後，也表示「最小值」。在被選擇或被敘述的事物後加上만即可。

名詞만	
캐럴 씨는 바지만 입어요.	凱蘿只穿褲子。
그 식당은 월요일만 쉬어요.	那間餐廳只休星期一。
영원히 제니퍼 씨만 사랑할 거예요.	我會永遠只愛珍妮佛一個人。
우리 아이는 하루 종일 게임만 해요.	我們家小孩一整天只打電動。

　　助詞만可用來代替이/가、은/는、을/를或是與其合用。當與만合用時，만要先加在名詞之後再接이、은或을，形成만이、만은和만을的形態。

- 준호만 대학에 입학했어요. (○) = 준호만이 대학에 입학했어요. (○)
  只有俊浩進了大學。

- 민우는 다른 책은 안 읽고 만화책만 읽어요. (○)
  = 민우는 다른 책은 안 읽고 만화책만을 읽어요. (○)
  民宇不看其它書，只看漫畫書。

但是，當만跟其他非이/가、은/는和을/를的助詞一起使用時，만要接在這些助詞之後。例如에서만、에게만、까지만。

- 우리 딸은 학교에서만 공부하고 집에서는 공부하지 않아요. (○)
  我們女兒只在學校唸書，在家裡不唸書。

- 준호 씨에게만 선물을 줬어요. (○)   我只給了俊浩禮物。
  준호 씨만에게 선물을 줬어요. (✕)

- 제이슨 씨는 12시까지만 공부하고 자요. (○) 傑森只讀到12點就睡了。
  제이슨 씨는 12시만까지 공부하고 자요. (✕)

會 話

A 학생들이 다 왔어요?
B 부디 씨만 안 왔어요.
　다른 학생들은 다 왔어요.

A 學生都來了嗎？
B 只有普迪沒有來。
　其他學生都來了。

054.mp3

A 커피에 설탕과 크림 다 넣으세요?
B 설탕만 넣어 주세요.

A 你的咖啡裡砂糖跟奶油都要放嗎？
B 請只放砂糖就好。

自己做

請依照圖片，利用만填空。

(1)
　　　캐럴　댄

A 캐럴 씨와 댄 씨 모두 미국 사람이에요?
B 아니요, _____ .
　　　　　　　　　　　　　　　(캐럴 씨)

(2)

A 동생에게도 편지를 썼어요?
B 아니요, _____ .
　　　　　　　　　　　　　　　(부모님)

(3)

A 남편이 집에서도 회사 일을 해요?
B 아니요, _____ .
　　　　　　　　　　　　　　　(회사)

13 N밖에

사과가 한 개밖에 안 남았어요.

蘋果只剩下一顆。

055.mp3

냉장고에 우유밖에 없어요.

冰箱裡只有牛奶。

선물을 한 개밖에 못 받았어요.

禮物我只收到一個。

文法重點

밖에表示沒有其他可能性，只有一個選擇。相當於「除了…之外」之意。在밖에之前的字含有非常小或非常少的意味，且後面一定接否定形。

	否定形	例句
名詞밖에	안 (= –지 않다) 못 (= –지 못하다) 없어요 몰라요	학생들이 두 명밖에 안 왔어요. 그 돈으로는 사과를 한 개밖에 못 사요. 음식이 조금밖에 없어요. 한국어는 '안녕하세요'밖에 몰라요.

雖然밖에後面一定接否定形，但是아니다不能接在其後面，也不能接祈使或建議形。

- 민우는 학생밖에 아니에요. (×)
- 토마토를 조금밖에 사지 마세요. (×) → 토마토를 조금만 사세요. (○)

請買幾顆番茄就好

• 10분밖에 기다리지 맙시다. (×) → 10분만 기다립시다. (○)

再等個10分鐘吧。

（可與單元 3 助詞 12 N안 16 N(이)나① 比較）

會 話

A 그 책을 많이 읽었어요?

B 어려워서 다섯 쪽밖에 못 읽었어요.

A 你那本書讀了很多了嗎？

B 因為很難，所以只讀了五頁。

056.mp3

A 파티에 사람들이 많이 왔어요?

B 30명을 초대했어요.
그런데 20명밖에 안 왔어요.

A 派對上有很多人來嗎？

B 我邀請了30個人。

但是只來了20位。

A 시간이 얼마나 남았어요?

B 10분밖에 안 남았어요.

A 還有多少時間？

B 只有10分鐘。

哪裡不一樣？

助詞밖에與만的意思很相近。但是만可用於肯定與否定句，밖에只能用於否定句。

밖에	만
• 교실에 재준 씨밖에 있어요. (×) 교실에 재준 씨밖에 없어요. (○) 教室裡只有在準。	• 교실에는 재준 씨만 있어요. (○) 教室裡只有在準。 교실에는 재준 씨만 없어요. (○) 只有在準不在教室。 （其他學生都在）
• 가게에서 과일밖에 샀어요. (×) 가게에서 과일밖에 안 샀어요. (○) 我在店裡只買了水果。	• 가게에서 과일만 샀어요. (○) 我在店裡只買了水果。 가게에서 과일만 안 샀어요. (○) 我在店裡只有水果沒買。 （我買了其他的東西）

해 봐

請依照圖片，利用밖에填空。

(1)

A 집에서 회사까지 시간이 많이 걸려요?
B 아니요, 집에서 회사까지 10분＿＿＿＿안 걸려요.

(2)

A 어제 많이 잤어요?
B 아니요, 세 시간＿＿＿＿못 잤어요.

(3)

A 반에 여학생이 많아요?
B ＿＿＿＿＿＿＿＿＿＿＿＿＿＿＿.

(4)

A 집에 에이컨이 있어요?
B 아니요,＿＿＿＿＿＿＿＿＿＿＿＿＿＿.

N(으)로

여기에서 오른쪽으로 가세요.

請從這裡向右去。

057.mp3

서울에서 제주도까지 비행기로 가요.

我從首爾到濟州島搭飛機去。

가위로 종이를 잘라요.

用剪刀剪紙。

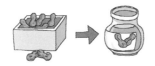

땅콩으로 잼을 만들었어요.

用花生做了花生醬。

文法重點

1   (으)로是表示方向（朝向某個地點）的助詞，相當於「往…方向」之意。當前面的名詞以母音或ㄹ結束時用로。以子音結束時則用으로。

- 오른쪽으로 가세요. 은행이 나와요.   請往右去。你會看到一家銀行。
- 앞으로 쭉 가세요. 우체국이 있어요.   一直往前走。那裡有一間郵局。

2   (으)로也用來表示移動手段、方法、工具以及製作某物時用到的材料，相當於中文的「用…方法/工具」。

- 부산에 기차로 갈 거예요.   我要搭火車去釜山。
- 가위로 종이를 잘라요.   我用剪刀剪紙。
- 밀가루로 빵을 만들어요.   我用麵粉做麵包。

名詞以母音或ㄹ結束 + 로	名詞以子音結束 + 으로
버스로 가요. 비행기로 왔어요. 지하철로 갈 거예요. 한국어로 말하세요. 칼로 잘라요.	왼쪽으로 가세요. 오른쪽으로 가세요. 트럭으로 가요. 콩으로 만들어요. 젓가락으로 먹어요.

會 話

A 실례합니다. 은행이 어디에 있어요?   A 不好意思，銀行在哪裡？
B 저 약국 앞에서 오른쪽으로 가세요.   B 請在那間藥局前面向右去。

058.mp3

A 서울에서 부산에 어떻게 가요?   A 怎麼從首爾到釜山？
B 기차로 가세요. 기차가 빨라요.   B 請搭火車去。火車很快。

A 이 과자가 맛있어요. 뭐로 만들었어요?   A 這餅乾很好吃。用什麼做的？
B 이 과자는 쌀로 만들었어요.   B 這餅乾是用米做的。

A 한국 사람은 숟가락으로 밥을 먹어요.   A 韓國人用湯匙吃飯。
B 일본 사람은 젓가락으로 밥을 먹어요.   B 日本人用筷子吃飯。

注 意！

當移動手段是用動詞而非名詞來表現時，要在動詞後加아/어서。例如걸어서、
뛰어서、달려서、운전해서和수영해서。

- 학교에서 집까지 걸어서 가요.   我從學校到家裡走路去。
- 서울에서 부산까지 운전해서 갔어요.   我從首爾到釜山開車去。
- 부산에서 제주도까지 수영해서 갈 거예요.   我要從釜山游泳去濟州島。

哪裡不一樣?

1 차로 왔어요 和 운전해서 왔어요這兩者哪裡不一樣?
차로 왔어요指的是坐車來,該車可能是主語駕駛或他人。但운전해서 왔어요於主語一定是駕駛人。

민우씨가 차로 왔어요.	민우씨가 운전해서 왔어요.
* 民宇藉由車子來移動。 * 民宇是駕駛者。 * 民宇不是駕駛者。	* 民宇藉由駕駛車子來移動。 * 民宇是駕駛者。 * 不可用於民宇不是駕駛者的情況。

2 (으)로 가다和에 가다這兩者哪裡不一樣?
(으)로 가다表示鎖定某方向,而朝向特定方向行進。另一方面,에 가다著重於地點。所以此句型只表示出目的地,沒有任何方向的意涵。

(으)로 가다	에 가다

* 焦點在方向
  에릭 씨가 집으로 가요. (○)　艾瑞克回家。
  오른쪽으로 가세요. (○)　請往右走。
	* 焦點在目的地
	  에릭 씨가 집에 가요. (○)　艾瑞克回家。
	  오른쪽에 가세요. (×)

自己做

請依照圖片,利用(으)로填空。

(1)

A 집에서 회사까지 어떻게 가요?
B _____가요.
C _____가요.
D _____가요.

(2)

A 집에서 한강공원까지 어떻게 가요?
B _____가요.

(3)

숙제를_____하지 마세요._____쓰세요.

(4)

계란하고 밀가루_____빵을 만들어요.

059.mp3

아침에 빵이나 밥을 먹어요.
早餐吃麵包或飯。

목이 말라요. 물이나 주스 주세요.
口好渴。請給我水或果汁。

방학에 제주도나 설악산에 가고 싶어요.
放假時我想去濟州島或雪嶽山。

文法重點

(이)나表示在列舉兩個或兩個以上的名詞中選擇一個。當前面的名詞以母音結束時用나。名詞以子音結束時加(이)나。而形容詞或動詞則是在語幹後加-거나。

（請見單元 4 列舉與對比 02 V-거나）

名詞以母音結束 + 나	名詞以子音結束 + 이나
잡지나 신문을 봐요. 딸기나 수박을 사요. 우유나 물을 마셔요. 바다나 산에 가요. 축구나 수영을 해요.	신문이나 잡지를 봐요. 수박이나 딸기를 사요. 물이나 우유를 마셔요. 산이나 바다에 가요. 수영이나 축구를 해요.

當(이)나加於主語與受詞後面時，主格與受格助詞省略。也就是說，(이)나各自代替이/가或을/를，只留下(이)나。

- 어머니**가나** 아버지가 요리해요. (×) →어머니**나** 아버지가 요리해요. (○)
  我媽或我爸煮飯。

- 빵**을이나** 밥을 먹어요. (×) → 빵**이나** 밥을 먹어요. (○)   我吃麵包或飯。

當(이)나與助詞에、에서和에게一併使用時，(이)나可以與列舉出來的第一個字單獨使用。而和에、에서、에게一起使用時，則加於最後一個字。或是(이)나可以與助詞合用形成에나、에서나、에게나，但是單獨用會比較自然。

- 토요일에나 일요일에 운동해요. (○) = 토요일이나 일요일에 운동해요. (○)

  我星期六或星期日去運動。

- 산에나 바다에 가요. (○) = 산이나 바다에 가요. (○)

  （我）去爬山或去海邊/一起去爬山或去海邊吧。

- 공원에서나 커피숍에서 데이트해요. (○) = 공원이나 커피숍에서 데이트해요. (○)

  我們在公園或咖啡廳約會。

- 선생님에게나 한국 친구에게 질문해요. (○) = 선생님이나 한국 친구에게 질문해요. (○)

  我向老師或韓國朋友請教問題。

會話

A 무엇을 살 거예요?

B 구두나 가방을 살 거예요.

A 妳要買什麼？

B 我要買皮鞋或包包。

060.mp3

A 이 문법 문제를 잘 모르겠어요.

B 이 선생님이나 김 선생님에게
　물어보세요.

A 我不懂這個文法題。

B 請去問李老師或金老師。

請依照圖片，利用(이)나句型填空。

(1)

A 명동에 어떻게 가요?

B 지하철_____ 버스를 타세요.

(2)

A 어디에서 책을 읽을 거예요?

B 도서관_____ 공원에서 읽을 거예요.

(3)

A 방학에 어디에 갈 거예요?

B _____ 갈 거예요.

16 N(이)나 ②

친구를 두 시간이나 기다렸어요.

我等了我朋友兩小時以上。

061.mp3

아이가 여덟 명이나 있어요.

我們有多達八個小孩。

사과가 맛있어요. 그래서 열 개나 먹었어요.

蘋果好吃。所以我吃了多達十個。

········· 文法重點 ···

　　(이)나用來表示某物的數量或總數比預期的要高或多，或是比起一般正常水準來得高。相當於「多達…以上」之意。當名詞以母音結束，要加나。當名詞以子音結束，要加이나。

名詞以母音結束 + 나	名詞以子音結束 + 이나
바나나를 일곱 개나 먹었어요. 한 시간 동안 30 페이지나 읽었어요.	친구에게 다섯 번이나 전화했어요. 어제 열두 시간이나 잤어요.

（可與單元 3 助詞 13 N밖에 比較）

會 話

A 어제 술을 많이 마셨어요?

B 네, 맥주를 열 병이나 마셨어요.

A 昨天喝很多酒嗎?

B 是的,我喝了有十瓶啤酒。

062.mp3

A 기차 시간이 얼마나 남았어요?

B 30분이나 남았어요.

A 火車還有多久才會到?

B 還有30分鐘以上。

A 마틴 씨는 자동차가 많아요?

B 네, 5대나 있어요.

A 馬汀有很多車嗎?

B 是的,他有多達五台的車。

哪裡不一樣?

밖에指的是數量或總數比預期的少,或沒有達到一般正常標準。而(이)나指的是數量或總數超過預期或一般正常標準。但依照看事情的標準不一,有的數量可以被視為少於或多於預期,這時要用밖에或(이)나則視說話者的觀點而定。

• 물이 반**밖에** 없어요.
（量比預期的少。）

• 물이 반**이나** 있어요.
（量超過預期。）

A 우리는 아이가 네 명**밖에** 없어요.
（句中提及的數字被認為沒有很多。）

B 네 명**이나** 있어요? 저는 한 명인데요.
（句中提及的數字被認為比一般還要多。）

댄   이번 시험에서 80점**이나** 받았어요.
（丹平常都只得到70分,所以80分對他來說,是個比預期高的分數。）

왕징 이번 시험에서 80점**밖에** 못 받았어요.
（王靜平常都拿90分,所以80分對她來說,是個比預期低的分數。）

自己做

請依照圖片，利用(이)나填空。

(1)

A 오늘 길이 너무 막혔어요.
B 맞아요. 회사까지_____걸렸어요.
　　　　　　　　　　　(1시간)

(2)

A 그 영화가 재미있어요?
B 네, 너무 재미있어요. 그래서_____봤어요.
　　　　　　　　　　　(3번)

(3)

A 책이 그렇게 어려워요?
B 네,_____읽었어요. 그런데 아직도 모르겠어요.
　　　　(5번)

(4)

A 조엘 씨 집에는 개가 정말 많아요.
B 몇 마리 있어요?
A _____있어요.
　　(10마리)

(5)

A 티루엔 씨는 커피를 정말 많이 마셔요.
B 맞아요. 하루에_____마셔요.
　　　　　　　　(6잔)

17 N쯤

파티에 20명쯤 왔어요.

派對上大約有20個人來。

공항에 한 시쯤 도착했어요.

我大約一點左右到達機場。

요즘 토마토가 3,000원쯤 해요.

最近蕃茄價格大概3000元左右。

文法重點

쯤用來加在表示數字、數量及時間的名詞後面，表示大概的數量。相當於「大約、大概」之意。

名詞쯤
한 시쯤 만납시다. 10,000원쯤 있어요. 두 달쯤 배웠어요. 5번쯤 만났어요.

會話

A 내일 몇 시쯤 만날까요?

B 1시쯤 어때요?
　수업이 12시 50분에 끝나요.

A 明天幾點見面？

B 大約一點可以嗎？
　我的課12點50分結束。

A 학교에서 집까지 얼마나 걸려요?

B 버스로 30분쯤 걸려요.

A 從學校到家裡花多少時間？

B 搭公車約30分鐘。

A 한국에 언제 오셨어요?

B 1년 전쯤 왔어요.

A 何時來到韓國的？

B 大約一年前來的。

注 意!

當講到大約的價錢時，比起「名詞쯤이다」，「名詞쯤 하다」更常使用。

A 사과가 요즘 얼마쯤 해요?　最近蘋果都賣多少錢？

B 요즘 3개에 2,000원쯤 해요.　最近大概賣3個2000元。

A 중국까지 비행기 표가 얼마쯤 해요?　到中國的機票多少錢？

B 글쎄요, 300,000원쯤 할 거예요.　嗯…大概要30萬元左右。

자기做

請依照圖片，利用쯤填空。

(1)

A 오늘 몇 시에 일어났어요?

B _____.

(2)

A 고향까지 얼마나 걸려요?

B _____.

(3)

A 영국에서 얼마나 여행했어요?

B _____.

(4)

A 남대문 시장에서 청바지가 얼마쯤 해요?

B _____.

가수처럼 노래를 잘 불러요.

他唱歌唱得跟歌手一樣好。

065.mp3

하영 씨는 천사같이 착해요.

夏英跟天使一樣仁慈。

영화배우같이 잘생겼어요.

長得跟電影演員一樣帥。

文法重點

　　처럼/같이用來表示某種動作或事物與所接的名詞相同或接近。相當於「像是、如同…」之意。

名詞처럼/같이
인형처럼 예뻐요. (= 인형같이 예뻐요.) 아기처럼 웃어요. (= 아기같이 웃어요.) 엄마처럼 친절해요. (= 엄마같이 친절해요.) 실크처럼 부드러워요. (= 실크같이 부드러워요.) 하늘처럼 높아요. (= 하늘같이 높아요.)

會話

A 민우 씨 여자 친구가 예뻐요?

B 네, 미스코리아처럼 예뻐요.

A 民宇的女朋友漂亮嗎？

B 是的，跟韓國小姐一樣漂亮。

066.mp3

A 남자 친구가 어때요?

B 코미디언같이 재미있어요.

A 서울이 복잡해요?

B 네, 일본 도쿄처럼 복잡해요.

A （妳的）男朋友如何？

B 跟喜劇演員一樣有趣。

A 首爾很擁擠嗎？

B 是的，跟日本的東京一樣擁擠。

注 意！

在韓語中，常以動物或其它自然界事物跟처럼/같이連用來比喻事物的特點。所以常會看到以下的句子來形容人：比喻人恐怖用**호랑이처럼 무섭다**，比喻人很可愛用**토끼처럼 귀엽다**，比喻人動作慢用**거북이처럼 느리다**，比喻人很胖用**돼지처럼 뚱뚱하다**，比喻人心胸寬廣用**바다처럼 마음이 넓다**。

自己做

請看圖片，並依照其內容將正確選項填入空格。

ⓐ　　　ⓑ　　　ⓒ　　　ⓓ　　　ⓔ　　　ⓕ

(1) 우리 언니는 요리사처럼 요리를 잘해요. (　　　)

(2) 슬퍼서 아이처럼 울었어요.　　　　　　(　　　)

(3) 눈이 별처럼 빛나요.　　　　　　　　　(　　　)

(4) 우리 할아버지는 호랑이처럼 무서워요. (　　　)

(5) 돌고래처럼 수영을 잘해요.　　　　　　(　　　)

(6) 우리는 가족같이 친해요.　　　　　　　(　　　)

067.mp3

비행기가 기차보다 빨라요.

飛機比火車快。

(= 기차보다 비행기가 빨라요.)

比起火車，飛機更快。

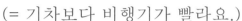

동생이 언니보다 더 커요.

妹妹比姊姊高。

(= 언니보다 동생이 더 커요.)

比起姊姊，妹妹更高。

백화점이 시장보다 더 비싸요.

百貨公司比市場貴。

(= 시장보다 백화점이 더 비싸요.)

比起市場，百貨公司更貴。

文法重點

　　보다用來表示前面的名詞是比較的標準，相當於「比起…（更）…」之意。보다雖然是加在名詞後面，形成「名詞이/가 名詞보다 -하다」，但是「主語」與「名詞보다」的順序可以互換，並不影響句意。且보다常跟더、덜一起使用，它們也可省略。

名詞보다
사과보다 딸기를 (더) 좋아해요.
동생보다 수영을 (더) 잘해요.
어제보다 오늘이 (덜) 추워요.
작년보다 올해 눈이 많이 왔어요.

會話

A 봄을 좋아해요, 여름을 좋아해요?
B 여름보다 봄을 더 좋아해요.

A 댄 씨, 토요일이 바빠요,
  일요일이 바빠요?
B 저는 일요일에 교회에 가요.
  그래서 일요일이 더 바빠요.

A 제주도하고 서울하고
  어디가 더 따뜻해요?
B 제주도가 더 따뜻해요.

A 妳喜歡春天，還是夏天？
B 比起夏天，我更喜歡春天。

068.mp3

A 丹，你是星期六忙，還是星期日忙？

B 我星期日去教會。
  所以我星期日比較忙。

A 濟州島和首爾，
  哪裡比較溫暖？
B 濟州島比較溫暖。

여己做

請依照圖片利用보다填空。

(1)
(적비, 5kg) (운룡, 3kg)

A 누구의 가방이 더 무거워요?
B _____.

(2)

A 소파가 편해요, 의자가 편해요?
B _____.

(3)
(₩50,000) (₩30,000)

A 어느 것이 더 싸요?
B _____.

(4)

A 한국에서 어느 나라가 더 가까워요?
B _____.

⑳ N마다

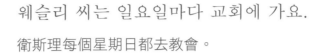

069.mp3

웨슬리 씨는 일요일마다 교회에 가요.

衛斯理每個星期日都去教會。

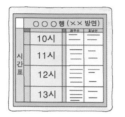

기차는 한 시간마다 있어요.

火車每小時有一班。

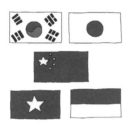

나라마다 국기가 달라요.

每個國家的國旗不一樣。

......
文法重點 ....

1　마다加在時間名詞之後，用來表示重覆相同或相似的情況，或長時間的行為，相當於中文的「每…一次」。

- 두 달마다 머리를 잘라요.　　　我每兩個月剪（一次）頭髮。
- 오 분마다 지하철이 와요.　　　地鐵每五分鐘來（一班）。

2　마다也可用來表示「所有的」或「每一個」事物。在這種情況下，相當於「每…、全部的…」之意。此時，마다加在描述的名詞之後。

- 주말마다 여행을 가요.　　　　　　　我每個週末都去旅行。
- 점심시간에는 식당마다 자리가 없어요.　中午時間，每家餐廳都沒有空位。

名詞마다
1시간마다 버스가 출발해요.
날마다 청소해요.
해마다 외국 여행을 해요.
토요일마다 가족하고 전화해요.

會 話

070.mp3

A 이번 주 금요일 저녁에 시간 있어요?
B 금요일마다 태권도를 배워요.
　그래서 시간이 없어요.

A 這星期五晚上有空嗎？
B 我每個星期五要學跆拳道。
　所以沒有空。

A 비행기가 자주 있어요?
B 이틀마다 있어요.

A 飛機常有嗎？
B 每兩天一班。

A 컴퓨터가 교실마다 있어요?
B 네, 모든 교실에 다 있어요.

A 電腦每間教室都有嗎？
B 是的，所有教室都有。

注 意!

❶ 날마다、일주일마다、달마다以及해마다可寫成매일、매주、매월/매달和매년。

- 날마다 회사에 가요. = 매일 회사에 가요.
  我每天去上班 = 我每天去上班。
- 일주일마다 회의가 있어요. = 매주 회의가 있어요.
  我們每週都有會議 = 我們每週都有會議。
- 달마다 잡지가 나와요. = 매월/매달 잡지가 나와요.
  每個月發行雜誌 = 每個月發行雜誌。
- 해마다 이사해요. = 매년 이사해요.
  每年搬家 = 每年搬家。

❷ 對於집的情況下，與其使用집마다，實際上比較常用집집마다。
- 요즘에는 집집마다 인터넷을 사용해요. 最近家家戶戶都使用網路。

請依照圖片，利用마다填空。

(1)

A 부디 씨, 고향에 자주 가세요?

B ＿＿＿＿＿＿＿＿＿＿＿＿＿.
        (방학)

(2)

A 한국 사람은 젓가락, 숟가락으로 식사해요.

B 미국 사람은 나이프와 포크, 인도 사람은 손으로 식사해요.
＿＿＿＿＿＿＿ 식사 방법이 달라요.
      (나라)

(3)

A 영화를 보세요?

B 네, ＿＿＿＿＿＿＿＿＿ 봐요.
      (토요일)

(4)

몇 분마다

A 몇 분마다 지하철이 와요?

B 출근 시간에는 ＿＿＿＿＿＿＿＿＿＿＿＿.
        (5분)

單元 **4.**

列舉與對比

＊A為形容詞（Adjective），V為動詞（Verb）。

캐럴 씨는 키가 크고 날씬해요.

凱蘿小姐個子高又苗條。

071.mp3

민우 씨는 한국 사람이고 댄 씨는 영국 사람입니다.

民宇先生是韓國人，丹先生是英國人。

어제 파티에서 티루엔 씨가 노래도 부르고 춤도 췄어요.

在昨天的派對中，堤魯安小姐唱歌跳舞。

文法重點

1　-고用來列舉兩個或更多的動作、狀態或事實，相當於中文的「和，而且…」。-고加在形容詞和動詞的語幹之後。

- 형은 커요. 그리고 동생은 작아요.　　　哥哥個子高。而且弟弟個子矮。
  → 형은 크고 동생은 작아요.　　　　　哥哥個子高，而且弟弟個子矮。

2　-고用來表示第一個子句的動作比第二個子句的動作更早進行，相當於「然後…」之意。時制只可加在第二個子句之後，而非第一個子句之後。

（請見單元 5 時間表達 03 V-고 나서）

- 어제 밥을 먹었어요. 그리고 숙제를 했어요.

  昨天我吃了飯。然後寫了作業。

  → 어제 밥을 먹고 숙제를 했어요. (어제 밥을 먹었고 숙제를 했어요. (×))

  昨天我吃了飯，然後寫了作業。

가다 + -고 → 가고   크다 + -고 → 크고

原形	-고	原形	-고
오다	오고	예쁘다	예쁘고
보다	보고	바쁘다	바쁘고
읽다	읽고	넓다	넓고
찾다	찾고	작다	작고
공부하다	공부하고	날씬하다	날씬하고

注　意！

「N도 V고 N도 V」用來結合兩個以上關於主語的事實。

- 형은 수영을 잘해요. 그리고 농구도 잘해요.
  我哥哥很會游泳，而且（他）籃球也打得好。
  → 형은 수영도 잘하고 농구도 잘해요.
  我哥哥很會游泳跟（很會打）籃球。

- 저는 딸기를 좋아해요. 그리고 바나나도 좋아해요.
  我喜歡草莓，而且（我）也喜歡香蕉。
  → 저는 딸기도 좋아하고 바나나도 좋아해요.
  我喜歡草莓跟（我喜歡）香蕉。

會　話

A 내일 뭐 할 거예요?　　　　　　　　　A 明天要做什麼？
B 오전에는 친구를 만나고　　　　　　　B 上午要跟朋友見面，
　 오후에는 도서관에 갈 거예요.　　　　　然後下午要去圖書館。

072.mp3

A 어제 뭐 했어요?　　　　　　　　　　A 昨天做了什麼？
B 피자도 먹고 영화도 봤어요.　　　　　B 我吃了披薩，並看了電影。

A 여자 친구가 어때요?　　　　　　　　A 女朋友怎麼樣？
B 똑똑하고 예뻐요.　　　　　　　　　　B （她）很聰明又漂亮。

依照圖片，從下列選項中選出正確的字，並利用-고填空。

(1)

A 날씨가 어때요?
B 바람이_____추워요.
　　　　　(불다)

(2)

A 디나 씨 남자 친구가 어때요?
B _____.
　　　(멋있다, 친절하다)

(3)

A 가족들은 주말에 보통 뭐해요?
B 오빠는_____, 언니는_____.
　　　　　　　(운동하다, 데이트하다)

(4)

A 어제 왕징 씨의 집에서 뭐 했어요?
B _____도____고_____도_____.
　　　(요리를 하다, 텔레비전을 보다)

02 A/V-거나

아침에 빵을 먹거나 우유를 마셔요.

早餐我吃麵包或是喝牛奶。

073.mp3

주말에 음악을 듣거나 영화를 볼 거예요.

週末我要聽音樂或是去看電影。

바쁘거나 가방이 무거울 때 택시를 타요.

很忙或是提包很重的時候我就搭計程車。

文法重點

　　-거나加於動詞或形容詞語幹後，表示多個動詞或形容詞之間的選擇，相當於「或者…」之意。通常-거나在一個句子只會出現一次，用來連接兩個動詞或形容詞，但有時也可用來連接三個或三個以上的形容詞與動詞。-거나接在動詞或形容詞語幹後面，在名詞的情形下，則要用(이)나。

（請見單元 3 助詞 15 N(이)나 ①）

보다 + -거나 → 보거나　　　　　먹다 + -거나 → 먹거나

原形	-거나	原形	-거나
자다	자거나	듣다	듣거나
만나다	만나거나	돕다	돕거나
만들다	만들거나	공부하다	공부하거나

074.mp3

A 이번 주말에 뭐 할 거예요?
B 운동을 할 거예요.
　테니스를 치거나 수영을 할 거예요.

A 這個週末要做什麼？
B 要去運動。
　打網球或是游泳。

A 목이 아파요.
B 그럼 생강차를 마시거나 사탕을 드세요.

A 我喉嚨痛。
B 那麼就喝生薑茶或吃喉糖吧。

A 결혼기념일에 뭐 할 거예요?
B 여행을 가거나 외식을 할 거예요.

A 結婚紀念日要做什麼？
B 去旅行或是去餐廳吃飯。

依照圖片。從下列選項中選出正確的字，發並利用-거나填空。

(1)

A 너무 피곤해요. 저녁 식사 어떻게 해요?
B ＿＿＿＿＿＿＿＿＿피자를 주문합시다.
　　　(외식을 하다)

(2)

A 안녕! 잘 있어요. 건강하세요. 2년 후에 올게요.
B 잘 가요. 매일 편지를＿＿＿＿＿＿이메일을 보내세요!
　　　　　　　　　(쓰다)

(3)

A 이 단어를 잘 몰라요.
B 한국어 선생님에게＿＿＿＿＿＿사전을 찾으세요.
　　　　　　　　(물어보다)

(4)

A 오늘 남자 친구의 기분이 안 좋아요.
B 남자 친구에게＿＿＿＿＿＿＿＿뽀뽀하세요!
　　　　　　　(선물을 주다)

03 A/V-지만

한국말은 어렵지만 재미있어요.

韓語雖然很難，但是很有趣。

075.mp3

형은 크지만 동생은 작아요.

哥哥個子高，但弟弟矮。

하영 씨는 많이 먹지만 날씬해요.

夏英小姐雖然吃很多，但還是很苗條。

文法重點

　　-지만用來表示第二個子句的內容與第一個子句相反，相當於「但是…」之意。-지만加在動詞或形容詞語幹後。如果是過去時制，則接-았/었지만。

사다 + -지만 → 사지만　　　　　좋다 + -지만 → 좋지만

原形	-지만	原形	-지만
보다	보지만	슬프다	슬프지만
먹다	먹지만	배고프다	배고프지만
배우다	배우지만	작다	작지만
수영하다	수영하지만	편하다	편하지만

（可與單元 4 列舉與對比 04 A/V-(으)ㄴ/는데 ①做比較）

A 오늘 날씨가 어때요?　　　　　　　　　A 今天天氣如何？

B 바람이 불지만 춥지는 않아요.　　　　　B 颳風，但不冷。

076.mp3

A 요코 씨, 아파트가 어때요?　　　　　　A 庸子小姐，妳的公寓如何？

B 작지만 깨끗해요.　　　　　　　　　　B 雖然小，但很乾淨。

A 댄 씨가 한국말을 잘해요?　　　　　　A 丹先生韓語說得好嗎？

B 네, 외국 사람이지만 한국말을 잘해요.　B 是啊，雖然是外國人，但是韓語卻說
　　　　　　　　　　　　　　　　　　　　得很好。

自己做

依照圖片，從下列選項中選出正確的字，並利用-지만填空。

(1)

A 한국 음식이 어때요?

B _____.
　　　(맵다, 맛있다)

(2)

A 언니가 학생이에요?

B 저는_____ 언니는_____.
　　(학생이다)　　　　　　(회사원이다)

(3)

A 주말에도 바빠요?

B 평일에는_____ 주말에는_____.
　　　　(바쁘다)　　　　　　(한가하다)

(4)

A 나탈리아 씨, 추워요?

B 네,_____.
　　(옷을 많이 입다, 춥다)

낮에는 차가 많은데 밤에는 차가 없어요.

下午時車子很多,但晚上沒車。

077.mp3

저는 오빠는 있는데 언니는 없어요.

我有哥哥,但沒姐姐。

노래는 못하는데 춤은 잘 춰요.

我不會唱歌,但很會跳舞。

文法重點

此文法用來表示第二個子句的內容與第一句相反、對比,或是有意想不到的感覺。相當於「然而、但是…」之意。當用於以母音結束的形容詞語幹之後加-ㄴ데;用於以子音結束的形容詞語幹之後則加-은데。使用於動詞的現在時制、過去時制以及있다/없다之後時,要加-는데。

形容詞,現在時制이다		現在時制動詞	過去時制動詞/形容詞
語幹以母音結束	語幹以子音結束		
-ㄴ데	-은데	-는데	-았/었는데
예쁜데 학생인데	높은데 적은데	오는데 읽는데 있는데 없는데	왔는데 많았는데 의사였는데 학생이었는데

原形	-(으)ㄴ/는데	原形	-(으)ㄴ/는데
크다	큰데	가다	가는데
낮다	낮은데	마시다	마시는데

*멀다	먼데	일하다	일하는데
*덥다	더운데	*듣다	듣는데
*빨갛다	빨간데	*살다	사는데
귀여웠다	귀여웠는데	만났다	만났는데

*不規則變化

（可與單元 4 列舉與對比 03 A/V-지만 做比較）

會 話

A 왜 그 시장에 안 가요?
B 가격은 싼데 너무 멀어요.

A 회사가 어때요?
B 일은 많은데 월급은 적어요.

A 為什麼不去那個市場？
B 價格雖然便宜，但是太遠了。

078.mp3

A 這家公司如何？
B 事情很多，但是薪水很少。

依照圖片，從下列選項中選出正確的字，並利用-(으)ㄴ/는데填空。

(1)

A 그 식당 어때요?
B ＿＿＿＿＿＿＿＿＿＿＿＿＿.
　　　(맛있다, 비싸다)

(2)

A 티루엔 씨 집이 어때요?
B 방은＿＿＿＿＿＿＿화장실은＿＿＿＿＿＿.
　　　(크지 않다)　　　　　　(2개이다)

(3)

A 캐럴 씨는 결혼했어요?
B 아니요, 아직＿＿＿＿＿＿＿＿남자 친구는 있어요.
　　　　　　(결혼 안 하다)

(4)

A 저녁 먹었어요?
B 네, ＿＿＿＿＿＿＿배가 고파요.
　　　(먹다)

單元 **5.**

時間表達

＊N為形容詞（Noun），V為動詞（Verb）。

01 N 전에, V-기 전에

2년 전에 한국에 왔습니다.
兩年前來到韓國。

079.mp3

식사 전에 이 약을 드세요.
吃飯前請吃這個藥。

수영하기 전에 준비운동을 해요.
游泳前做暖身運動。

文法重點

　　此文法意思為「在一段時間之前」或「在某動作之前」，相當於「在…之前」之意。在句子中以「時間 전에」、「名詞 전에」和「動詞-기 전에」的形式出現。

　　「名詞 전에」中的名詞通常可以和하다一起組成動詞，因此不論是「식사 전에」或是「식사하기 전에」，兩者的意思都相同。但是其他非하다動詞，則只能用-기 전에。

名詞 + 전에	動詞語幹 + -기 전에
식사 + 전에 → 식사 전에	식사하다 + -기 전에 → 식사하기 전에

時間 전에	名詞 전에	原形	V-기 전에
1시간 전에	식사 전에	식사(하다)	식사하기 전에
한 달 전에	여행 전에	여행(하다)	여행하기 전에
2년 전에	방문 전에	방문(하다)	방문하기 전에
1시 전에	수업 전에	수업(하다)	수업하기 전에

하루 전에	운동 전에	자다	자기 전에
–		마시다	마시기 전에
		죽다	죽기 전에

會 話

A 같이 점심 식사해요.

B 미안해요. 1시간 전에 식사했어요.

A 한국에서는 결혼하기 전에 남자가
집을 준비해요.

B 우리나라에서도 같아요.

A 한국에 오기 전에 어디에 살았어요?

B 뉴욕에서 살았어요.

A 一起吃午餐吧。

B 對不起。我一小時前吃過了。

080.mp3

A 在韓國,男生要在結婚前
準備好房子。

B 我們國家也一樣。

A 來韓國之前妳住哪裡?

B 我住紐約。

哪裡不一樣?

1시 전에和1시간 전에兩者哪裡不一樣?

• 1시 전에 오세요.
（表示聽者可以在一點前的任何時間來,像是12:50, 12:00 甚至11:00來都可以。）

• 1시간 전에 오세요.
（表示聽者必須於比前面描述的時間點早一小時來。例如,當見面時間為三點時聽者必須要在兩點到。）

做(가)圖所示的動作之前,必須先做什麼呢?請從(나)找出最適當的圖,將兩圖連起來,並利用전에或-기 전에完成下列句子。

(가) (나)

(1)  • • ⓐ

(2)  • • ⓑ

(3)  • • ⓒ

(4)  • • ⓓ

(1) _____ 서류를 복사해요.

(2) _____ 손을 씻어요.

(3) _____ 전화해요.

(4) _____ 기도해요

한 달 후에 아기가 태어나요.

我的小孩一個月後會出生。

081.mp3

밥을 먹은 후에 이를 닦아요.

吃完飯後刷牙。

대학교 졸업 후에 취직을 했어요.
(= 대학교를 졸업한 후에 취직을 했어요.)

大學畢業後就業了。

文法重點

此文法表示「在一段時間之後」或「某動作之後」，相當於「在…之後」之意。在句中以「時間 후에」，「名詞 후에」及「動詞-(으)ㄴ 후에」形式表示。

當接在動詞之後時，-ㄴ 후에加在語幹以母音結束的字之後，而-은 후에則加在語幹以子音結束的字之後。當語幹是以ㄹ結束時，則要刪掉ㄹ，剩下的語幹則連結-ㄴ 후에。也可以用-(으)ㄴ 다음에來代替-(으)ㄴ 후에。

名詞	動詞	
名詞 + 후에	語幹以母音結尾	語幹以子音結尾
식사 후에	가다 + -ㄴ 후에 → 간 후에	먹다 + -은 후에 → 먹은 후에

時間 후에	名詞 후에	原形	V-ㄴ 후에	原形	V-은 후에
1시 후에	식사 후에	식사하다	식사한 후에	받다	받은 후에
1시간 후에	입학 후에	입학하다	입학한 후에	벗다	벗은 후에

한 달 후에	방학 후에	오다	온 후에	읽다	읽은 후에
3년 후에	졸업 후에	만나다	만난 후에	*듣다	들은 후에
–		*놀다	논 후에	*짓다	지은 후에
		*만들다	만든 후에	*돕다	도운 후에

*不規則變化

會 話

A 언제 고향에 돌아가요?

B 1년 후에 가요.

A 何時回老家？

B 一年之後回去。

082.mp3

A '집들이'가 뭐예요?

B 한국에서 이사한 후에 하는 파티예요.

A 什麼是「喬遷之宴」？

B 在韓國指的是搬家之後辦的派對。

A 수업 후에 시간 있어요?

B 미안해요. 바빠요. 수업이 끝난
다음에 식당에서 아르바이트를 해요.

A 下課後有時間嗎？

B 對不起。我很忙。下課之後
我要在餐廳打工。

哪裡不一樣?

1시 후에和1시간 후에兩者哪裡不一樣？

• 1시 후에 오세요.
（表示聽者可以於一點之後的任何時間來，例如1:10，2:00甚至3:00來都可以。）

• 1시간 후에 오세요.
（表示聽者必須在比前面描述的時間晚一小時來。例如，如果見面時間為三點，那聽者必須在四點來。）

做(가)圖所示的動作之後，接著要做什麼呢？請從(나)找出最適當的圖，將兩圖連起來。並利用 후에或-(으)ㄴ 후에完成下列句子。

(1)  •

• ⓐ

(2)  •

• ⓑ

(3)  •

• ⓒ

(4)  •

• ⓓ

⑴ _____ 샤워해요. (운동하다)

⑵ _____ 집들이를 해요. (이사하다)

⑶ _____ 지하철을 타요. (내리다)

⑷ _____ 영수증을 받아요. (우유를 사다)

03 V-고 나서

 일을 하고 나서 쉽니다.

工作完後休息。

083.mp3

 텔레비전을 보고 나서 잡니다.

看完電視後睡覺。

 아침을 먹고 나서 신문을 봅니다.

吃完早餐後看報紙。

文法重點

　　-고 나서用來表示前一個行動結束，接著做之後的行動。相當於「…然後…」之意。在某些情況下，-고 나서可以省略而不影響句意，例如일을 하고나서 쉬세요和일을 하고 쉬세요。-고 나서比起-고更為明確表達第一個行為的結束。

보다 + -고 나서 → 보고 나서　　　　먹다 + -고 나서 → 먹고 나서

原形	-고 나서	原形	-고 나서
끝나다	끝나고 나서	듣다	듣고 나서
먹다	먹고 나서	돕다	돕고 나서
듣다	듣고 나서	공부하다	공부하고 나서

因為-고 나서顯示時間順序，所以只可用來與動詞合用。此外，當句中第一個和第二個子句的主語一樣，且用以下的動作動詞時：가다（去），오다（來），들어가다（進去），들어오다（進來），나가다（出去），나오다（出來），올라가다（上去），내려가다（下去），일어나다（起來），앉다（坐下），눕다（躺下），만나다（見面）則使用-아/어서而非-고和-고 나서。

- 나는 학교에 가고 나서 (나는) 공부해요. (×)
  → 나는 학교에 가서 (나는) 공부해요. (○)

  我去學校然後（我）讀書。

- (나는) 오늘 버스에서 앉고 나서 (나는) 왔어요. (×)
  → (나는) 오늘 버스에서 앉아서 (나는) 왔어요. (○)

  今天（我）搭公車來（這裡）。

會 話

A 김 부장님, 서류를 언제까지 드릴까요?

B 회의가 끝나고 나서 주세요.

A 듣기 시험을 어떻게 봐요?

B 문제를 두 번 읽을 거예요.
  문제를 잘 듣고 나서 대답을 찾으세요.

A '독후감'이 뭐예요?

B 책을 읽고 나서 쓰는 글이에요.

A 金部長，請問資料什麼時候要給您？

B 會議結束後交給我。

084.mp3

A 聽力測驗怎麼考？

B 題目會唸兩次。題目聽完後，請把答案找出來。

A 什麼是「讀後感」？

B 讀完書後寫的文章。

請依照圖片，利用-고 나서填空。

　댄 씨는 아침에 (1)＿＿＿＿＿＿ 샤워를 합니다. (2)＿＿＿＿＿＿＿＿＿ 아침 식사를 합니다. 한국 음식이 맛있습니다. 아침을 (3)＿＿＿＿＿＿＿ 학원에 갑니다. 학원에 (4)＿＿＿＿ 학생들에게 영어를 가르칩니다. 영어 수업은 12시에 끝납니다. 영어를 (5)＿＿＿＿＿＿＿＿ 친구하고 영화를 봅니다. 영화를 (6)＿＿＿＿＿＿＿ 커피를 마십니다.

　저녁 6시부터 9시까지 한국어 수업이 있습니다. 한국어는 쉽지 않습니다. 그렇지만 재미있습니다. 한국어 수업이 (7)＿＿＿＿＿＿＿헬스장에 갑니다. 헬스장에서 운동을 합니다. (8)＿＿＿＿＿＿＿＿집에 갑니다. 집에 (9)＿＿＿＿ 텔레비전을 봅니다. 한국 드라마가 재미있습니다. 댄 씨는 12시에 잡니다.

바나나를 까서 먹었어요.

剝香蕉皮，然後吃香蕉。

085.mp3

네 시간 동안 공원에 앉아서 이야기했어요.

四個小時的時間，我們在公園坐著，然後聊天。

여자 친구에게 목걸이를 사(서) 주었어요.

我買了一條項鍊然後送給女朋友。

文法重點

-아/어서為連結語尾，用來表示兩個事件的時間關聯。更具體地說是第二個子句的動作發生在第一個子句的動作發生之後，兩個動作有很密切的關係，所以沒有第一個動作的發生是不會有第二個動作的。相當於「然後…」之意。此外，서常可省略而為아/어，但是對於幾個特定動詞是不適用的，包括가다（去），오다（來），서다（站）。語幹以母音ㅏ或ㅗ結束時接아서，否則接어서。而對於語幹以하다結束的動詞則接해서。

語幹以ㅏ或ㅗ結束	語幹以非ㅏ或ㅗ母音結束	動詞語幹以하다結束
가다 + -아서 → 가서	씻다 + -어서 → 씻어서	결혼하다 → 결혼해서

原形	-아/어서	原形	-아/어서
사다	사서	만들다	만들어서
팔다	팔아서	요리하다	요리해서
앉다	앉아서	입학하다	입학해서

만나다	만나서	숙제하다	숙제해서
*쓰다	써서	*굽다	구워서

*不規則變化

在過去時制、現在時制、未來時制的句子中，時制只放在第二個子句中，而非第一子句。

- 어제 친구를 만나서 영화를 봤어요.
  昨天我跟朋友見面，然後看了電影。
- 내일 친구를 만나서 영화를 볼 거예요.
  明天我會跟朋友見面，然後看電影。

兩個動詞的主語都一樣時，則可省略第二子句的主語。
- 나는 어제 친구를 만나서 (나는) 영화를 봤어요. (○)
  昨天我去見朋友然後看了電影
  나는 어제 친구를 만나서 친구는 영화를 봤어요. (×)

會 話

A 왜 사과를 깎지 않고 먹어요?　　　　A 為什麼你吃蘋果不削皮？

B 사과를 깎아서 먹으면 맛이 없어요.　B 蘋果削皮吃的話不好吃。

086.mp3

A 오늘 학교에 지하철로 왔어요?　　　A 今天搭地鐵來學校嗎？

B 네, 그런데 한 시간 동안 서서 와서　B 是的。但是我站了一個小時才來學校，
　다리가 아파요.　　　　　　　　　　　所以腿很痠。

A 왜 아르바이트를 해요?　　　　　　A 為什麼打工？

B 돈을 벌어서 카메라를 살 거예요.　 B 要賺錢然後買相機。

哪裡不一樣?

❶ -고與-아/어서一樣都是連結語尾，都表示事物間的時間關聯性。但是-아/어서只能用在第一個與第二個動作的關係很接近的時候，-고則用來連接連續兩個不相關的動作。

- 과일을 씻어서 (그 과일을) 먹어요.
  （我/你）洗水果然後吃掉它（水果）。

- 과일을 씻고 (다른 음식을) 먹어요.
  （我/你）洗水果然後吃（其他東西）。

- 친구를 만나서 (그 친구와 같이) 영화를 봤어요.
  我去見朋友，然後（跟那個朋友一起）去看了電影。

- 친구를 만나고 (나 혼자 또는 다른 사람과) 영화를 봤어요.
  我去見朋友，然後（自己一人或跟別人一起）看了電影。

❷ 與表示穿戴衣服或首飾的動詞一起合用時，則以-고代替-아/어서。

- 코트를 입어서 공부해요. (×) → 코트를 입고 공부해요. (○)　　　我穿上外套然後讀書。

  사람들이 우산을 써서 가요. (×) → 사람들이 우산을 쓰고 가요. (○)
  　　　　　　　　　　　　　　　人們拿著雨傘走路。

- 아이가 안경을 써서 책을 봐요. (×) → 아이가 안경을 쓰고 책을 봐요. (○)
  　　　　　　　　　　　　　孩子戴上眼鏡後看書。

自己做

依照圖片，從下列選項中選出正確的字，並利用-아/어서填空。

> 가다　들어가다　만나다　만들다　사다

(1)

A 어제 뭐 했어요?
B 어제 고등학교 친구를 _____ 같이 식사했어요.

(2)

A 오늘 퇴근 후에 뭐 할 거예요?
B 노래방에 _____ 노래할 거예요.

(3)

A 보통 빵을 _____ 먹어요?
B 아니요, 우리는 빵을 _____ 먹어요.

(4)

A 날씨가 추워요.
B 그러면 커피숍에 _____ 이야기해요.

05 N 때, A/V-(으)ㄹ 때

방학(8.2~8.31)

087.mp3

방학 때 아르바이트를 해요.

我放假時打工。

4살 때 사진이에요.

這是我四歲時的照片。

시험 볼 때 옆 사람의 시험지를 보지 마세요.

考試的時候不要看旁人的考卷。

文法重點

때用來表示動作、狀態發生或持續的時間。在名詞後面直接加때即可,若要接在動詞後面時,則加-ㄹ 때。當語幹以母音或ㄹ結尾時用-ㄹ 때;當語幹以子音結束時用-을 때。

名詞	動詞	
名詞+때	語幹以母音或ㄹ結尾	語幹以子音結尾
방학 + 때 → 방학 때	가다 + -ㄹ 때 → 갈 때	먹다 + -을 때 → 먹을 때

名詞 때	原形	動詞-ㄹ 때	原形	動詞-을 때
10살 때	보다	볼 때	있다	있을 때
시험 때	만나다	만날 때	없다	없을 때
고등학교 때	끝나다	끝날 때	받다	받을 때
점심 때	나쁘다	나쁠 때	좋다	좋을 때

저녁 때	피곤하다	피곤할 때	*듣다	들을 때
크리스마스 때	*살다	살 때	*붓다	부을 때
휴가 때	*만들다	만들 때	*덥다	더울 때

*不規則變化

會話

A 몇 살 때 첫 데이트를 했어요?

B 20살 때 했어요.

A 你幾歲時第一次約會？

B 20歲的時候。

088.mp3

A 초등학교 때 친구들을 자주 만나요?

B 아니요, 자주 못 만나요.

A 時常跟國小時的朋友見面嗎？

B 沒有，不常見面。

A 이 옷은 실크예요.

　세탁할 때 조심하세요.

B 네, 알았어요.

A 這件衣服是用絲綢做的。

　洗衣服的時候請小心。

B 是的，我知道了。

注 意！

때不能與오전、오후、아침或星期幾一起合用。

- 오전 때 공부를 해요. (✕) → 오전에 공부를 해요. (○)　　我早上讀書。
- 오후 때 운동을 해요. (✕) → 오후에 운동을 해요. (○)　　我下午運動。
- 월요일 때 공항에 가요. (✕) → 월요일에 공항에 가요. (○)　我星期一去機場。

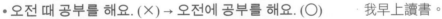

哪裡不一樣？

크리스마스에和크리스마스 때兩者哪裡不一樣？
對於某些名詞，像是저녁、점심和방학來說，不管是寫成「名詞 때」或「名詞에」意思都是一樣的。但是對於某些名詞，特別是假日如크리스마스和추석來說，「名詞에」表示這些假日的休假時間，而「名詞 때」表示大約那個時間附近，例如假日當天或假日前後。舉例來說，크리스마스에表示12月25日，而크리스마스 때表示聖誕節附近的那幾天，例如是聖誕節前一天或後一天。

- 크리스마스 때　聖誕節附近的幾天，包括聖誕節前、聖誕節當天及聖誕節之後。
- 크리스마스에　12月25日當天。

때或에都可以與저녁、점심和방학一起使用，不會影響句意。

- 저녁 때 = 저녁에，점심 때 = 점심에，방학 때 = 방학에

依照圖片，從下列選項中選出正確的字，並利用때或-(으)ㄹ 때填空。

덥다　식사　없다　크리스마스

(1)

A _____뭐 해요?
B 친구들과 파티를 할 거예요.

(2)

A 한국에서는_____수저를 사용합니다.
B 미국에서는 포크와 나이프를 사용해요.

(3)

A 햄버거 좋아해요?
B 시간이_____햄버거를 먹어요.

(4)

A 이게 뭐예요?
B 부채예요. _____사용해요.

06 V-(으)면서

089.mp3

밥을 먹으면서 TV를 봅니다.

邊吃飯邊看電視。

우리 언니는 피아노를 치면서 노래를 해요.

我姐姐邊彈鋼琴邊唱歌。

운전하면서 전화하지 마세요. 위험해요.

請不要邊開車邊講電話。很危險。

文法重點

　　-(으)면서表示第一個與第二個動作同時發生，相當於「一邊…一邊…」之意。當動詞語幹以母音或ㄹ結束時，則用-면서，當以子音結束時，則用-으면서。

語幹以母音或ㄹ結束	語幹以子音結束
가다 + -면서 → 가면서	먹다 + -으면서 → 먹으면서

原形	-면서	原形	-으면서
보다	보면서	받다	받으면서
부르다	부르면서	읽다	읽으면서
기다리다	기다리면서	*듣다	들으면서
공부하다	공부하면서	*걷다	걸으면서
*울다	울면서	*짓다	지으면서
*만들다	만들면서	*돕다	도우면서

*不規則變化

用-(으)면서時，兩個子句的主語都一樣。也就是說，兩者必定是同一個人。

- 하영 씨는 노래를 하면서 재준 씨는 피아노를 칩니다. (×)
  → (하영 씨는) 노래를 하면서 (하영 씨는) 피아노를 칩니다. (○)
    （夏英）邊唱歌（夏英）邊彈鋼琴。
  → 하영 씨가 노래를 하는 동안 재준 씨는 피아노를 칩니다. (○)
    當夏英唱歌時，在準在彈鋼琴。

當兩個子句的主語不一樣，要用-는 동안。

- 동생이 청소를 하는 동안 언니는 빨래를 했습니다.
  當我弟弟/妹妹在打掃時，我姐姐在洗衣服。

（請見單元 5 時間表達 09 N 동안, V–는 동안）

表達過去時制和未來時制的時制不可加在-(으)면서前面，-(으)면서只可用現在時制表示。

- 어제 하영 씨는 노래를 했으면서 피아노를 쳤습니다. (×)
  → 어제 하영 씨는 노래를 하면서 피아노를 쳤습니다. (○)
    昨天，夏英邊唱歌邊彈鋼琴。

會 話

A 음악을 좋아해요?

B 네, 그래서 음악을 들으면서 공부를 해요.

A 你喜歡音樂嗎？

B 是的。所以我邊聽音樂邊讀書。

090.mp3

A 어제 많이 바빴어요?

B 네, 그래서 샌드위치를 먹으면서 일했어요.

A 昨天很忙嗎？

B 是的。所以邊吃三明治邊工作。

A 요즘 왜 피곤해요?

B 학교에 다니면서 아르바이트를 해요. 그래서 피곤해요.

A 最近為什麼那麼累？

B 一邊上課一邊打工。所以很累。

請依照圖片，利用-(으)면서填空。

(1)

_____ .

(커피를 마시다, 신문을 보다)

(2)

_____ .

(노래를 하다, 샤워를 하다)

(3)

_____ .

(아이스크림을 먹다, 걷다)

(4)

_____ .

(친구를 기다리다, 책을 읽다)

지하철 공사 중입니다.

地鐵施工中。

(= 지하철 공사하는 중입니다.)

地鐵正在施工。

091.mp3

사장님은 회의 중입니다.

老闆開會中。

(= 사장님은 회의하는 중입니다.)

老闆正在開會。

지금 집에 가는 중이에요.

現在正在回家路上。

이사할 거예요. 그래서 집을 찾는 중이에요.

我要搬家。所以正在找房子。

文法重點

　　此文法與表示動作內容的名詞一起使用，意思是主語正在進行某個動作，相當於「正在…中」之意。與名詞一起使用時接중；與動詞使用時在動詞語幹後接-는 중即可。

名詞 + 중	動詞語幹 + -는 중
회의 + 중 → 회의 중	회의하다 + -는 중 → 회의하는 중

原形	名詞 중	動詞-는 중
수업(하다)	수업 중	수업하는 중
회의(하다)	회의 중	회의하는 중
공사(하다)	공사 중	공사하는 중
통화(하다)	통화 중	통화하는 중
가다		가는 중
먹다		먹는 중
배우다	–	배우는 중
*만들다		만드는 중

*不規則變化

會 話

A 왜 이렇게 길이 막혀요?
B 백화점이 세일 중이에요.
　그래서 길이 막혀요.

A 為什麼塞車塞這麼嚴重?
B 百貨公司特價中。
　所以塞車。

092.mp3

A 여보세요? 한국 무역회사입니까?
　김 과장님 좀 부탁합니다.
B 김 과장님은 지금 외출 중이십니다.
　오후 5시에 들어오실 겁니다.

A 喂?請問是韓國貿易公司嗎?
　請幫我轉接金課長。
B 金課長現在外出中。
　下午五點會進來。

A 운전면허증 있어요?
B 요즘 운전을 배우는 중이에요.
　다음 주에 운전면허 시험을 봐요.

A 你有駕照嗎?
B 最近正在學開車。
　下星期我要考駕照。

注 意!

-는 중이다和-고 있다意思很接近,但是-고 있다沒有限定可以用的主語,而
-는 중이다不可以與表示自然現象的主語一起使用

• 비가 오는 중이에요. (×) → 비가 오고 있어요. (○)　　正在下雨。
• 눈이 오는 중이에요. (×) → 눈이 오고 있어요. (○)　　正在下雪。
• 바람이 부는 중이에요. (×) → 바람이 불고 있어요. (○)　風正在吹。

將圖片與正確的詞連在一起。

(1)

(5)

● ●ⓐ 수리 중　ⓔ 쓰는 중 ● ●

(2)

(6)

● ●ⓑ 샤워 중　ⓕ 생각하는 중 ● ●

(3)

(7)

● ●ⓒ 임신 중　ⓖ 만드는 중 ● ●

(4)

(8)

● ●ⓓ 통화 중　ⓗ 읽는 중 ● ●

08 V-자마자

너무 피곤해서 집에 오자마자 잤어요.

因為太累了，所以一回到家就睡了。

093.mp3

불이 나자마자 소방차가 왔어요.

一起火消防車就來了。

수업이 끝나자마자 학생들은 교실을 나갔어요.

一下課學生們就離開教室。

文法重點

-자마자用來表示某件事情在某個事件或動作結束之後馬上發生，相當於「一…就…」之意。

가다 + -자마자 → 가자마자　　　　먹다 + -자마자 → 먹자마자

原形	-자마자	原形	-자마자
보다	보자마자	씻다	씻자마자
켜다	켜자마자	앉다	앉자마자
끝나다	끝나자마자	듣다	듣자마자
시작하다	시작하자마자	묻다	묻자마자
만들다	만들자마자	눕다	눕자마자

用V-지마자時，第一個子句與第二個子句的主語不一定要相同。

- (내가) 집에 오자마자 (내가) 잤어요.

  我一到家就睡了。
- 엄마가 나가자마자 아기가 울어요.

  媽媽一離開，小孩就哭。

動詞的時制不放在第一個子句，而是放在第二個子句。

- 집에 갔자마자 잤어요. (×) → 집에 가자마자 잤어요. (○)

  我一到家就睡了。

- 집에 갈 거자마자 잘 거예요. (×) → 집에 가자마자 잘 거예요. (○)

  一到家我就會睡覺。

會 話

A 정아 씨와 언제 결혼할 거예요?　　　　A 你和貞雅何時結婚？

B 대학교를 졸업하자마자 결혼할 거예요.　B 大學一畢業我們就結婚。

094.mp3

A 오늘 왜 기분이 안 좋아요?　　　　　　A 今天為什麼心情不好？

B 어제 우산을 샀어요.　　　　　　　　　B 昨天買了雨傘。

　　그런데 우산을 사자마자 잃어버렸어요.　　但是一買到雨傘，雨傘就丟了。

A 배가 너무 불러요. 누워서 좀 자고 싶어요.　A 我好飽，我想躺著睡覺。

B 밥을 먹자마자 누우면 건강에 안 좋아요.　B 一吃完飯就睡覺的話對健康不好。

下面的人在做什麼？ 將左邊的圖片與右邊的圖片連起來，並從下列選項中選出正確的字，利用-자마자填空。

끊다   나가다   시작하다   오다

(1) •   • ⓐ

(2) •   • ⓑ

(3) •   • ⓒ

(4) •   • ⓓ

(1) 집에 _____컴퓨터를 켜요.

(2) 엄마가 방에서 _____아기가 울어요.

(3) 영화가 _____ 자요.

(4) 전화를 _____ 나갔어요.

어제 4시간 동안 공부했어요.

昨天讀書讀了四小時。

095.mp3

곰은 겨울 동안에 겨울잠을 자요.

熊在冬天冬眠。

친구들이 점심을 먹는 동안 나는 숙제를 했어요.

朋友吃午餐的時候,我寫了作業。

文法重點

　　此文法表示某特定動作或行為從開始到結束的時間長度,相當於「…期間」之意。名詞之後加동안,動詞之後加-는 동안。

가다 + -는 동안 → 가는 동안　　　　먹다 + -는 동안 → 먹는 동안

名詞 동안	原形	動詞-는 동안
10분 동안	자다	자는 동안
일주일 동안	읽다	읽는 동안
한 달 동안	듣다	듣는 동안
방학 동안	여행하다	여행하는 동안
휴가 동안	*살다	*사는 동안

*不規則變化

當使用V-는 동안時，第一個子句與第二個子句的主語不一定要相同。

- (내가) 한국에서 사는 동안 (나는) 좋은 친구들을 많이 만났어요.
  當我住在韓國的時候，我交了很多好朋友。

- 내가 친구들과 노는 동안 동생은 학교에서 열심히 공부했어요.
  我跟朋友玩的時候，弟弟/妹妹在學校用功念書。

會 話

A 얼마 동안 한국에 있을 거예요?
B 3년 동안 있을 거예요.

A 在韓國要待多久？
B 要待三年。

096.mp3

A 방학 동안에 뭐 할 거예요?
B 친척 집을 방문할 거예요.

A 放假要做什麼？
B 我要去親戚家。

A 비행기가 2시간 후에 출발해요.
B 그러면 비행기를 기다리는 동안 면세점에서 쇼핑을 합시다.

A 飛機兩小時後起飛。
B 那麼等飛機的期間，我們一起去逛免稅店吧。

哪裡不一樣?

-(으)면서和–는 동안哪裡不一樣？
當同一個人同時做兩個或更多動作時用-면서。然而-는 동안可以用在第一個與第二個子句的主語不同的情況，也就是說表示第一個子句的主語在做某個動作的時候，第二個子句的主語正在做其他動作。

-(으)면서	-는 동안에
第一個與第二個子句的主語一定要一樣。	第一個與第二個子句的主語可以不一樣。
• 하영 씨는 음악을 들으면서 책을 읽었습니다. 夏英邊聽音樂（夏英）邊看書。 10:00~10:30 	• 하영 씨가 음악을 듣는 동안에 재준 씨는 책을 읽었습니다. 夏英聽音樂的時候，在準在讀書。 10:00~10:30 

뭐己做

請依照圖片，利用동안或-는 동안填空。

(1)

여러분, _____ 휴식 시간이에요.

(2)

_____ 식당에서 아르바이트를 했어요.

(3)

어머니가 _____ 아버지가 청소를 해요.

(4)

아이가 _____ 산타클로스가 선물을 주고 가요.

10 V-(으)ㄴ 지

097.mp3

저는 한국에 온 지 2년이 되었습니다.
我來韓國已經兩年了。

담배 끊은 지 한 달 되었어요.
我戒菸一個月了。

컴퓨터 게임을 한 지 5시간이 넘었어요.
我玩電腦遊戲超過五個小時了。

文法重點

-(으)ㄴ 지表示從發生某個情況或動作到現在經過了多久時間，相當於「從…至今」之意。

此文法可有不同形式如-(으)ㄴ 지~되다、-(으)ㄴ 지~넘다和-(으)ㄴ 지~안 되다。當動詞語幹以母音或ㄹ結束用-ㄴ 지。當語幹以子音結束時用-은 지。

語幹以母音或ㄹ結束	語幹以子音結束
가다 + -ㄴ 지 → 간 지	먹다 + -은 지 → 먹은 지

原形	-ㄴ 지	原形	-은 지
오다	온 지	끊다	끊은 지
사귀다	사귄 지	*듣다	들은 지
공부하다	공부한 지	*걷다	걸은 지
*놀다	논 지	*짓다	지은 지
*만들다	만든 지	*돕다	도운 지

*不規則變化

A 언제부터 한국어를 공부했어요?　　A 從哪時開始學韓語的？

B 한국어를 공부한 지 6개월이 되었어요.　B 我學韓語六個月了。

098.mp3

A 남자 친구와 얼마나 사귀었어요?　　A 和男朋友交往多久了？

B 사귄 지 3년이 넘었어요.　　　　　B 交往超過三年了。

自己做

閱讀下列文章，並利用-(으)ㄴ 지完成下列句子。

| 2000년 졸업하다 | 2004년 결혼하다 | 2005년 5월 한국에 오다 | 2005년 8월 한국 여행을 하다 | 2005년 9월 영어를 가르치다 | 2008년 3월 한국어를 배우다 | 2009년 4월 헬스클럽에 다니다 |

2009년 9월
지금

(1) 리처드 씨는 대학교를 　　　　　　9년 되었습니다.

(2) 리처드 씨는 　　　　　　5년 넘었습니다.

(3) 리처드 씨는 한국에 　　　　　4년 되었습니다.

(4) 리처드 씨는 　　　　　　4년 되었습니다.

(5) 리처드 씨는 　　　　　2년이 좀 안 되었습니다.

(6) 리처드 씨는 　　　　　5개월이 되었습니다.

(7) 리처드 씨는 　　　　　4년이 좀 넘었습니다.

單元 **6.**

能力與可能性

* V為動詞（Verb）。

01 V-(으)ㄹ 수 있다/없다

이 영화를 볼 수 있어요.

我們可以看這部電影。

저 영화를 볼 수 없어요.

我們不能看那部電影。

한국말을 할 수 있어요.

我可以說韓語。

아프리카 말을 할 수 없어요.

我不會說非洲語。

한자를 읽을 수 있어요.

我會讀漢字。

한자를 읽을 수 없어요.

我不會讀漢字。

099.mp3

文法重點

此文法表示能力或可能性。當某人可以做某事或當某事是可以做的時候，可用-(으)ㄹ 수 있다；但當某人不能做某事或是當某事不能做時，則使用-(으)ㄹ 수 없다。相當於「可以、會…／不會、沒辦法」之意。當動詞語幹以母音或ㄹ結尾時，要用-ㄹ 수 있다/없다。當動詞語幹以子音結尾時，要用-을 수 있다/없다。

語幹以母音或ㄹ結尾	語幹以子音結尾
가다 + -ㄹ 수 있다/없다 → 갈 수 있다/없다	먹다 + -을 수 있다/없다 → 먹을 수 있다/없다

原形	-ㄹ 수 있어요/없어요	原形	-을 수 있어요/없어요
가다	갈 수 있어요/없어요	받다	받을 수 있어요/없어요
만나다	만날 수 있어요/없어요	*듣다	들을 수 있어요/없어요
수영하다	수영할 수 있어요/없어요	*걷다	걸을 수 있어요/없어요
*놀다	놀 수 있어요/없어요	*짓다	지을 수 있어요/없어요
*살다	살 수 있어요/없어요	*돕다	도울 수 있어요/없어요

*不規則變化

會 話

100.mp3

A 무슨 운동을 할 수 있어요?　　　　　A 你會做什麼運動？

B 축구를 할 수 있어요. 그리고 태권도도　B 我會踢足球，也會跆拳道。
　할 수 있어요. 그렇지만 수영은 할 수　　但是我不會游泳。
　없어요.

A 요코 씨, 오늘 저녁에 만날 수 있어요?　A 庸子，今天晚上可以見面嗎？

B 미안해요. 만날 수 없어요.　　　　　　B 對不起，我沒辦法跟你見面。
　약속이 있어요.　　　　　　　　　　　　我有約了。

A 한국 드라마를 이해할 수 있어요?　　　A 你看得懂韓劇嗎？

B 네, 드라마는 조금 이해할 수 있어요.　B 對，我看得懂一點韓劇。
　그렇지만 뉴스는 이해할 수 없어요.　　　但是我看不懂新聞。

注 意！

於-(으)ㄹ 수 있다/없다加上助詞-가，形成-(으)ㄹ 수가 있다/없다。讓句子
比-(으)ㄹ 수 있다/없다更有強調意味。

• 떡볶이가 매워서 먹을 수 없어요.　　　因為炒年糕很辣所以沒辦法吃。

• 떡볶이가 매워서 먹을 수가 없어요.　　因為炒年糕很辣所以 (真的) 沒辦法吃。

• 길이 막혀서 갈 수 없어요.　　　　　　因為塞車所以去不了。

• 길이 막혀서 갈 수가 없어요.　　　　　因為塞車所以 (真的) 去不了。

依照圖片，從下列選項中選出正確的字，並利用-(으)ㄹ 수 있다/없다填空。

걷다　고치다　부르다　열다　추다
---

(1)

A 컴퓨터가 고장 났어요.
B 내가_____.

(2)

아리랑

A 한국 노래를_____?
B 네, '아리랑'을_____.
　한국 춤도_____.

(3)

A 왜 그래요?
B 발이 아파요._____.

(4)

A 이 병을_____.
B 걱정하지 마세요. 내가_____.

02 V-(으)ㄹ 줄 알다/모르다

딸기잼을 만들 줄 알아요.

我知道怎麼做草莓醬。

휴대전화로 사진을 보낼 줄 알아요.

我知道怎麼用手機傳照片。

된장찌개를 맛있게 끓일 줄 알아요.

我知道怎麼煮出好吃的大醬鍋。

文法重點

　　此文法表示某人是否知道或有能力做某事。當動詞語幹以母音或ㄹ結尾時用-ㄹ 줄 알다/모르다；當動詞語幹以子音結尾時用-을 줄 알다/모르다。相當於「會、懂得、能夠…」之意。

語幹以母音或ㄹ結尾	語幹以子音結尾
보내다 + -ㄹ 줄 알다/모르다 → 보낼 줄 알다/모르다	입다 + -을 줄 알다/모르다 → 입을 줄 알다/모르다

原形	-ㄹ 줄 알아요/몰라요	原形	-을 줄 알아요/몰라요
쓰다	쓸 줄 알아요/몰라요	읽다	읽을 줄 알아요/몰라요
고치다	고칠 줄 알아요/몰라요	접다	접을 줄 알아요/몰라요
사용하다	사용할 줄 알아요/몰라요	*굽다	구울 줄 알아요/몰라요
*만들다	만들 줄 알아요/몰라요	*짓다	지을 줄 알아요/몰라요

*不規則變化

會話

A 캐럴 씨, 컴퓨터 게임
'스타크래프트'를 할 줄 알아요?

B 아니요, 할 줄 몰라요. 어떻게 해요?

A 무슨 음식을 만들 줄 알아요?

B 저는 잡채하고 스파게티를
만들 줄 알아요.

A 凱蘿小姐，妳知道電腦遊戲
「星海爭霸」怎麼玩嗎？

B 不，我不知道，要怎麼玩啊？

102.mp3

A 你會做什麼料理？

B 我會做雜菜與義大利麵。

哪裡不一樣?

-(으)ㄹ 줄 알다/모르다	-(으)ㄹ 수 있다/없다
表示某人是否知道或有能力做某事。	不只用來表達有能力去做某事，也用來表示是否情況允許某事。
•나는 딸기잼을 만들 줄 몰라요. 我不知道怎麼做草莓醬。	•나는 딸기잼을 만들 수 없어요. (1)我不知道怎麼做草莓醬 (2)我知道怎麼做草莓醬，但是因為某些原因（例如沒有草莓），所以現在沒辦法做。

自己做

依照圖片從下列選項中選出正確的字，並利用-(으)ㄹ 줄 알다/모르다填空。

두다　사용하다　타다

(1)

A 자전거를 탈 줄 알아요?

B 네, 한발 자전거도 _____.

(2)

A 바둑 _____?

B 체스는 _____.
그렇지만 바둑은 _____.

(3)

A 이거 어떻게 사용해요?

B 글쎄요. 저도 _____.

單元 **7.**

要求與義務，
允許與禁止

* V為動詞（Verb），A為形容詞（Adjective）。

01 V-(으)세요

여기 앉으세요.

請坐在這裡。

103.mp3

책 15쪽을 보세요.

請看書的第15頁。

이 길로 쭉 가세요.

請從這條路直走。

文法重點

　　-(으)세요用於禮貌要求聽者做某事，或請求、命令對方。相當於「請你…」之意。在此情況下，雖可以用-아/어요，但-(으)세요比較禮貌。當動詞語幹以母音結束用-세요，當以子音結束時用-으세요，有些動詞有特殊形態。格式體尊待形用-(으)십시오。

語幹以母音結束		語幹以子音結束	
가다 + -세요 → 가세요		앉다 + -으세요 → 앉으세요	

原形	-세요	原形	-(으)세요	原形	特殊形態
사다	사세요	입다	입으세요	먹다/마시다	드세요
오다	오세요	찾다	찾으세요	자다	주무세요
주다	주세요	받다	받으세요	말하다	말씀하세요
운동하다	운동하세요	벗다	벗으세요	있다	계세요

*만들다	만드세요	*듣다	들으세요	◆ 주다	주세요
*살다	사세요	*걷다	걸으세요		드리세요

*不規則變化

◆ (請見韓語介紹 5. 尊待表現)

當-(으)세요用於祈使句表達指示、命令時，只能用於動詞，不可用於이다及形容詞。

- 의사이세요 (✕) → 의사가 되세요. (○) 請成為醫生。
- 기쁘세요 (✕) → 기뻐하세요. (○)   祝福你快樂。

    (※形容詞要轉變為動詞形態才能使用-(으)세요。)

(請見單元 18 句子中詞語形態的轉變 04 A-아/어하다)

但是，有很多形容詞語幹是以하다結尾。當成慣用語使用時，可與-으세요合用。

- 할아버지, 건강하세요. 오래오래 사세요.
    爺爺，祝您健康。要長命百歲哦！
- 민우 씨, 결혼 축하해요. 행복하세요.
    民洙，恭喜你結婚。祝你幸福！

會 話

A 살을 빼고 싶어요.

B 그럼 야채를 많이 드세요.
그리고 운동을 많이 하세요.

A 我想減肥。

B 那麼請多吃蔬菜。
還有請多運動。

104.mp3

A 여기에 이름과 전화번호를 쓰세요.

B 알겠습니다.

A 請在這裡寫下名字與電話號碼。

B 我知道了。

A 여러분, 조용히 하세요!
자, 사장님, 말씀하세요.

B 고마워요, 김 부장.

A 大家請安靜！
現在，社長，請致詞。

B 謝謝妳，金部長。

你應該負責什麼事？依照圖片，並從右邊選項中找到最好的答案連接起來。

(1)

 •

• ⓐ 학교에 일찍 오세요.

(2)

 •

• ⓑ 들어오세요.

(3)

 •

• ⓒ 한국어로 말하세요.

(4)

 •

• ⓓ 많이 드세요.

02

V-지 마세요

술을 마시지 마세요.

請不要喝酒。

105.mp3

전화하지 마세요.

請不要講電話。

수업 시간에 자지 마세요.

上課時不要睡覺。

文法重點

　　-지 마세요用來要求、建議、指示或命令聽者不要做某事。這是-(으)세요的否定形態，相當於「請勿…」之意，只要加-지 마세요於動詞語幹之後即可。格式體尊待形為-지 마십시오。

가다 + -지 마세요 → 가지 마세요	먹다 + -지 마세요 → 먹지 마세요

原形	-지 마세요	原形	-지 마세요
사다	사지 마세요	운동하다	운동하지 마세요
오다	오지 마세요	듣다	듣지 마세요
읽다	읽지 마세요	만들다	만들지 마세요

-지 마세요只可與動詞合用，不可與이다和形容詞合用。

- 변호사이지 마세요. (×)
- 슬프지 마세요. (×) → 슬퍼하지 마세요. (○)　　請不要悲傷。
- 기분 나쁘지 마세요. (×) → 기분 나빠하지 마세요. (○)

請不要心情不好。

（※形容詞要轉變為動詞形態才能使用-지 마세요）

（請見單元 18 句子中詞語形態的轉變 04 A-아/어하다）

A 버스를 탈까요?

B 길이 막히니까 버스를 타지 마세요.
　　지하철을 타세요.

A 要搭公車嗎?

B 塞車，別搭公車。
　　搭地鐵吧。

106.mp3

A 이 영화 어때요? 재미있어요?

B 이 영화를 보지 마세요. 재미없어요.

A 這電影怎樣?好看嗎?

B （請）不要看這部電影。不好看。

A 음악을 너무 크게 듣지 마세요.
　　귀에 안 좋아요.

B 네, 알겠어요.

A 音樂（請）不要聽太大聲。
　　對耳朵很不好。

B 知道了。

你應該怎麼回答呢?依照圖片，從選項中選出正確答案並連起來。

(1)

A 너무 뚱뚱해요. 살을 빼고 싶어요.

B 그러면 _____. (햄버거를 먹다)

(2)

A 요즘 목이 너무 아파요.

B 그러면 _____. (담배를 피우다)

(3)

A 요즘 밤에 잠을 못 자요.

B 그럼 _____. (커피를 마시다)

(4)

A 요즘 눈이 많이 아파요.

B 그럼 _____. (컴퓨터 게임을 하다)

03 A/V-아/어야 되다/하다

내일 시험이 있어요. 그래서
공부해야 돼요.

明天有考試，所以要讀書才行。

107.mp3

여자 친구 생일이라서 선물을 사야 돼요.

因為是女朋友生日，所以要買禮物才行。

먹기 전에 돈을 내야 해요.

吃之前要付錢。

文法重點

　　-아/어야 되다/하다表示做某事的義務或必要性，或某種情況的必然性，相當於「必須…、應該…」之意。如語幹以母音ㅏ或ㅗ結束接-아야 되다/하다，以其它母音結尾時接-어야 되다/하다。若是하다結尾的語幹接해야 되다/하다。它的過去時制為-아/어야 됐어요/했어요。

語幹以母音ㅏ或ㅗ結束	語幹以其它非ㅏ或ㅗ母音結束	動詞語幹以하다結束
앉다 + -아야 되다/하다 → 앉아야 되다/하다	기다리다 + -어야 되다/하다 → 기다려야 되다/하다	공부하다 → 공부해야 되다/하다

原形	-아/어야 돼요/해요	原形	-아/어야 돼요/해요
가다	가야 돼요/해요	청소하다	청소해야 돼요/해요
보다	봐야 돼요/해요	*쓰다	써야 돼요/해요
읽다	읽어야 돼요/해요	*자르다	잘라야 돼요/해요
배우다	배워야 돼요/해요	*듣다	들어야 돼요/해요

*不規則變化

會 話

A 주말에 같이 영화 볼까요?

B 미안해요. 어머니 생신이라서
　고향에 가야 돼요.

A 週末要一起看電影嗎？

B 對不起。因為媽媽生日，所以
　必須回老家。

108.mp3

A 여름에 제주도에 가려고 해요.

B 비행기 표를 예약했어요?
　사람이 많아서 미리 예약해야 돼요.

A 夏天要去濟州島旅行。

B 你訂機票了嗎？因為人多，所以必須先訂
　機票。

A 어제 왜 파티에 안 오셨어요?

B 일이 많아서 회사에서 일해야 됐어요.

A 為什麼昨天沒來派對呢？

B 因為事情很多，所以必須待在公司工作。

注 意！

-아/어야 되다/하다有兩種否定形態。一為「沒有必要做某事」的-지 않아도 되다；另一個為「禁止做某種行為」的-(으)면 안 되다。

❶ -지 않아도 되다 （沒有必要，不需要）
（請見單元 7 要求與義務，允許與禁止 06 A/V-지 않아도 되다）

A 내일 회사에 가요?　　　　　　　　明天要上班嗎？

B 아니요, 내일은 휴가라서 회사에 가지 않아도 돼요.
　不，明天休假，所以不去公司也可以。

A 공원까지 버스로 가요?　　　　　　搭公車到公園嗎？

B 가까워요. 그래서 버스를 타지 않아도 돼요. 걸어가도 돼요.
　（公園）很近，所以不要搭公車，用走的也行。

❷ -(으)면 안 되다 （不應該，不允許）
（請見單元 7 要求與義務，允許與禁止 05 A/V-(으)면 안 되다）

• 박물관에서는 사진을 찍으면 안 돼요.　在博物館照相的話不行。

• 실내에서 담배를 피우면 안 돼요.　　　在室內吸菸的話不行。

依照圖片，利用-아/어야 되다/하다填空。

(1)

A 오늘 시간 있으면 같이 테니스 칠까요?
B 미안해요. 부모님이 한국에 오셔서 _____.
(공항에 가다)

(2)

A 파리에서 일하고 싶어요.
B 그러면 _____.
(프랑스어를 잘하다)

(3)

A 같이 술 한 잔 할까요?
B 미안해요. 오늘 _____.
(운전하다)

그래서 같이 술을 못 마셔요.

(4)

A 약속이 있어서 시내에 1시까지 가야 해요.
B 그럼 _____.
(12시에 출발하다)

(5)

A 어제 왜 헬스클럽에 안 왔어요?
B 몸이 많이 아파서 _____.
(병원에 가다)

04 A/V-아/어도 되다

사진을 찍어도 돼요?

我可以照相嗎？

여기 앉아도 돼요?

我可以坐這裡嗎？

펜을 써도 돼요?

我可以用那支筆嗎？

.... **文法重點** ....

　　-아/어도 되다表示允許或同意某種動作，表示「做也無妨」之意。當語幹以母音ㅏ或ㅗ結束接-아도 되다。當語幹以其它母音結束時接-어도 되다。動詞語幹以하다結束則接해도 되다。也可使用-아/어도 괜찮다和-아/어도 좋다來代替-아/어도 되다。

語幹以母音ㅏ或ㅗ結束	語幹以其他非ㅏ或ㅗ母音結束	動詞語幹以하다結束
사다 + -아도 되다 → 사도 되다	마시다 + -어도 되다 → 마셔도 되다	구경하다 → 구경해도 되다

原形	-아/어도 돼요	原形	-아/어도 돼요
가다	가도 돼요	*듣다	들어도 돼요
오다	와도 돼요	*쓰다	써도 돼요
읽다	읽어도 돼요	*자르다	잘라도 돼요
요리하다	요리해도 돼요	*눕다	누워도 돼요

*不規則變化

會 話

A 밤에 전화해도 돼요?
B 물론이에요. 전화하세요.

A 我可以晚上打給妳嗎？
B 當然，請打給我。

110.mp3

A 창문을 열어도 돼요?
B 그럼요, 열어도 돼요.

A 介意我開窗戶嗎？
B 我不介意，你可以打開。

A 라디오를 켜도 돼요?
B 아이가 자고 있어요. 켜지 마세요.

A 我可以開收音機嗎？
B 小孩在睡覺，請別打開。

依照圖片，從下列選項中選出正確答案，並用-아/어도 되다填空。

들어가다　술을 마시다　쓰다　켜다

(1)

A 선생님, _____?
B 아니요, 술을 마시지 마세요.

(2)

A 에어컨을 _____?
B 네, 켜세요.

(3)

A 지금 _____?
B 공연이 시작했어요. 쉬는 시간에 들어가세요.

(4)

A 전화를 _____?
B 네, 쓰십시오.

05 A/V-(으)면 안 되다

실내에서 담배를 피우면 안 돼요.

禁止在室內吸菸。

111.mp3

운전 중에 전화하면 안 돼요.

開車中禁止講電話。

지금 길을 건너면 안 돼요.

現在不能過馬路。

文法重點

　　-(으)면 안 되다用來表示禁止或限制聽者的某種特定動作，也可表示某種行動或狀態是在社會規範或常識上所不能容納或禁止的，是「如是⋯是不可的」之意。當語幹以母音或ㄹ結束時接-면 안 되다；當語幹以子音結束時接-으면 안 되다。

語幹以母音或ㄹ結束	語幹以子音結束
가다 + -면 안 돼요 → 가면 안 돼요	먹다 + -으면 안 돼요 → 먹으면 안 돼요

原形	-면 안 돼요	原形	-으면 안 돼요
자다	자면 안 돼요	앉다	앉으면 안 돼요
보다	보면 안 돼요	받다	받으면 안 돼요
운동하다	운동하면 안 돼요	*듣다	들으면 안 돼요
*놀다	놀면 안 돼요	*붓다	부으면 안 돼요

*不規則變化

會 話

112.mp3

A 수업 시간에 영어로 말해도 돼요?   A 上課時可以講英文嗎？

B 수업 시간에는 영어로 말하면
안 돼요. 한국말을 하세요.   B 上課時不能講英文。
請講韓語。

A 한국에서는 밥을 먹을 때 코를 풀면   A 在韓國吃飯時擤鼻涕是不行的。
안 돼요.

B 아, 그래요? 몰랐어요.   B 啊？真的嗎？我不知道。

A 도서관에서 얘기하면 안 돼요.   A 在圖書館談話是不行的。

B 아, 죄송합니다.   B 啊！對不起。

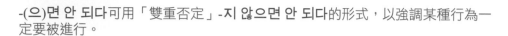

注 意！

-(으)면 안 되다可用「雙重否定」-지 않으면 안 되다的形式，以強調某種行為一定要被進行。

- 8월은 휴가철이니까 비행기 표를 미리 사지 않으면 안 돼요.
  (= 표를 미리 사야 돼요.)
  8月是放假期間，所以不先訂機票不行。（機票一定要預訂）

- 병이 심각해서 수술하지 않으면 안 돼요. (= 수술해야 돼요.)
  因為病得很嚴重，所以不手術不行。（必須動手術）

- 다음 주에 중요한 시험이 있어서 공부하지 않으면 안 돼요. (= 공부해야 돼요)
  下星期有重要的考試，所以不讀書不行。（一定要讀書）

依照圖片，從下列選項中選出正確答案，並用-(으)면 안 되다填空。

들어오다　마시다　버리다　키우다

(1)

A 기숙사에서 개를 키워도 돼요?
B 아니요, 개를 _____.

(2)

A 선생님, 커피를 마셔도 돼요?
B 커피를 _____.

(3)

A 여기에 쓰레기를 _____.
B 죄송합니다.

(4)

A 들어가도 돼요?
B _____. 옷을 갈아입고 있어요.

06 A/V-지 않아도 되다 (안 A/V-아/어도 되다)

113.mp3

유치원생은 버스 요금을 내지 않아도
돼요.

幼稚園學童不付公車錢也沒關係。

평일이니까 영화표를 미리 사지 않아도 돼요.

因為是平日，所以沒有事先買電影票也沒關係。

금요일에는 정장을 입지 않아도 돼요.

星期五不穿西裝也沒關係。

文法重點

　　-지 않아도 되다用來表示某種情況或行動是不必然的，這是表進行某種義務行為的-아/어야 되다/하다的否定形態，為「不…也沒關係／無妨」之意。只要將-지 않아도 되다或안 -아/어도 되다接在動詞語幹後即可。

(關於-아/어도的詞形變化請見單元 16 條件與假定 03 A/V-아/어도)

가다 + -지 않아도 되다 　　　　먹다 + -지 않아도 되다
→ 가지 않아도 되다 (= 안 가도 되다) 　→ 먹지 않아도 되다 (= 안 먹어도 되다)

原形	-지 않아도 돼요	안 -아/어도 돼요
사다	사지 않아도 돼요	안 사도 돼요
보다	보지 않아도 돼요	안 봐도 돼요
기다리다	기다리지 않아도 돼요	안 기다려도 돼요
전화하다	전화하지 않아도 돼요	전화 안 해도 돼요
*듣다	듣지 않아도 돼요	안 들어도 돼요

| *쓰다 | 쓰지 않아도 돼요 | 안 써도 돼요 |
| *자르다 | 자르지 않아도 돼요 | 안 잘라도 돼요 |

*不規則變化

會話

A 오늘 회식에 꼭 가야 돼요?
B 바쁘면 안 가도 돼요.

A 今天一定要去聚餐嗎？
B 忙的話不去也行。

114.mp3

A 저는 다이어트 해야 돼요!
B 지금도 날씬해요.
　다이어트하지 않아도 돼요.

A 我一定要減肥！
B 現在也很苗條。
　不用減肥也行。

依照圖片，利用-지 않아도 되다或안-아/어도 되다填空。

(1)

A 많이 기다려야 해요?
B 사람이 없으니까 많이 _____.

(2)

A 주사를 맞아야 돼요?
B 아니요, 심하지 않아서 주사를 _____.

(3)

A 책을 사야 돼요?
B 도서관에 있으니까 _____.

(4)

A 내일도 일찍 일어나요?
B 내일은 수업이 오후에 있으니까 _____.

單元 **8.**

希望的表達

* V為動詞（Verb），A為形容詞（Adjective）。

01 V-고 싶다

한국말을 잘 못해요. 한국말을 잘하고 싶어요.

115.mp3

我韓語不好。我想學好韓語。

가족을 2년 동안 못 만났어요. 가족이 보고 싶어요.

我有兩年沒見到家人了。我很想見到我的家人。

딸기를 먹고 싶어요.

我想吃草莓。

文法重點

　　-고 싶다用來表示說話者的希望或願望，相當於「想要…」之意。-고 싶다要加在動詞後，如果句子的主語為第一或第二人稱要接-고 싶다，但如果是第三人稱的情況則要用-고 싶어하다。

　　　　사다 + -고 싶다 → 사고 싶다　　　　　읽다 + -고 싶다 → 읽고 싶다

原形	-고 싶다	原形	-고 싶다
가다	가고 싶어요	받다	받고 싶어요
보다	보고 싶어요	먹다	먹고 싶어요
만나다	만나고 싶어요	결혼하다	결혼하고 싶어요
만들다	만들고 싶어요	듣다	듣고 싶어요
울다	울고 싶어요	눕다	눕고 싶어요

會 話

A 뭐 마시고 싶어요?

B 졸려요. 커피를 마시고 싶어요.

A 크리스마스에 무슨 선물을 받고
싶어요?

B 예쁜 장갑을 받고 싶어요.

A 你想喝什麼？

B 好睏喔！我想喝咖啡。

116.mp3

A 聖誕節的時候想收到什麼禮物呢？

B 我想收到漂亮的手套。

注 意！

❶ 當主語為第三人稱時，須使用-고 싶어하다。

（請見單元 18 句子中詞語形態的轉變 04 A-아/어하다）

• 에릭 씨는 자동차를 사고 싶어요. (✕) → 에릭 씨는 자동차를 사고 싶어해요. (〇)
艾瑞克想買一部車。

❷ 雖然-고 싶다不能直接與形容詞連用，但如果形容詞後加了-아/어지다，使之
變成動詞，則可以使用-고 싶다。

（請見單元 19 狀態的表達 03 A-아/어지다）

• 날씬하고 싶어요. (✕) → 날씬해지고 싶어요. (〇)　　我想變瘦。

❸ -고 싶다可與助詞-을/를和-이/가合用。

• 가족이 보고 싶어요. (〇)　　　　我想見我的家人。

• 가족을 보고 싶어요. (〇)　　　　我想見我的家人。

自己做

來韓國觀光的旅客想做什麼事呢？依照圖片，利用-고 싶다填入正確句子。

한국에서 무엇을
하고 싶어요?

(1) _____ .
（제주도, 말을 타다）

(2) _____ .
（가수, 사인을 받다）

(3) _____ .
（휴대전화, 사다）

(4) _____ .
（욘사마, 만나다）

(5) _____ .
（쇼핑, 하다）

02 A/V-았/었으면 좋겠다

117.mp3

차가 있었으면 좋겠어요.

我有車的話就好了。

돈이 많았으면 좋겠어요.

我有很多錢就好了。

크리스마스에 눈이 왔으면 좋겠어요.

聖誕節的時候如果下雪就好了。

文法重點

　　-았/었으면 좋겠다用來表示對尚未實現之事的期望，也可表示假設希望現狀與目前情況相反，相當於「要是…就好了」之意。當動詞語幹以母音ㅏ或ㅗ結尾時接-았으면 좋겠다，-었으면 좋겠다則是用於其它語幹。動詞語幹以하다結束時接-했으면 좋겠다。

　　除了-았/었으면 좋겠다，也可使用-았/었으면 하다，但是-았/었으면 좋겠다顯示出較為強烈的欲望與渴望。

語幹以母音ㅏ或ㅗ結尾	語幹以其它非ㅏ或ㅗ母音結尾	動詞語幹以하다結尾
가다 + -았으면 좋겠다 → 갔으면 좋겠다	먹다 + -었으면 좋겠다 → 먹었으면 좋겠다	여행하다 → 여행했으면 좋겠다

原形	-았/었으면 좋겠어요	原形	-았/었으면 좋겠어요
오다	왔으면 좋겠어요	밝다	밝았으면 좋겠어요
사다	샀으면 좋겠어요	길다	길었으면 좋겠어요
있다	있었으면 좋겠어요	따뜻하다	따뜻했으면 좋겠어요
학생이다	학생이었으면 좋겠어요	친절하다	친절했으면 좋겠어요
부자이다	부자였으면 좋겠어요	*부르다	불렀으면 좋겠어요
작다	작았으면 좋겠어요	*듣다	들었으면 좋겠어요

*不規則變化

會 話

A 몇 살에 결혼하고 싶어요?

B 30살 전에 결혼했으면 좋겠어요.

A 妳想要幾歲結婚？

B 如果30歲以前結婚的話就好了。

118.mp3

A 요즘도 바빠요?

B 네, 계속 바빠요.
좀 쉬었으면 좋겠어요.

A 最近還忙嗎？

B 是，還是很忙。
如果可以休息一下就好了。

A 이번 방학에 뭐 할 거예요?

B 친구들하고 스키장에 갈 거예요.
방학이 빨리 왔으면 좋겠어요.

A 這次放假要做什麼？

B 要和朋友一起去滑雪場。
如果可以趕快放假就好了。

注 意 !

-(으)면 좋겠다可以替代-았/었으면 좋겠다，但是因為-았/었으면 좋겠다有期望尚未發生的事情可以實現的意味，所以比較強調動詞。

• 돈이 많으면 좋겠어요.　　（說話者只是單純想擁有很多錢。）

• 돈이 많았으면 좋겠어요.
　（說話者希望他很有錢，而這情況與目前事實相反，所以強調了對錢的渴望。）

1 依照圖片，利用-았/었으면 좋겠다填入正確句子。

(1)

A 올해 소원이 뭐예요?

B _____. (애인이 생기다)

(2)

A 죽기 전에 무엇을 하고 싶어요?

B _____. (세계 여행을 하다)

(3)

A 내년에 무엇을 하고 싶어요?

B _____. (아파트로 이사하다)

2 依照圖片，並參考例句填入正確句子。

> 例 노래를 못해요. 노래를 잘했으면 좋겠어요.

(1)

키가 작아요. _____.

(2)

회사일이 너무 힘들어요. _____.
(주말이다)

(3)

운동을 못해요. _____.

單元 **9.**

理由與原因

*A為形容詞（Adjective），V為動詞（Verb），N為名詞（Noun）。

만나서 반갑습니다.

見到你很開心。

119.mp3

기분이 좋아서 춤을 췄어요.

心情很好所以跳舞。

늦어서 죄송합니다.

對不起來晚了。

文法重點

-아/어서用來表示第一個子句是後來子句的理由或原因,相當於「因為…所以…」之意。如果語幹是以母音ㅏ或ㅗ結束接-아서;否則接-어서。如動詞語幹以하다結束接해서。如果是이다則接이어서。在一般對話中使用이라서。

語幹以母音ㅏ或ㅗ結束	語幹以其它非ㅏ或ㅗ母音結束	語幹以하다結束
오다 + -아서 → 와서	읽다 + -어서 → 읽어서	날씬하다 → 날씬해서

原形	-아/어서	原形	-아/어서
가다	가서	좁다	좁아서
살다	살아서	길다	길어서
있다	있어서	피곤하다	피곤해서

이다	이어서(이라서)	*바쁘다	바빠서
운동하다	운동해서	*춥다	추워서
청소하다	청소해서	*듣다	들어서

*不規則變化

-아/어서不能用於祈使或建議句。

- 이 신발은 커서 다른 신발을 보여 주세요. (×)
  → 이 신발은 크니까 다른 신발을 보여 주세요. (○)
  這雙鞋子好大，請給我看另一雙。

- 오늘 약속이 있어서 내일 만날까요? (×)
  → 오늘 약속이 있으니까 내일 만날까요? (○)
  我今天跟別人有約，所以我們可以明天見面嗎？

- 이게 좋아서 이걸로 삽시다. (×)
  → 이게 좋으니까 이걸로 삽시다. (○)
  我喜歡這個，買這個吧。

(請見單元 9 理由與原因 02 A/V-(으)니까 ①)

時制-았/었-和-겠-不可加在-아/어서前面。

- 밥을 많이 먹었어서 배가 아파요. (×)
  → 밥을 많이 먹어서 배가 아파요. (○)
  我飯吃太多，肚子很痛。

- 이 옷이 예쁘겠어서 입고 싶어요. (×)
  → 이 옷이 예뻐서 입고 싶어요. (○)
  這件衣服好漂亮，我想穿。

(可與第單元 5 時間表達 04 V-아/어서比較)

A 토요일에 시간이 있어요?
B 이번 주는 바빠서 시간이 없어요.

A 星期六有空嗎？
B 這禮拜比較忙，所以沒時間。

120.mp3

A 이 옷을 왜 안 입어요?
B 그 옷은 작아서 못 입어요.

A 為什麼不穿這件衣服？
B 這件衣服很小，所以不能穿。

A 집에 갈 때 버스를 타요?
B 아니요, 퇴근 시간에는 차가 많아서
　 지하철을 타요.

A 回家的時候搭公車嗎？
B 不，因為下班時間車子會很多，
　 所以我搭地鐵。

自己做

依照圖片，從下列選項中選出正確的字，並利用-아/어서填空。

많다　　　마시다　　　맛있다　　　오다

(1)

A 왜 이 식당에 사람이 많아요?
B 음식이 _____ 사람이 많아요.

(2)

A 내일 영화를 볼까요?
B 숙제가 _____ 영화를 못 봐요.

(3)

A 어디에 가요?
B 친구가 한국에 _____ 공항에 가요.

(4)

A 왜 약을 먹어요?
B 어제 술을 많이 _____ 머리가 아파요.

02 A/V-(으)니까 ①

121.mp3

길이 막히니까 지하철을 탑시다.

路上塞車，我們搭地鐵吧。

추우니까 창문 좀 닫아 주세요.

天氣冷，請關窗戶。

샤워를 하니까 기분이 좋아요.

洗了澡，心情好。

文法重點

　　-(으)니까用來表示某事物的理由或原因，相當於「因為…」之意。當動詞語幹以母音或ㄹ結尾接-니까，當動詞語幹以子音結尾則接-으니까。

語幹以母音或ㄹ結尾	語幹以子音結尾
사다 + -니까 → 사니까	먹다+ -으니까 → 먹으니까

原形	-니까	原形	-으니까
보다	보니까	있다	있으니까
오다	오니까	읽다	읽으니까
이다	이니까	넓다	넓으니까
아프다	아프니까	*듣다	들으니까
크다	크니까	*덥다	더우니까
피곤하다	피곤하니까	*살다	사니까

*不規則變化

A 부장님, 이번 주에 회의가 있습니까?　　A 部長，這星期有會議嗎？

B 이번 주는 바쁘니까 다음 주에 합시다.　B 這星期比較忙，下星期再開吧。

122.mp3

A 여자 친구에게 무슨 선물을 할까요?　　A 我要送女朋友什麼禮物好呢？

B 여자들은 꽃을 좋아하니까　　　　　　B 女生都喜歡花，
　　꽃을 선물하세요.　　　　　　　　　　　送她花吧！

哪裡不一樣?

-아/어서	-(으)니까
❶ 不用在祈使與建議句。 • 시간이 없어서 빨리 가세요. (×) • 다리가 아파서 택시를 탈까요? (×)	❶ 可以與祈使句與建議句合用，例如-(으)세요、-(으)ㄹ 까요? 和-(으)ㅂ시다。 • 시간이 없으니까 빨리 가세요. (○) 　沒時間了，所以快點走吧！ • 다리가 아프니까 택시를 탈까요? (○) 　我的腿好痠，我們要不要搭計程車？
❷ 不可使用時制-았/었-和-겠-。 • 한국에서 살았어서 한국어를 잘해요. (×)	❷ 可以與時制-았/었-和-겠-合用。 • 한국에서 살았으니까 한국어를 잘해요. (○) 　因為住過韓國，所以韓語很好。
❸ 主要用於較普通的理由。 A 왜 늦었어요? 你為什麼遲到？ B 차가 막혀서 늦었어요. 　路上塞車所以遲到。	❸ 用來表示主觀的理由，或為一個特別的理由提供根據。此外，常被用於其他人也知道談論主題為何的情況下。 A 왜 늦었어요? 為什麼遲到？ B 차가 막히니까 늦었어요. 　（就像你知道的）因為塞車，所以遲到。
❹ 可以與一般打招呼用語，例如반갑다、고맙다、감사하다、미안하다合用。 • 만나서 반갑습니다. (○) 見到你很高興。	❹ 不可與一般打招呼用語，例如반갑다、고맙다、감사하다、미안하다合用。 • 만나니까 반갑습니다. (×)

1 依照圖片，從下列選項中選出正確的字，並利用 -(으)니까 填空。

> 가다   고장 났다   깨끗하다   모르다   일이 많다

(1) A 몇 번 버스가 시청 앞에 가요?

　　B 저는 잘 _____ 운룡 씨한테 물어보세요.

(2) A 지금 컴퓨터 좀 사용할 수 있어요?

　　B 이 컴퓨터는 _____ 옆 컴퓨터를 쓰세요.

(3) A 오늘 피곤해요?

　　B 네, _____ 너무 피곤해요.

(4) A 어느 식당으로 갈까요?

　　B 학교 앞 식당이 맛있고 _____ 거기로 갈까요?

(5) A 우리 이번 주 토요일에 같이 영화 봐요.

　　B 이번 주 토요일은 회사에 _____ 일요일에 봅시다.

2 請圈選出正確答案。

(1) 돈이 (없어서 / 없으니까) 쇼핑하지 맙시다.

(2) (더워서 / 더우니까) 에어컨을 켤까요?

(3) 열이 많이 (나서 / 나니까) 병원에 가세요.

(4) (도와주셔서 / 도와주시니까) 감사합니다.

(5) 1시간 전에 (떠났어서 / 떠났으니까) 곧 도착할 거예요.

03 N 때문에, A/V-기 때문에

123.mp3

눈 때문에 길이 미끄러워요.
因為雪的關係所以路很滑。

아이 때문에 피곤해요.
因為小孩的關係所以很累。

외국인이기 때문에 한국말을 잘 못해요.
因為是外國人，所以韓語説得不太好。

文法重點

　　때문에和-기 때문에用來表示理由或第二個子句的原因，相當於「因為…」之意。當要表示一個較為明確的理由時，比起-아/어서和-(으)니까，-기 때문에的用法比較文言一些。在名詞之後要加上때문에，用於動詞與形容詞則要加-기 때문에，

名詞 + 때문에	動詞/形容詞 + -기 때문에
아기 + 때문에 → 아기 때문에	바쁘다 + -기 때문에 → 바쁘기 때문에

名詞	名詞 때문에	原形	A/V-기 때문에
비	비 때문에	살다	살기 때문에
감기	감기 때문에	배우다	배우기 때문에
친구	친구 때문에	크다	크기 때문에
남편	남편 때문에	귀엽다	귀엽기 때문에
교통	교통 때문에	멀다	멀기 때문에

-기 때문에 不可用於祈使句或建議句。

- 날씨가 춥기 때문에 따뜻한 옷을 입으세요. (×)
  → 날씨가 추우니까 따뜻한 옷을 입으세요. (○)
  天氣冷，所以請穿得暖和一點。

- 친구들이 기다리기 때문에 빨리 갑시다. (×)
  → 친구들이 기다리니까 빨리 갑시다. (○)
  朋友在等，所以我們快走吧！

- 날씨가 좋기 때문에 산에 갈까요? (×)
  → 날씨가 좋으니까 산에 갈까요? (○)
  天氣很好，所以要一起去爬山嗎？

會 話

A 왜 늦었어요?
B 비 때문에 차가 많이 막혔어요.

A 為什麼遲到？
B 因為下雨所以塞車很嚴重。

124.mp3

A 토요일에 만날 수 있어요?
B 토요일은 친구 생일이기 때문에 만날 수 없어요.

A 星期六可以見面嗎？
B 星期六是朋友的生日，所以沒辦法見面。

A 방학에 여행 갈 거예요?
B 아니요, 가고 싶지만 아르바이트를 하기 때문에 못 가요.

A 放假時要去旅行嗎？
B 沒有。雖然很想去，但是要打工所以沒辦法去。

哪裡不一樣?

名詞 때문에	名詞 이기 때문에
• <u>아기 때문에</u> 밥을 못 먹어요. 因為小孩子（的關係）所以我無法吃飯。 （例如：小孩不入睡。）	• <u>아기이기 때문에</u> 밥을 못 먹어요. 因為是小孩，所以無法自己吃飯。
• <u>학생 때문에</u> 선생님이 화가 나셨어요. 因為學生（的關係）所以老師生氣了。 （例如：說謊。）	• <u>학생이기 때문에</u> 공부를 열심히 해야 해요. 因為你是學生，所以必須用功讀書才行。

依照圖片，從下列選項中選出正確的字，並利用때문에或-기 때문에填空。

(1)

A 오늘 왜 학교에 안 가요?

B _____ 학교에 안 가요.

(휴일이다)

(2)

A 내일 주말이에요. 우리 만나서 놀까요?

B _____ 못 놀아요.

(약속이 있다)

(3)

A 여보세요. 여보, 오늘 일찍 와요?

B 미안해요. _____ 늦을 거예요.

(회사 일)

(4)

A 민우 씨, 왜 그래요? 머리가 아파요?

B 네, _____ 머리가 아파요.

(향수 냄새)

單元 **10.**

請求與協助

01 V-아/어 주세요, V-아/어 주시겠어요?

02 V-아/어 줄게요, V-아/어 줄까요?

* V為動詞（Verb）。

01 V-아/어 주세요, V-아/어 주시겠어요?

문 좀 닫아 주세요.

請幫我關門。

125.mp3

사진 좀 찍어 주시겠어요?

可以幫我們拍張照嗎？

자리를 안내해 드리세요.

請幫她帶位。

文法重點

此文法用來表示向他人請求做某事，相當於「請幫我…」之意。比起-아/어 주세요，-아/어 주시겠어요？比較有禮貌，也表達出對聽者的尊待體貼。當動作接受者的地位比聽者高時，就要用-아/어 드리세요。當動詞語幹以ㅏ或ㅗ結束時接-아 주세요/주시겠어요，否則接-어 주세요/주시겠어요。當動詞語幹以하다結束時，則接-해 주세요/주시겠어요。

動詞語幹以ㅏ或ㅗ結束	動詞語幹以非ㅏ或ㅗ結束	動詞語幹以하다結束
앉다 + -아 주세요 → 앉아 주세요	찍다 + -어 주세요 → 찍어 주세요	청소하다 → 청소해 주세요

原形	-아/어 주세요	-아/어 주시겠어요?
사다	사 주세요	사 주시겠어요?
켜다	켜 주세요	켜 주시겠어요?

빌리다	빌려 주세요	빌려 주시겠어요?
들다	들어 주세요	들어 주시겠어요?
소개하다	소개해 주세요	소개해 주시겠어요?
안내하다	안내해 주세요	안내해 주시겠어요?
*쓰다	써 주세요	써 주시겠어요?
*끄다	꺼 주세요	꺼 주시겠어요?

*不規則變化

會 話

A 저 좀 도와 주시겠어요?　　　　A 請問可以幫我一下嗎？
B 네, 뭘 도와 드릴까요?　　　　 B 好的。請問有什麼事嗎？

126.mp3

A 왕단 씨, 이 문법 좀 가르쳐 주세요.　A 王丹，請教我這個文法。
B 미안해요. 저도 잘 몰라요.　　　　 B 對不起。我自己也不太了解。

A 미국 회사에 이메일을 보내야 해요.　A 我必須要寄電子信件到美國的公司。
　이것 좀 영어로 번역해 주시겠어요?　可以請你幫我把這個翻成英文嗎？
B 네, 그럴게요.　　　　　　　　　　B 好，沒問題。

注 意！

當說話者或句子的主語做有助於聽者或是受動者的行為時，可以用-아/어 주다
或-아/어 드리다。當幫助的行為完成時以-아/어 줬어요或아/어 드렸어요表示。

- 형은 제 숙제를 잘 도와 줘요.　　　　我哥哥教我做作業。
- 잠깐만 기다려 주세요.　　　　　　　請稍等一下。
- 언니가 과일을 깎아 줬어요.　　　　　我姐姐幫我削了水果。
- 아직 친구에게 선물 안 해 줬어요.　　我還沒給我朋友禮物。

下列圖片中的人物在做什麼樣的請求呢？請依照圖片，從下列選項中選出適當的字，並使用-아/어 주세요或-아/어 주시겠어요填空。

> 문을 열다   조용히 하다   책을 찾다   천천히 이야기하다

(1)

A _____?
B 네, 열어 드릴게요.

(2)

#$%@#@%#^%
$^#$@#%W

A 재준 씨, _____.
B 네, 다시 잘 들으세요.

(3)

A _____.
B 네, 알겠습니다.

(4)

A _____?
B 네, 알겠어요.

02 V-아/어 줄게요, V-아/어 줄까요?

우산이 두 개 있는데 빌려 줄까요?

我有兩把雨傘，需要借給妳一支嗎？

127.mp3

제가 도와 드릴게요.

讓我來幫妳。

선생님, 제가 들어 드릴까요?

老師，要我幫妳拿嗎？

文法重點

　　這兩個文法用來表示試圖要幫別人的意願，相當於「我來幫你…。」或「我可以幫你…嗎？」之意。當接受協助的人地位比說話者高時接-아/어 드릴게요或-아/어 드릴까요？當動詞語幹以ㅏ或ㅗ結束時，要用-아 줄게요/줄까요？否則用-어 줄게요/줄까요？當動詞語幹以하다結束時接-해 줄게요/줄까요？。

語幹以ㅏ或ㅗ結束	語幹以非ㅏ或ㅗ母音結束	動詞語幹以하다結束
사다 + -아 줄게요 → 사 줄게요	기다리다 + -어 줄게요 → 기다려 줄게요	운전하다 → 운전해 줄게요

原形	-아/어 줄게요	-아/어 줄까요?
보다	봐 줄게요	봐 줄까요?
만들다	만들어 줄게요	만들어 줄까요?
빌리다	빌려 줄게요	빌려 줄까요?
소개하다	소개해 줄게요	소개해 줄까요?
*돕다	도와 줄게요	도와 줄까요?

*不規則變化

會話

A 아줌마, 여기 상 좀 치워 주세요.
B 네, 손님, 금방 치워 드릴게요.

A 大嬸，請清理這邊的桌子。
B 好的，客人。馬上就去清理。

128.mp3

A 에어컨을 켜 주시겠어요?
B 네, 켜 드릴게요.

A 可以開一下冷氣嗎？
B 好的，我幫妳開。

哪裡不一樣?

-(으)세요	-아/어 주세요
為了聽者，說話者向聽者做出簡單的命令或請求。	為了說話者自己，而向聽者做出請求。

-(으)세요

為了聽者，說話者向聽者做出簡單的命令或請求。

- 이 옷이 민우 씨에게 안 어울려요. 다른 옷으로 바꾸세요.
  這些衣服不適合民宇你。請換別件衣服。
  （為了你，民宇。）

- 다리가 아프세요? 여기 앉으세요.
  腿痛嗎？請坐這裡。
  （為了聽者。）

-아/어 주세요

為了說話者自己，而向聽者做出請求。

- 이 옷이 저에게 안 어울려요. 다른 옷으로 바꿔 주세요.
  這件衣服不適合我。請幫我換別件衣服。
  （為了自己。）

- 영화가 안 보여요. 앉아 주세요.
  我看不到影像。請坐下來。
  （為了自己。）

自己做

請依照圖片，從下列選項中選出適當的字，並以-아/어 줄게요或-아/어 줄까요？填空。

내리다　　빌리다

(1)

A 망치 좀 빌려 줄 수 있어요?
B 네, 있어요. _____.

(2)

A 제가 가방을 _____?
B 네, 고맙습니다.

嘗試新事物與經驗

01 V-아/어 보다

02 V-(으)ㄴ 적이 있다/없다

* V為動詞（Verb）。

갈비를 먹어 봤어요?

你吃過排骨嗎？

129.mp3

한번 입어 보세요.

請試穿看看。

제주도에 가 보고 싶어요.

我想去濟州島。

文法重點

　　-아/어 보다表示試試看或體驗某種行為，相當於「試著…」之意。當動詞語幹以ㅏ或ㅗ結束接-아 보다，否則接-어 보다。當動詞語幹是以하다結束時接-해 보다。

　　大致上來說，當以現在時制形態出現時，表示「正在嘗試」。以過去時制形態出現時，則表示已經體驗或做過某件事。

- 김치가 맛있어요. 김치를 먹어 보세요.　泡菜很好吃。請吃吃看泡菜（嘗試）。
- 김치를 먹어 봤어요. 맛있었어요.　　　我吃過泡菜。很好吃（經驗）。

語幹以ㅏ或ㅗ結束	語幹以非ㅏ或ㅗ母音結束	動詞語幹以하다結束
가다 + -아 보다 → 가 보다	먹다 + -어 보다 → 먹어 보다	여행하다 → 여행해 보다

原形	-아/어 보세요	-아/어 봤어요
사다	사 보세요	사 봤어요
살다	살아 보세요	살아 봤어요
입다	입어 보세요	입어 봤어요
먹다	먹어 보세요	먹어 봤어요
공부하다	공부해 보세요	공부해 봤어요
등산하다	등산해 보세요	등산해 봤어요
*듣다	들어 보세요	들어 봤어요

*不規則變化

會　話

A 이 신발 신어 봐도 돼요?
B 네, 신어 보세요.

A 我可以試穿這雙鞋子嗎？
B 可以，請試穿。

130.mp3

A 한국 친구가 있어요?
B 아니요, 없어요.
　 한국 친구를 사귀어 보고 싶어요.

A 你有韓國朋友嗎？
B 不，我沒有。
　 我想試試交韓國朋友。

A 막걸리를 마셔 봤어요?
B 아니요, 안 마셔 봤어요.
　 어떤 맛이에요?

A 妳喝過馬格利酒嗎？
B 不，我沒喝過。
　 是什麼樣的味道呢？

注　意！

當-아/어 보다用來表示體驗過某事時，不能與動詞보다合用。

• 한국 영화를 봐 봤어요. (✕) → 한국 영화를 본 적이 있어요. (○)
　　　　　　　我看過韓國電影。

1 請看圖，向朋友推薦韓國的景點。

> 例 속초에 가면 ____설악산에 가 보세요____ .

(1) 민속촌에 가면 _____ .

(2) 전주에 가면 _____ .

(3) 제주도에 가면 _____ .

2 以下是兩人對話，請從下列選項中選出正確的字，並利用-아/어 보다句型填空。

> 가다   구경하다   마시다

웨슬리: 왕징 씨, 인사동에 가 봤어요?

왕징:　아니요, (1)_____. 웨슬리 씨는 (2)_____?

웨슬리: 네, 지난 주말에 가 봤어요.

왕징:　인사동에서 뭘 했어요?

웨슬리: 옛날 물건을 구경하고 한국 전통차를 (3)_____.

왕징:　그래요. 저도 인사동에서 전통차를 마셔 보고 싶어요.

웨슬리: 그럼 이번 주말에 인사동을 (4)_____.

인도 영화를 본 적이 있어요.

我看過印度電影。

131.mp3

회사에 지각한 적이 없어요.

我從沒上班遲到過。

이탈리아에 가 본 적이 있어요?

你去過義大利嗎？

文法重點

　　-(으)ㄴ 적이 있다/없다用來表示過去曾經或從未體驗某件事情，相當於「曾經/不曾…」之意。當主語體驗過某事，就要接-(으)ㄴ 적이 있다，當主語從未體驗過某事，則要用-(으)ㄴ 적이 없다。當動詞語幹以母音結束接-ㄴ 적이 있다/없다。當動詞語幹以子音結束時接-(으)ㄴ 적이 있다/없다。雖然-(으)ㄴ 일이 있다/없다也可表達相同的意思，但-(으)ㄴ 적이 있다/없다比較常用。

語幹以母音結束	語幹以子音結束
보다 + -ㄴ 적이 있다 → 본 적이 있다	입다 + -은 적이 있다 → 입은 적이 있다

原形	-ㄴ 적이 있다	原形	-은 적이 있다
타다	탄 적이 있다	읽다	읽은 적이 있다
만나다	만난 적이 있다	먹다	먹은 적이 있다
여행하다	여행한 적이 있다	받다	받은 적이 있다
*만들다	만든 적이 있다	*듣다	들은 적이 있다

*不規則變化

-(으)ㄴ 적이 있다常與-아/어 보다合用，形成-아/어 본 적이 있다的形態，表示有試過某些事情的經驗。

- 저는 미국에 가 본 적이 있어요.　我去過美國。（成功地嘗試過）
- 한국 음식을 먹어 본 적이 없어요. 我從沒吃過韓國料理。（無此經驗）

會話

A 어제 명동에서 연예인을 만났어요.　　A 昨天在明洞見到藝人。
B 와, 난 지금까지 한 번도 연예인을　　B 哇！我到現在都沒見過藝人一
　 만난 적이 없어요.　　　　　　　　　 次。

132.mp3

A 시장에서 물건 값을 잘 깎아요?　　A 你在市場很會殺價嗎？
B 아니요, 깎아 본 적이 없어요.　　　 B 不，我從沒殺過價。

注 意!

-(으)ㄴ 적이 있다不能用來描述經常重複或日常生活中發生的事情。

•오늘 물을 마신 적이 있어요. (✗)　　•화장실에 간 적이 있어요. (✗)

自己做

依照圖片，利用-(으)ㄴ 적이 있다/없다填空。

(1)
A 이번 겨울에 스키를 탄 적이 있어요?
B 아니요, 스키를 _____.
　 그렇지만 스케이트는 _____.

(2)
A 한국에 와서 병원에 간 적이 있어요?
B 아니요, 병원에 _____.
　 그렇지만 약국에는 _____.

(3)
A 여권을 잃어버린 적이 있어요?
B 아니요, 여권을 _____.
　 그렇지만 우산은 _____.

單元 **12.**

....

詢問意見與
給予建議

＊V為動詞（Verb）。

같이 농구할까요?

要一起打籃球嗎？

133.mp3

여기에서 좀 쉴까요?

要不要在這裡休息一下？

무슨 영화를 볼까요?

要看什麼電影好呢？

文法重點

-(으)ㄹ까요? 用於說話者建議聽者一起做某事，或根據情況詢問聽者的喜好，此句的主語為우리，但常被省略，相當於「要一起…嗎？」之意。回答時，可用建議句-(으)ㅂ시다或-아/어요。（請見單元 12 詢問意見與給予建議 03 V-(으)ㅂ시다）。當語幹以母音或ㄹ結束時接-ㄹ까요？，當以子音結束時接-을까요？。

語幹以母音或ㄹ結束	語幹以子音結束
가다 + -ㄹ까요? → 갈까요?	먹다 + -을까요? → 먹을까요?

原形	-ㄹ까요?	原形	-을까요?
사다	살까요?	닫다	닫을까요?
여행하다	여행할까요?	*듣다	들을까요?
*열다	열까요?	*걷다	걸을까요?

*不規則變化

（可與單元 12 詢問意見與給予建議 02 V-(으)ㄹ까요②，和單元 17 推測 03 A/V-(으)ㄹ까요?③ 做比較）

會話

A 주말에 같이 노래방에 갈까요?

B 네, 좋아요. 같이 가요.

A 週末要一起去唱歌嗎？

B 好啊，一起去吧！

134.mp3

A 퇴근 후에 술 한 잔 할까요?

B 미안해요. 오늘 약속이 있어요.
다음에 같이 해요.

A 下班後要不要一起去喝一杯？

B 對不起。今天有約。
下次再一起去吧！

自己做

以下是普迪與王靜的對話。請依照圖片，以-(으)ㄹ까요？和-아/어요填空。

例
부디: 왕징 씨, 우리 내일 뭐 <u>할까요</u>? (하다)
왕징: 영화 <u>봐요</u>. (보다)

부디: 무슨 영화를 (1)_____? (보다)

왕징: 한국 영화를 (2)_____. (보다)

부디: 그럼 어디에서 (3)_____? (만나다)

왕징: 학교 앞에서 (4)_____. (만나다)

부디: 3시 영화가 있어요.

왕징: 그럼, 영화 시작하기 전에 만나서 같이 점심을 (5)_____? (먹다)

부디: 네, 좋아요.

왕징: 영화 보고 나서 남대문 시장에 가서 (6)_____? (쇼핑하다)

부디: 저는 쇼핑을 안 좋아해요. 커피 마시면서 (7)_____. (이야기하다)

왕징: 그럼, 그렇게 해요.

02 V-(으)ㄹ까요? ②

창문을 열까요?

要我開窗戶嗎？

135.mp3

내일 무엇을 입을까요?

明天我要穿什麼？

커피를 드릴까요, 주스를 드릴까요?

你要喝咖啡？還是要喝果汁？

文法重點

　　-(으)까요？用於說話者向聽者建議，或是詢問聽者的意見。主語通常為제가或내가，但可省略，相當於「要我…嗎？」之意。回答時，可用祈使句-(으)세요或-(으)지 마세요回答。當動詞語幹以母音或ㄹ結束時，要加-ㄹ까요？，當動詞語幹以子音結束時，則加-을까요？。

語幹以母音或ㄹ結束	語幹以子音結束
사다 + -ㄹ까요? → 살까요?	닫다 + -을까요? → 닫을까요?

原形	-ㄹ까요?	原形	-을까요?
가다	갈까요?	읽다	읽을까요?
오다	올까요?	놓다	놓을까요?
*만들다	만들까요?	*듣다	들을까요?

*不規則變化

(可與單元 12 詢問意見與給予建議 01 V-(으)ㄹ까요?，和單元 17 推測 03 A/V—(으)ㄹ까요?③做比較)

會 話

A 내일 언제 전화할까요?
B 저녁에 전화하세요.

A 我明天何時打電話給你好呢？
B 請晚上打。

136.mp3

A 여자 친구 생일이에요.
　무슨 선물을 살까요?
B 향수를 사세요.
　여자들은 향수를 좋아해요.

A 女朋友生日。
　我該買什麼禮物好呢？
B 買香水好了。
　女生們喜歡香水。

A 이 컴퓨터를 어디에 놓을까요?
B 책상 위에 놓으세요.

A 這台電腦要放哪裡好呢？
B 請放在書桌上面。

自己做

請用-(으)ㄹ까요？詢問你夥伴的意見。再利用-(으)세요或-지 마세요完成正確答案。

> 가다　　가져가다　　먹다　　보다

(1)
A 오늘 날씨가 흐려요? 우산을 ＿＿＿＿＿＿＿＿？
B 네, ＿＿＿＿＿＿＿. 비가 곧 오겠어요.

(2)
A 외국 친구와 점심 약속이 있어요. 무슨 음식을 ＿＿＿＿＿＿？
B 잡채를 ＿＿＿＿＿＿. 외국 사람들은 잡채를 좋아해요.

(3)
A 미국에서 친구가 와요. 친구와 어디에 ＿＿＿＿＿＿？
B 민속촌에 ＿＿＿＿＿＿. 한국의 전통 문화를 알 수 있어요.

(4)
A 내일 여자 친구와 데이트가 있어요. 이 영화를 ＿＿＿＿＿＿？
B 이 영화를 ＿＿＿＿＿＿. 여자들은 액션영화를 안 좋아해요.

137.mp3

한식을 먹읍시다.

一起吃韓式料理吧。

버스를 타지 마요. 지하철을 탑시다.

我們不要搭公車好了。一起搭地鐵吧。

영화를 보지 맙시다.

我們不要看電影好了。

文法重點

-(으)ㅂ시다用於向聽者建議或提議某事，相當於「我們…好嗎？」之意，也可用 -아/어요表示。當語幹以母音結束時接-ㅂ시다；當語幹以子音結尾時接-읍시다。當建議 不要做某事時則接-지 맙시다或-지마요。

語幹以母音結尾	語幹以子音結尾
가다 + -ㅂ시다 → 갑시다	먹다 + -읍시다 → 먹읍시다

原形	-(으)ㅂ시다	-지 맙시다
오다	옵시다	오지 맙시다
만나다	만납시다	만나지 맙시다
여행하다	여행합시다	여행하지 맙시다
*만들다	만듭시다	만들지 맙시다
*걷다	걸읍시다	걷지 맙시다

*不規則變化

會 話

A 언제 출발할까요?

B 10분 후에 출발합시다.

A 주말에 클럽에 갈까요?

B 월요일에 시험이 있으니까
클럽에 가지 맙시다. 같이 공부합시다.

A 오늘 등산 갈까요?

B 어제 비가 와서 미끄러워요.
다음 주에 가요.

A 我們何時出發呢？

B 十分鐘後出發吧。

138.mp3

A 週末要一起去俱樂部嗎？

B 星期一有考試，別去俱樂部了吧。
一起讀書吧。

A 今天要一起去登山嗎？

B 昨天下雨，所以地很滑。
我們下星期再去吧。

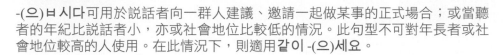

注 意！

-(으)ㅂ시다可用於說話者向一群人建議、邀請一起做某事的正式場合；或當聽者的年紀比說話者小，亦或社會地位比較低的情況。此句型不可對年長者或社會地位較高的人使用。在此情況下，則適用같이 -(으)세요。

❶ 當建議或邀請一群人做某事時。

• 여러분, 우리 모두 공부 열심히 합시다.　　各位，一起用功念書吧。
• 점심시간입니다. 모두들 점심 식사합시다.　現在是午餐時間。大家一起吃
　　　　　　　　　　　　　　　　　　　　飯吧。

❷ 當聽者的年紀比說話者小或相仿，或社會地位與說話者一樣時。

• 사장님: 토요일에 같이 점심 식사합시다.　社長：星期六一起吃午餐吧。
• 사원: 네. 좋습니다.　　　　　　　　　　員工：是，好的。

• 재준: 요코 씨, 주말에 같이 등산 갑시다.　在準：庸子，週末一起去登山吧。
• 요코: 그래요, 재준 씨.　　　　　　　　　庸子：好啊，在準。

❸ 當聽者年紀比說話者大，或社會地位較高時。

• 선생님, 노래방에 같이 갑시다. (×)
　→ 선생님, 노래방에 같이 가세요. (○)　　老師，請跟我們一起去唱歌。
• 교수님, 저희와 같이 점심 먹읍시다. (×)
　→ 교수님, 저희와 같이 점심 드세요. (○)　教授，請跟我們一起吃午餐。

智秀正計畫暑假要跟她的朋友凱蘿去旅行。請利用-(으)ㅂ시다和-아/어요，來完成她
們討論行程的對話。

지수: 캐럴 씨, 이번 여름에 휴가를 같이 갈까요?

캐럴: 네, 좋아요. 같이 (1)_____. (가다)

지수: 어디로 갈까요? 해외로 갈까요, 국내로 갈까요?

캐럴: 저는 한국 여행을 많이 못했으니까 국내로 가고 싶어요.

　　　국내 (2)_____. (여행하다)

지수: 그래요. 아! 설악산에 가면 산과 바다에 갈 수 있어요. 설악산이 어때요?

캐럴: 설악산이 좋겠어요! 설악산에 (3)_____. (가다)

　　　바다에 가면 우리 수영도 하고 (4)_____. (선탠도 하다)

지수: 와, 재미있겠어요.

　　　산에도 갈 거니까 운동화나 등산화도 (5)_____. (가져가다)

캐럴: 네, 알겠어요.

지수: 참, 거기에는 생선회가 유명해요. 제니퍼 씨, 생선회 먹을 수 있어요?

캐럴: 물론이에요. 우리 생선회도 (6)_____. (먹다)

도넛 좀 드시겠어요?

您要來一個甜甜圈嗎？

139.mp3

방을 예약하시겠어요?

您要訂房間嗎？

커피에 설탕을 넣으시겠어요?

您要加砂糖在咖啡裡嗎？

文法重點

　　-(으)시겠어요用於禮貌性地向聽者建議某事，或是詢問聽者的喜好或意見時。相當於「您要…嗎？」之意。而且此文法比-(으)ㄹ래요？/-(으)실래요？較正式與禮貌。當語幹以母音結尾時接-시겠어요？，當語幹以子音結尾時接-으시겠어요？。

語幹以母音結束	語幹以子音結束
가다 + -시겠어요? → 가시겠어요?	읽다 + -으시겠어요? → 읽으시겠어요?

原形	-시겠어요?	原形	-으시겠어요?
오다	오시겠어요?	앉다	앉으시겠어요?
만나다	만나시겠어요?	받다	받으시겠어요?
구경하다	구경하시겠어요?	입다	입으시겠어요?
*만들다	만드시겠어요?	*듣다	들으시겠어요?

*不規則變化

A 내일 몇 시에 오시겠어요?

B 3시까지 갈게요.

A 明天您何時會來？

B 我三點前會到。

140.mp3

A 여보세요, 조엘 씨, 저 리라예요.
지금 통화 괜찮아요?

B 미안해요. 지금 회의 중이에요.
30분 후에 다시 전화해 주시겠어요?

A 喂。約爾，我是莉拉。
現在可以講電話嗎？

B 對不起。我現在在開會。
您可以30分鐘後打給我嗎？

A 한국의 전통 기념품을 사고 싶어요.

B 그럼, 인사동에 가 보시겠어요?

A 我想買韓國的傳統紀念品。

B 那麼，您要不要去仁寺洞看看？

自己做

參考例子，從選項中找出最適合的答案。

김 선생님
계세요?

지금 수업 중이세요.
잠깐만 기다리시겠어요?

例 김 선생님 계세요? ●

(1) 머리를 어떻게 하시겠어요? ●

(2) 주말에 심심해요. ●

(3) 내일 제 생일 파티가 있어요.
와 주시겠어요? ●

(4) 이 문제가 어려워요.
좀 가르쳐 주시겠어요? ●

● ⓐ 그럼 같이 영화 보러 가시겠어요?

● ⓑ 미안해요. 저도 잘 모르겠어요.

● ⓒ 지금 수업 중이세요. 잠깐만
기다리시겠어요?

● ⓓ 짧게 잘라 주세요.

● ⓔ 네, 좋아요. 꼭 갈게요.

141.mp3

등산 같이 갈래요?

要不要一起登山？

커피 한 잔 하실래요?

要不要來一杯咖啡？

한강에서 배를 타지 않을래요?

要不要在漢江搭船？

文法重點

　　-(으)ㄹ래요?用於詢問聽者的喜好、意圖或柔和地做出請求。常用於與親密朋友間的對話，所以沒有像-으시겠어요?這麼禮貌。相當於「要不要…?」之意。當利用-(으)ㄹ래요?問問題時，可以用-(으)ㄹ래요或-(으)ㄹ게요回答。-(으)ㄹ래요也可以用同樣意思的-지 않을래요?（안 -(으)ㄹ래요?）代替。即使它是否定形態，當與聽者的關係很親密，但說話者還是想表達尊待時，則可用-(으)실래요?當動詞語幹以母音或ㄹ結尾接-ㄹ래요?，當語幹以子音結尾接-을래요?。

語幹以母音或ㄹ結尾	語幹以子音結尾
가다 + -ㄹ래요? → 갈래요?	받다 + -을래요? → 받을래요?

原形	-ㄹ래요?	原形	-을래요?
보다	볼래요?	먹다	먹을래요?
사다	살래요?	앉다	앉을래요?

운동하다	운동할래요?	*듣다	들을래요?
*놀다	놀래요?	*걷다	걸을래요?

*不規則變化

(可與單元 13 意圖與計畫 03 V-(으)ㄹ래요 ② 做比較)

會 話

A 저는 된장찌개를 먹을래요.
　 하미 씨는 뭐 드실래요?

B 저는 갈비탕을 먹을래요.

A 我要吃大醬鍋。
　 夏美要吃什麼？

B 我要吃排骨湯。

142.mp3

A 유키 씨, 우리 시험 끝나고 뭐 할래요?

B 영화 볼까요?

A 由紀，我們考完試後要做什麼？

B 要不要一起看電影？

A 서울의 야경이 보고 싶어요.

B 그럼 저녁에 서울타워에 같이 갈래요?

A 我想看首爾夜景。

B 那麼，我們晚上去首爾塔如何？

自己做

從下列選項中選出正確的字並利用-(으)ㄹ래요？填空。

> 걷다　　보지 않다　　쇼핑하다　　앉다　　타다

(1) A 흐엉 씨, 다리 아파요? 저기 의자에 _____?
　 B 아니요, 괜찮아요.

(2) A 와, 눈이 많이 왔어요. 우리 스키 _____?
　 B 네, 좋아요.

(3) A 요즘 백화점에서 세일해요.
　 B 그럼 오늘 백화점에서 같이 _____?

(4) A 날씨가 정말 좋아요.
　 B 그래요? 그럼 밖에 나가서 좀 _____?

(5) A 요즘 재미있는 영화가 많이 있어요. 같이 영화 _____?
　 B 미안해요. 요즘 바빠서 시간이 없어요.

單元 **13.**

意圖與計畫

*A為形容詞（Adjective），V為動詞（Verb）。

01 A/V-겠어요 ①

올해에는 담배를 꼭 끊겠습니다.

我今年一定要戒煙。

143.mp3

제가 출장을 가겠습니다.

我要出差。

잠시 후에 인천공항에 도착하겠습니다.

待會就會抵達仁川機場。

文法重點

1 -겠어요接於動詞後面，表示說話者的意願，相當於「我計畫/要…」之意。將-겠
어요置於動詞語幹之後即可。否定句則是加-지 않겠어요或안 -겠어요。

- 아침마다 운동하겠어요.
  我計畫每天早上運動。
- 이제 술을 마시지 않겠어요.
  我不會再喝酒了。

當-겠어요用來表達意願時，主語絕不能使用第三人稱。

- 카일리 씨는 내일부터 다이어트를 하겠어요. (×)
  → 카일리 씨는 내일부터 다이어트를 할 거예요. (○)
  凱莉明天開始要節食。
  → 저는 내일부터 다이어트를 하겠어요. (○)
  我明天開始要節食。

2 -겠어요用來表示某事將要發生。在此情況下，相當於「將會…、將要…」

- (기차역 안내 방송) 기차가 곧 도착하겠습니다.　火車將要抵達。
- (일기예보에서) 내일은 비가 오겠습니다.　明天會下雨。

가다 + **-겠어요** → 가겠어요　　　　　　　　먹다 + **-겠어요** → 먹겠어요

原形	-겠어요	原形	-겠어요
오다	오겠어요	읽다	읽겠어요
만나다	만나겠어요	만들다	만들겠어요
전화하다	전화하겠어요	듣다	듣겠어요

(可與第 17 單元 推測 01 A/V-겠어요 做比較)

會 話

A 왕단 씨, 지각하지 마십시오!
B 죄송합니다.
　　내일부터는 일찍 오겠습니다.

A 王丹，不要遲到。
B 對不起。
　　明天開始我會早點來。

144.mp3

A 외국 손님들이 오셔서 통역이
　　필요합니다.
B 부장님, 그럼 제가 통역을 하겠습니다.

A 有外國客人來，所以需要翻譯。
B 部長，那麼由我來翻譯。

A 잠시 후에는 안준호 교수님께서
　　한국 경제에 대해 강의를 하시겠습니다.
B 안녕하십니까? 안준호입니다.

A 待會兒安俊浩教授要講授韓國經濟。
B 大家好！我是安俊浩。

注 意！

❶ 겠可被用於下列慣用語中。
- 처음 뵙겠습니다. 이민우입니다.　幸會。我是李民宇。
- 잘 먹겠습니다.　叨擾您了。
- 어머니, 학교 다녀오겠습니다.　媽媽，我要去學校了。

❷ -겠-表示說話者以較委婉、禮貌，比較不那麼直接的方式表達想法。
　　A 여러분, 여기까지 알겠어요?　各位，到目前為止都了解了嗎？
　　B 아니요, 잘 모르겠어요.　不，我不是很了解

1 這些人新年時想做什麼？請依照圖片，並使用-겠어요填空。

(1)

올해에는 열심히 _____.
(공부하다)

(2)

올해에는 아내를 많이 _____.
(도와 주다)

(3)

올해에는 _____.
(컴퓨터 게임을 하다 ×)

2 電視正在播天氣預報。請依照天氣圖，利用-겠습니다填空。

내일 세계의 날씨를 보시겠습니다. (1) 내일 서울은 _____.

(2) 뉴욕은 _____. (3) 방콕은 _____.

02 V-(으)ㄹ게요

제가 전화 받을게요.

我來接電話。

145.mp3

죄송합니다. 일이 있어서 먼저 갈게요.

對不起。我有事要先走了。

저녁에 전화할게요.

我晚上會打給妳。

文法重點

-(으)ㄹ게요用來表示說話者向他人表達決心或意願，或是用在與他人做約定時，也可用來單純表示說話者將要做某件事。相當於「我將要…、我會…」之意。此文法主要用在關係親密者之間的口語中。當動詞語幹以母音或ㄹ結束時接-ㄹ게요；當以子音結束時接-을게요。

語幹以母音或ㄹ結尾	語幹以子音結尾
가다 + -ㄹ게요 → 갈게요	찾다 + -을게요 → 찾을게요

原形	-ㄹ게요	原形	-을게요
오다	올게요	끊다	끊을게요
타다	탈게요	*듣다	들을게요
공부하다	공부할게요	*걷다	걸을게요
*열다	열게요	*돕다	도울게요

*不規則變化

此文法只能用於「能夠表示主語意願」的動詞之後。

- 오늘 오후에는 바람이 불게요. (×)
  （風的吹來並不是因為風自己的意志或意願。）

- 저는 이제부터 날씬할게요. (×)
  （不能與形容詞合用。）

而且只有第一人稱可以使用。

- 부디 씨가 저녁에 전화할게요. (×)
  → 부디 씨가 저녁에 전화할 거예요. (○)
    普迪晚上會打電話來。
  → 제가 저녁에 전화할게요. (○)
    我晚上會打電話給你。

另外，此文法不能使用於問句中。

- 리라 씨, 이제 늦지 않을게요? (×)
  → 리라 씨, 이제 늦지 않을 거예요? (○)
    莉拉，現在不會太晚嗎？

會 話

A 제 책 가지고 왔어요?

B 미안해요. 잊어버렸어요.
　내일은 꼭 가지고 올게요.

A 妳有帶我的書來嗎？

B 對不起，我忘了。
　我明天一定會帶來。

146.mp3

A 에릭 씨, 카일리 씨의 이메일 주소
　아세요?

B 네, 알아요. 제가 종이에 써 드릴
　게요.

A 艾瑞克，你知道凱莉的電子郵件地址嗎？

B 是，我知道。我把它寫在紙上給妳。

-(으)ㄹ게요	-(으)ㄹ 거예요
顯示出與聽者的關係，並表示當主語接受了聽者的意見後，表達出自己的意願與想法。	沒有顯示與聽者的關係，而主語的想法、意願或計畫沒有直接被表達出來。

A 몸에 안 좋으니까 담배를 피우지 마세요.
B 네, 담배를 안 피울게요.

（B聽見了A的話，並表達自己會遵循其建議。）

A 그럼, 안녕히 가세요.
B 네, 제가 밤에 전화할게요.

（B假定A希望自己打給他的狀況下，表達自己會這樣做。）

A 이제부터 담배를 안 피울 거예요.
B 잘 생각하셨어요.

（A一直都有計畫要戒煙，而此決定與A跟B之間的關係沒有關連。）

A 그럼, 안녕히 가세요.
B 네, 제가 밤에 전화할 거예요.

（不管A的意願為何，B打算要打給A。）

自己做

參考圖片，並依照例句填空。

例

A 이거 너무 어려워요. 가르쳐 줄 수 있어요?
B 그럼요. __제가 가르쳐 줄게요__ .
(가르쳐 주다)

(1)

A 웨슬리 씨가 점심을 샀으니까 제가 커피를 _____.
(사다)

B 고마워요. 잘 마실게요.

(2)

A 티루엔 씨, 이 서류를 팩스로 보내 주시겠어요?
B 네, 바로 _____.
(보내 드리다)

(3)

A 이거 비밀이니까 다른 사람한테 이야기하면 안 돼요.
B 알겠어요. _____.
(이야기하다 ✕)

(4)

A 내일 일찍 일어나야 하니까 오늘 늦게 자면 안 돼요.
B 네, 알겠어요. 오늘 _____.
(늦게 자다 ✕)

너무 배가 불러요. 그만 먹을래요.

我吃得太飽了。我不要再吃了。

147.mp3

커피 마실래요.

我想喝咖啡。

이번 방학에는 여행을 할래요.

這次放假我想要旅行。

文法重點

　　-(으)ㄹ래요用來表示說話者做某事的意願與意向。常常被使用於親密者之間的口語中，且不帶有尊待的意味。相當於「我想…、我要…」之意。被使用於問句時，則是用來詢問別人的意願。（請見單元 12 詢問意見與給予建議 05 V-(으)ㄹ래요? ①）當動詞語幹以母音或ㄹ結束時接-ㄹ래요；當以子音結束時接-을래요。

語幹以母音或ㄹ結尾	語幹以子音結束
가다 + -ㄹ래요 → 갈래요	먹다 + -을래요 → 먹을래요

原形	-ㄹ래요	原形	-을래요
오다	올래요	받다	받을래요
타다	탈래요	있다	있을래요
공부하다	공부할래요	*듣다	들을래요
*놀다	놀래요	*걷다	걸을래요

*不規則變化

1　此文法只能用於動詞之後。

- 저는 키가 클래요. (×)
  → 저는 키가 컸으면 좋겠어요. (○)
    我希望我長得很高。

- 저는 예쁠래요. (×)
  → 저는 예뻤으면 좋겠어요. (○)
    我希望我長得漂亮。

(請見單元 8 希望的表達 02 A/V-았/었으면 좋겠다)

2　只可用於主語為第一人稱。

- 호앙 씨는 다음 주에 고향에 갈래요. (×)
  → 호앙 씨는 다음 주에 고향에 갈 거예요. (○)
    浩央下星期會回老家。
  → 저는 다음 주에 고향에 갈래요. (○)
    我下星期會回老家。

(可與單元 12 詢問意見與給予建議 05 V-(으)ㄹ래요? ①比較)

會話

A 하미 씨, 이따가 액션 영화 볼래요,
　공포 영화 볼래요?
B 저는 공포 영화는 싫어요.
　액션 영화 볼래요.

A 夏美，等一下想看動作片
　還是恐怖片？
B 我不喜歡恐怖片。
　我想看動作片。

148.mp3

A 뭐 드실래요?
B 저는 커피를 마실래요.

A 想要喝什麼？
B 我想喝咖啡。

A 오늘 리라 씨의 생일 파티에 안 가요?
B 네, 안 갈래요. 피곤해서 집에서 쉴래요.

A 今天不去莉拉的生日派對嗎？
B 對，我不想去。因為很累我想在家休息。

請依照圖片，利用-(으)ㄹ래요填空。

(1)

A 캐럴 씨는 빨간색이 잘 어울리니까 오늘 빨간색 옷을 입으세요.
B 지난번에 빨간색을 입었으니까 오늘은 검은색 옷을 _____.
　　　　　　　　　　　　　　　　　　　　　　　　　　　　(입다)

(2)

A 12시예요. 점심 안 드세요?
B 아침을 늦게 먹어서 저는 이따가 _____.
　　　　　　　　　　　　　　　　　　　　(먹다)

(3)

A 방학 때 피아노 배울래, 기타 배울래?
B 기타를 _____.
　　　　　　　　(배우다)

(4)

A 날씨가 더우니까 아이스크림 먹을래요?
B 저는 배가 아파서 _____.
　　　　　　　　　　　　(먹다 ✕)

背景知識與說明

*A為形容詞（Adjective），V為動詞（Verb）。

149.mp3

추운데 창문을 닫을까요?

天氣冷，要不要關窗戶？

비가 오는데 우산이 없어요.

下雨了，我沒有雨傘。

제 동생은 학생인데 공부를 아주 잘해요.

我的妹妹是學生，她功課很好。

많이 샀는데 이제 갈까요?

已經買很多了，該走了吧？

文法重點

-(으)ㄴ/는데用在前面子句替後面子句敘述理由及背景的情況，也可用在前面子句介紹後面子句的情況。相當於「所以、並且」之意。當與形容詞一起使用時，語幹如以母音結束接-ㄴ데；語幹以子音結束時接-은데。當與動詞一起使用時，則要加-는데。

形容詞/이다現在時制		動詞現在時制	動詞與形容詞過去時制
語幹以母音結束	語幹以子音結束		
-ㄴ데	-은데	-는데	-았/었는데
바쁜데 학생인데	많은데 적은데	보는데 먹는데 있는데 없는데	봤는데 바빴는데 의사였는데 학생이었는데

原形	-(으)ㄴ/는데	原形	-(으)ㄴ/는데
작다	작은데	오다	오는데
높다	높은데	기다리다	기다리는데
편리하다	편리한데	찾다	찾는데
*귀엽다	귀여운데	듣다	듣는데
*하얗다	하얀데	*살다	사는데
아팠다	아팠는데	받았다	받았는데
경찰이었다	경찰이었는데	결혼했다	결혼했는데

*不規則變化

(可與單元 4 列舉與比較 04 A/V-(으)ㄴ/는데 ① 做比較)

會 話

150.mp3

A 요코 씨가 회사원이에요?

A 庸子在上班嗎?

B 아니요, 아직 학생인데 올해
　졸업할 거예요.

B 不,她還是個學生,
　今年要畢業。

A 학교 근처에 어느 식당이 괜찮아요?

A 學校附近哪間餐廳還不錯?

B 학교 옆에 '만나 식당'이 괜찮은데
　거기 한번 가 보세요.

B 學校旁邊的「Manna 餐廳」還不錯,
　妳可以去那邊看看。

A 이 옷을 어제 샀는데 마음에 안 들어요.

A 昨天買了這件衣服,但是不怎麼滿意。

B 왜요? 지수 씨한테 잘 어울려요.

B 為什麼?很適合智秀妳啊!

請依照圖片，從下列選項中選出正確的字，並利用-(으)ㄴ/는데填空。

> 고프다　없다　오다　친구이다

(1)

A 이 사람이 누구예요?
B 제 _____ 지금 미국에 있어요.

(2)

A 배가 _____ 식당에 갈까요?
B 네, 좋아요.

(3)

A 비가 _____ 택시를 탑시다.
B 네, 그러는 게 좋겠어요.

(4)

A 주스 한 잔 주시겠어요?
B 주스가 _____ 커피 드릴까요?

02 V-(으)니까 ②

151.mp3

집에 들어오니까 맛있는 냄새가 나요.

一進家裡就聞到了好吃的香味。

아침에 일어나니까 선물이 있었어요.

一早起來發現有禮物。

집에 오니까 밤 12시였어요.

一回到家發現已經12點了。

文法重點

-(으)니까用來表示前面子句中所提及的行動，導致發現後面子句描述的事實，相當於「一……就發現…」之意。如果動詞語幹以母音結束接-니까；如以子音結束接-으니까。此用於指稱「發現事實」的-(으)니까只能與動詞合用。

語幹以母音結束	語幹以子音結束
가다 + -니까 → 가니까	받다 + -으니까 → 받으니까

原形	-니까	原形	-으니까
오다	오니까	먹다	먹으니까
배우다	배우니까	읽다	읽으니까
일어나다	일어나니까	있다	있으니까
전화하다	전화하니까	*듣다	들으니까
*만들다	만드니까	*걷다	걸으니까

*不規則變化

當-(으)니까用來表示發現某動作的結果，-았/었與-겠不能置於-(으)니까之前。

- 아침에 회사에 갔으니까 아무도 없었어요. (✕)
  → 아침에 회사에 가니까 아무도 없었어요. (○)
  早上到辦公室後，發現那裡沒有人。

- 저녁에 집에 왔으니까 어머니가 계셨어요. (✕)
  → 저녁에 집에 오니까 어머니가 계셨어요. (○)
  晚上到家後，發現媽媽在家裡。

(可與單元 9 理由與原因 02 A/V-(으)니까 ①比較)

會話

A 제이슨 씨한테 전화해 봤어요?   A 你打電話給傑森了嗎？
B 네, 그런데 전화하니까 안 받아요.   B 有，但是打了之後他沒接。

152.mp3

A 그 모자 얼마예요?   A 那頂帽子多少錢？
B 만 원이요. 어제 백화점에 가니까   B 一萬元。我昨天去百貨公司發現在打折。
  세일을 하고 있었어요.

請將左邊的句子與右邊最適當的句子連起來，並依照例句完成句子填空。

例 친구 집에 전화하다	ⓐ 한국 생활이 재미있어요.
(1) 지하철을 타 보다	ⓑ 생선회가 싸고 맛있었어요.
(2) 한국에서 살아 보다	ⓒ 할머니가 전화를 받으셨어요.
(3) 부산에 가다	ⓓ 빠르고 편해요.
(4) 동생의 구두를 신어 보다	ⓔ 작았어요.

例 친구 집에 전화하니까 할머니가 전화를 받으셨어요.

(1) _____.

(2) _____.

(3) _____.

(4) _____.

單元 **15.**

目的與意圖

* V為動詞（Verb），N為名詞（Noun）。

옷을 사러 동대문 시장에 가요.

我們去東大門市場買衣服。

153.mp3

한국 팬들을 만나러 한국에 왔어요.

我來韓國見韓國歌迷。

은행에 돈을 찾으러 가요.

我去銀行提款。

文法重點

-(으)러 가다/오다表達要去或來一個地方行動,第一個子句描述動作,而在第二個子句指出地點,相當於「去/來(某地)做(某事)」之意。當動詞語幹以母音或ㄹ結束時接-러 가다/오다;當動詞語幹以子音結束時接-(으)러 가다/오다。

動詞語幹以母音或ㄹ結束	動詞語幹以子音結束
사다 + -러 가다 → 사러 가다	먹다 + -으러 가다 → 먹으러 가다

原形	-러 가요/와요	原形	-으러 가요/와요
보다	보러 가요/와요	받다	받으러 가요/와요
배우다	배우러 가요/와요	찾다	찾으러 가요/와요
공부하다	공부하러 가요/와요	*듣다	들으러 가요/와요
*놀다	놀러 가요/와요	*짓다	지으러 가요/와요
*살다	살러 가요/와요	*돕다	도우러 가요/와요

*不規則變化

在-(으)러後只可以使用移動動詞，例如가다（去）、오다（來）、다니다（往返、通勤）等動作動詞。

- 옷을 사러 시장에 가요. (○)　　我去市場買衣服。
- 옷을 사러 돈을 찾아요. (×)
  → 옷을 사려고 돈을 찾아요. (○) 我要買衣服而去提款。

此外，下列的動作動詞不可在-(으)러之前：가다（去）、오다（來）、올라가다（上去）、내려가다（下去）、들어가다（進去）、나가다（離開）、여행하다（旅行）、이사하다（搬家）。

- 가러 가다 (×), 오러 가다 (×), 올라가러 가다 (×), 나가러 가다 (×)

會話

A 이사했어요?
B 네, 지난주에 했어요.
　주말에 우리 집에 놀러 오세요.

A 你搬家了嗎？
B 對，上禮拜搬的。
　週末請來我們家玩。

154.mp3

A 요즘 바빠요?
B 네, 조금 바빠요.
　한국 춤을 배우러 학원에 다녀요.

A 最近忙嗎？
B 是，有點忙。
　我去補習班學韓國舞蹈。

自己做

請依照圖片，使用-(으)러 가다/오다填空。

(1)

A 어떻게 오셨습니까?
B 사장님을 _____ 왔습니다.
　　　　　　(만나다)

(2)

A 어디에 가요?
B _____ 나가요. 남자 친구하고 약속이 있어요.
　(데이트 하다)

(3)

A 음식이 나왔는데 어디에 가요?
B 손을 _____ 화장실에 가요.
　　　　　(씻다)

살을 빼려고 매일 세 시간씩 운동을 해요.

155.mp3

為了要減肥，我每天運動三小時。

아내에게 주려고 선물을 샀어요.

為了要送給我太太，我買了禮物。

잠을 자지 않으려고 커피를 5잔이나 마셨어요.

為了不要睡著，我喝了五杯咖啡。

文法重點

　　-(으)려고表達說話者的意圖或計畫。更具體地說，說話者之所以做後子句描述的行動，是為了完成前子句描述的目的，相當於「為了…」之意。當動詞語幹以母音或ㄹ結束時接-려고；當動詞語幹以子音結束時接-으려고。

動詞語幹以母音或ㄹ結束	動詞語幹以子音結束
보다 + -려고 → 보려고	먹다 + -으려고 → 먹으려고

原形	-려고	原形	-으려고
가다	가려고	찍다	찍으려고
만나다	만나려고	읽다	읽으려고
이야기하다	이야기하려고	찾다	찾으려고
*놀다	놀려고	*듣다	들으려고
*벌다	벌려고	*짓다	지으려고

*不規則變化

會 話

A 정아 씨, 요즘 학원에 다녀요?
B 네, 컴퓨터를 배우려고 학원에 다니고 있어요.

A 貞雅，最近有去補習班嗎？
B 有，我為了學電腦而去補習班。

156.mp3

A 아까 만났는데 왜 또 전화했어요?
B 당신 목소리를 들으려고 전화했어요.

A 剛剛才見過面，為什麼又打電話來？
B 因為我想聽妳的聲音，所以才打電話的。

A 자려고 누웠는데 잠이 안 와요.
B 그러면 따뜻한 우유를 한 잔 마셔 보세요.

A 想睡覺而躺在床上，但是睡不著。
B 這樣的話，試試看喝一杯溫牛奶。

哪裡不一樣?

-(으)러

❶ 跟移動動詞一起使用，例如 가다、오다、다니다、올라가다和나가다。
- 친구를 만나러 커피숍에서 친구를 기다려요. (○)
  要見朋友而在咖啡廳等朋友。
- 친구를 만나러 커피숍에 가요. (○)
  我去咖啡廳見朋友。

❷ 可將現在時制、過去時制、未來時制加在動詞之後。
- 친구를 만나러 커피숍에 가요. (○)
  我去咖啡廳見朋友。
- 친구를 만나러 커피숍에 갔어요. (○)
  我要見朋友而去了咖啡廳。
- 친구를 만나러 커피숍에 갈 거예요. (○)
  我將要去咖啡廳見朋友。

❸ 可以與表達建議的-(으)ㅂ시다和表達命令的-(으)세요一起使用。
- 밥을 먹으러 식당에 갑시다. (○)
  一起去餐廳吃飯吧。
- 밥을 먹으러 식당에 가세요. (○)
  請去餐廳吃飯。

-(으)려고

❶ 可以與所有動詞一起使用。
- 친구를 만나려고 커피숍에 가요. (○)
  為了要見朋友，所以我去咖啡廳。
- 친구를 만나려고 커피숍에서 친구를 기다려요. (○)
  為了要見朋友，所以我在咖啡廳等。

❷ 現在時制與過去時制動詞可加在之後，但是使用未來時制動詞的話，意思會變得很奇怪。
- 친구를 만나려고 커피숍에 가요. (○)
  為了要見朋友，所以我去咖啡廳。
- 친구를 만나려고 커피숍에 갔어요. (○)
  為了要見朋友，所以我去了咖啡廳。
- 친구를 만나려고 커피숍에 갈 거예요. (×)

❸ 如果與-(으)ㅂ시다、-(으)세요一起使用時，聽起來很不順。
- 밥을 먹으려고 식당에 갑시다. (×)
- 밥을 먹으려고 식당에 가세요. (×)

為什麼下面這些人要學韓語呢？請參照例句，將答案寫在下列空格中。

> 例 <u>한국 대학교에 입학하려고</u> 한국말을 배워요.

(1) _____ 한국말을 배워요.

(2) _____ 한국말을 배워요.

(3) _____ 한국말을 배워요.

(4) _____ 한국말을 배워요.

(5) _____ 한국말을 배워요.

157.mp3

여름휴가 때 여행을 하려고 해요.

我計畫暑假去旅行。

결혼하면 아이를 두 명 낳으려고 해요.

結婚的話，我想要生兩個小孩。

방학 동안 운전을 배우려고 했어요.
그런데 팔을 다쳐서 못 배웠어요.

放假期間我想要學開車。

但是手臂受傷了，所以我無法學。

文法重點

　　-(으)려고 하다表達說話者的意圖或是尚未實行的計畫，相當於「想要/打算…」之意。當動詞語幹以母音或ㄹ結束時接-려고 하다；當動詞語幹以子音結束時接-으려고 하다。此外，-(으)려고 했다是-(으)려고 하다的過去時制，用來表示意圖或計畫沒有實現。

動詞語幹以母音或ㄹ結束	動詞語幹以子音結束
가다 + -려고 하다 → 가려고 하다	먹다 + -으려고 하다 → 먹으려고 하다

原形	-려고 해요	原形	-으려고 해요
보다	보려고 해요	받다	받으려고 해요
사다	사려고 해요	씻다	씻으려고 해요
만나다	만나려고 해요	*듣다	들으려고 해요
취직하다	취직하려고 해요	*묻다	물으려고 해요
*놀다	놀려고 해요	*돕다	도우려고 해요

*不規則變化

A 보너스를 받으면 뭐 할 거예요?　　A 拿到紅利的話要做什麼？

B 새 차를 사려고 해요.　　B 我想要買新車。

158.mp3

A 대학교를 졸업하면 무엇을 할 거예요?　A 大學畢業的話，要做什麼？

B 대학원에서 공부를 더 하려고 해요.　B 我想要繼續讀研究所。

A 저는 회사에 취직하려고 해요.　　A 我想要在公司工作。

凱羅計畫放假時要去旅行。請看看凱羅的行李，依照例句寫下你覺得她在旅行中想做的事情。

> 例　호주에 가려고 해요.

(1) 어머니께 엽서를 _____.

(2) 비행기 안에서 한국어를 _____.

(3) 비행기 안에서 음악을 _____.

(4) 호주에 있는 친구에게 선물을 _____.

(5) 호주에서 골프를 _____.

(6) 호주에서 사진을 _____.

(7) 바다에서 수영을 _____.

N을/를 위해(서), V-기 위해(서)

건강을 위해서 매일 비타민을 먹고
있습니다.

為了健康，我每天都吃維他命。

159.mp3

군인은 나라를 위해서 일하는 사람입니다.

軍人是為了國家工作的人。

훌륭한 스케이트 선수가 되기 위해 열심히
연습을 합니다.

為了要成為傑出的滑冰選手，我努力練習。

文法重點

　　此文法用來表示為了完成某件事而行動。更具體地說，後面的子句描述出說話者為了前面子句提到的目的所做出的行動，相當於「為了…」之意。當目的為名詞形態時，要使用을/를 위해서。위해서是위하여서的縮略形態。此外，서可省略而為위해。當與動詞使用時接-기 위해서。

名詞 + 을/를 위해서		動詞語幹 + -기 위해서
名詞以母音結束	名詞以子音結束	
나라 + 를 위해서 → 나라를 위해서	가족 + 을 위해서 → 가족을 위해서	가다 + -기 위해서 → 가기 위해서

名詞을/를 위해서	原形	動詞-기 위해서
나라를 위해서	보다	보기 위해서
회사를 위해서	만나다	만나기 위해서
친구를 위해서	받다	받기 위해서
사랑을 위해서	입학하다	입학하기 위해서

남편을 위해서	벌다	벌기 위해서
건강을 위해서	듣다	듣기 위해서
가족을 위해서	돕다	돕기 위해서

-기 위해서不能直接使用於形容詞後面。但是當形容詞後面接-아/어지다時，就可以使用-기 위해서。

- 건강하기 위해서 운동을 합니다. (×)
  → 건강해지기 위해서 운동을 합니다. (○)
    為了變得健康，我做運動。

會 話

A 잘 부탁드립니다. 신입사원
　이민우입니다.

A 請多指教。我是新進員工李民宇。

160.mp3

B 반갑습니다. 회사를 위해서
　열심히 일해 주십시오.

B 歡迎。為了公司
　請你努力工作。

A 가족을 위해서 무엇을 하세요?

A 你為了家人做些什麼？

B 저는 가족을 위해서 매일 기도하고
　있어요.

B 我為了家人，每天都在祈禱。

A 아파트 산 것을 축하합니다.

A 恭喜妳買了公寓。

B 감사합니다. 이 집을 사기 위해서
　우리 부부가 열심히 돈을 모았어요.

B 謝謝。為了買這個房子，我們夫婦倆很努力賺錢。

哪裡不一樣?

-(으)려고	-기 위해서
不能與-아/어야 해요、-(으)ㅂ시다、-(으)세요、-(으)ㄹ까요?一起使用。 • 대학교에 입학하려고 열심히 공부했어요. (○) 　為了要進大學，我很認真讀書。 • 대학교에 입학하려고 열심히 공부해야 해요. (×) • 대학교에 입학하려고 열심히 공부합시다. (×) • 대학교에 입학하려고 열심히 공부하세요. (×)	可以與-아/어야 해요、-(으)ㅂ시다、-(으)세요和-(으)ㄹ까요?一起使用。 • 대학교에 입학하기 위해서 열심히 공부했어요. (○) 　為了要進大學，我很認真讀書。 • 대학교에 입학하기 위해서 열심히 공부해야 해요. (○) 　為了要進大學，我必須要認真讀書。 • 대학교에 입학하기 위해서 열심히 공부합시다. (○) 　為了進大學，我們一起認真讀書吧。 • 대학교에 입학하기 위해서 열심히 공부하세요. (○) 　為了進大學，請你認真讀書吧！

請依照圖片，從下列選項中選出正確的字，並使用-을/를 위해(서)或-기 위해(서)填空。

> 건강　　당신　　만나다　　취직하다

(1)

A 매일 아침에 조깅을 해요?
B 네, 저는 _____ 매일 아침에 조깅을 해요.

(2)

A 와, 맛있겠어요. 무슨 날이에요?
B 오늘이 당신 생일이라서 _____ 내가
　　만들었어요.

(3)

A 왜 한국말을 배워요?
B 한국 회사에 _____ 한국말을 배워요.

(4)

A 왜 한국에 왔어요?
B 한국 친구를 _____ 왔어요.

05 V-기로 하다

건강 때문에 올해부터 담배를 끊기로 했어요.

為了健康，我決定今年開始要戒煙。

161.mp3

주말에 친구하고 같이 등산하기로 했어요.

我決定週末要與朋友去登山。

우리는 3년 후에 결혼하기로 했습니다.

我們決定三年後結婚。

文法重點

1 -기로 하다表達與另一個人做了約定，使用時要在動詞語幹後面加上-기로 했다。

A 정아 씨, 사랑해요. 우리 내년에 결혼합시다.

貞雅，我愛你！我們明年結婚吧。

B 좋아요. 내년에 결혼해요.

好的。明年結婚吧。

→ 정아 씨와 나는 서로 사랑하고 있어요. 우리는 내년에 결혼하기로 했어요.

貞雅與我互相相愛。我們決定明年結婚。

2 -기로 하다也可用來表示與自己做的約定。用來表示說話者做某事的決定或決心。在動詞語幹後加上-기로 했다即可。

• 나는 올해부터 매일 운동하기로 했어요.

我決定今年開始要每天運動。

가다 + -기로 했다 → 가기로 했어요   먹다 + -기로 했다 → 먹기로 했어요

原形	-기로 했어요	原形	-기로 했어요
만나다	만나기로 했어요	입다	입기로 했어요
공부하다	공부하기로 했어요	찍다	찍기로 했어요
놀다	놀기로 했어요	듣다	듣기로 했어요
살다	살기로 했어요	돕다	돕기로 했어요

會 話

A 재준 씨, 오늘 왜 이렇게 기분이 좋아요?

A 在準，為什麼今天心情這麼好？

162.mp3

B 이번 주말에 캐럴 씨와 데이트하기로 했어요.

B 因為這週末約好和凱羅一起約會。

A 내일 등산 갈 때 누가 카메라를 가져와요?

A 明天登山的時候，誰要帶照相機？

B 부디 씨가 가져오기로 했어요.

B 普迪說他要帶。

A 새해에 무슨 계획이 있어요?

A 新年有什麼計畫？

B 새해에는 자기 전에 꼭 일기를 쓰기로 했어요.

B 我決定在新的一年，每天睡前都要寫日記。

注 意！

-기로 하다常常以過去時制形態-기로 했어요/했습니다表示，但是有時候也會以現在時制形態-기로 하다出現。在這種情況下，則表示說話者與聽者之間做出約定。

A 내일 뭐 할까요?　　　　　　　　　　　明天我們要做什麼？

B 등산하기로 해요. (= 등산하기로 합시다.)　一起登山吧。

下圖中的人新年要做什麼呢？請依照圖片，從下列選項中選出正確的字，並利用-기로하다填空。

공부하다　끊다　배우다　사다　하지 않다

(1) 이민우 씨는 새해에 차를 _____.

(2) 부디 씨는 술을 _____.

(3) 캐럴 씨는 태권도를 _____.

(4) 왕징 씨는 열심히 _____.

(5) 티루엔 씨는 컴퓨터 게임을 _____.

條件與假設

＊A為形容詞（Adjective），V為動詞（Verb）。

컴퓨터를 많이 하면 눈이 아파요.

電腦玩太久的話，眼睛會痛。

163.mp3

나는 기분이 좋으면 춤을 춰요.

我心情好的話就跳舞。

돈을 많이 벌면 집을 살 거예요.

賺很多錢的話，我就要買房子。

文法重點

-(으)면使用在基於事實、每天的事件、句子後提到的重複行為所設立的條件，或是假定非特定或尚未發生的情況。相當於「假如…的話」之意。表達假定時，可以搭配使用혹시和만일等副詞。當動詞語幹以母音或ㄹ結束時接-면；當以子音結束時接-으면。

語幹以母音或ㄹ結束	語幹以子音結束
가다 + -면 → 가면	먹다 + -으면 → 먹으면

原形	-면	原形	-으면
바쁘다	바쁘면	받다	받으면
만나다	만나면	있다	있으면
졸업하다	졸업하면	*듣다	들으면
*살다	살면	*덥다	더우면
*만들다	만들면	*낫다	나으면

*不規則變化

想要傳達的資訊跟過去發生的事情有關時，此資訊不能放在句中-(으)면的前面。此外，當動作只發生過一次時，要用-(으)ㄹ 때。

- 어제 영화를 보면 울었어요. (×)
  → 어제 영화를 볼 때 울었어요. (○)
    我昨天看電影的時候哭了。

- 동생이 집에 없으면 친구가 왔어요. (×)
  → 동생이 집에 없을 때 친구가 왔어요. (○)
    昨天弟弟/妹妹不在家時，我朋友來了。

會 話

164.mp3

A 주말에 보통 뭐 해요?

A 你週末都做什麼？

B 날씨가 좋으면 등산을 해요.
　그렇지만 비나 눈이 오면 집에서
　텔레비전을 봐요.

B 天氣好的話就去登山。
　但是下雨或下雪的話，
　就待在家裡看電視。

A 다음 주에 고향에 돌아가요.

A 我下週要回老家。

B 그래요? 섭섭해요.
　고향에 돌아가면 연락하세요.

B 真的？真令人難過。
　回到老家的話要跟我連絡。

A 결혼하면 어디에서 살 거예요?

A 結婚的話要住哪裡？

B 회사 근처 아파트에서 살려고 해요.

B 我們打算要住在公司附近的公寓。

注 意！

當第一與第二個子句的主語不同時，第一個子句主語後面的主格助詞要將은/는改為이/가。

- 동생은 이야기하면 친구들이 웃어요. (×)
  → 동생이 이야기하면 친구들이 웃어요. (○)
    當我弟弟說故事的時候，我朋友會笑。

- 티루엔 씨는 회사에 안 오면 사무실이 조용해요. (×)
  → 티루엔 씨가 회사에 안 오면 사무실이 조용해요. (○)
    提魯安不來上班的話，辦公室很安靜。

將兩個相關的圖連在一起，並從下列選項中選出適當的字，利用-(으)면填空。

> 가다　　먹다　　오지 않다　　출발하다

(1)
 •

• ⓐ

(2)
 •

• ⓑ

(3)
 •

• ⓒ

(4)
 •

• ⓓ

(1) 아이스크림을 많이 _____ 살이 쪄요.

(2) 지금 _____ 3시에 도착할 수 있어요.

(3) 밤에 잠이 _____ 텔레비전을 봐요.

(4) 동대문 시장에 _____ 옷이 싸요.

02 V-(으)려면

농구를 잘하려면 점프를 잘해야 돼요.

想要打好籃球的話，要很會跳高才行。

165.mp3

동대문에 가려면 지하철 4호선을 타세요.

想要去東大門的話，請搭地鐵四號線。

이 선생님을 만나려면 월요일에 학교로 가세요.

想要見李老師的話，請星期一到學校去。

文法重點

　　-(으)려면是-(으)려고 하면的簡化形態。常用於前面的子句，接於動詞後表示計畫或是意圖。因為如此，後面子常接：-아/어야 해요/돼요、-(으)세요、이/가 필요해요和-는 게 좋아요等。相當於中文的「想要…的話」。當動詞語幹以母音或ㄹ結束接-려면；當以子音結束時接-으려면。

語幹以母音或ㄹ結束	語幹以子音結束
가다 + -려면 → 가려면	먹다 + -으려면 → 먹으려면

原形	-려면	原形	-으려면
만나다	만나려면	받다	받으려면
취직하다	취직하려면	끊다	끊으려면
부르다	부르려면	*듣다	들으려면
*살다	살려면	*돕다	도우려면

*不規則變化

A 한국말을 잘하고 싶어요.
B 한국말을 잘하려면 매일 한국말로만 이야기하세요.

A 我想要把韓語說好。
B 想要說好韓語的話，請每天只用韓語說話。

166.mp3

A 펜을 자주 잃어버려요.
B 잃어버리지 않으려면 펜에 이름을 쓰세요.

A 我常弄丟我的筆。
B 不想要弄丟筆的話，請在筆上面寫名字。

A 사장님, 이 회사에서 일하고 싶습니다.
B 우리 회사에서 일하려면 한국말도 잘하고 컴퓨터도 잘해야 합니다.

A 社長，我想在您的公司工作。
B 如果想在我們公司工作的話，韓語要很好，電腦也要擅長才行。

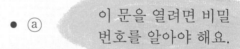

自己做

請將圖片與適當的句子連在一起。

(1)

ⓐ 이 문을 열려면 비밀 번호를 알아야 해요.

(2)

ⓑ 감기에 걸리지 않으려면 코트를 입으세요.

(3)

ⓒ 공주와 결혼하려면 금사과를 가져와야 해요.

(4)

ⓓ 식사하시려면 예약을 하셔야 합니다.

03 A/V-아/어도

크게 말해도 할머니가 못 들어요.

即使大聲講，奶奶也聽不見。

167.mp3

이 옷이 마음에 들어요. 비싸도 사고 싶어요.

我喜歡這件衣服。即使很貴也想買。

뉴스를 들어도 이해하지 못해요.

即使聽了新聞，也聽不懂。

文法重點

　　-아/어도表示無論前面子句描述的動作或是情況如何，後面子句的情況還是會發生，相當於中文的「即使/就算…也…」。當動詞語幹以ㅏ或ㅗ結束時接-아도。當動詞語幹以其它母音結束時接-어도。以하다結束的動詞接해도。

語幹以ㅏ或ㅗ結束	語幹以其它非ㅏ或ㅗ母音結束	動詞語幹以하다結束
가다 + -아도 → 가도	먹다 + -어도 → 먹어도	피곤하다 → 피곤해도

原形	-아/어도	原形	-아/어도
보다	봐도	켜다	켜도
찾다	찾아도	씻다	씻어도
닦다	닦아도	*듣다	들어도
공부하다	공부해도	*맵다	매워도
*바쁘다	바빠도	*부르다	불러도

*不規則變化

168.mp3

A 3시까지 명동에 가야 해요. 택시를 탑시다.

A 我們三點得到明洞。一起搭計程車吧。

B 지금 2시 50분이에요. 택시를 타도 3시까지 못 가요.

B 現在是2點50分。
即使搭計程車3點也到不了。

A 요즘 바빠서 아침을 못 먹어요.

A 最近很忙沒辦法吃早餐。

B 바빠도 아침 식사를 꼭 해야 해요. 아침 식사를 안 하면 건강에 안 좋아요.

B 即使忙也一定要吃早餐。
不吃早餐的話對健康不好。

注 意!

可以在動詞前以**아무리**強調，使句子表現「不管多麼…也…」的意思。

• 나는 바빠도 아침을 꼭 먹어요. → 나는 아무리 바빠도 아침을 꼭 먹어요.

我即使忙，還是一定會吃早餐。 → 我不管再怎麼忙，還是一定會吃早餐。

• 그 옷이 비싸도 살 거예요. → 그 옷이 아무리 비싸도 꼭 살 거예요.

那件衣服即使貴，我也要買。 → 不管那衣服有多貴，我還是一定要買。

자기做

請依照圖片，從下列選項中選出適合的字，並利用-아/어도填空。

먹다   반대하다   보내다

(1)

A 감기 다 나았어요?
B 아니요, 약을 _____ 안 나아요.

(2)

A 두 사람이 정말 결혼할 거예요?
B 네, 부모님이 _____ 꼭 결혼할 거예요.

(3)

A 친구하고 자주 연락해요?
B 아니요, 편지를 _____ 친구가 답장을 안 해요.

單元 **17.**

推測

＊A為形容詞（Adjective），V為動詞（Verb）。

와, 맛있겠어요.

哇！看起來很好吃。

169.mp3

저 포스터를 보세요. 재미있겠어요!

請看那張海報。看起來很有趣呢。

시원하겠어요.

那看起來好涼快。

文法重點

-겠어요是對談話當時的情境、狀態表示推測的表現法，即「看似…；聽起來…」之意。活用時將-겠어요置於動詞或形容詞語幹後面。若是對過去的推測，-겠어요前加上-았/었-而成-았/었겠어요。

오다 + -겠어요 → 오겠어요　　　덥다 + -겠어요 → 덥겠어요

原形	-겠어요	原形	-겠어요
보다	보겠어요	좋다	좋겠어요
되다	되겠어요	예쁘다	예쁘겠어요
받다	받겠어요	재미있다	재미있겠어요
찾다	찾겠어요	시원하다	시원하겠어요
일하다	일하겠어요	편하다	편하겠어요

(可與單元 13 意圖及計畫 01 A/V-겠어요 ① 比較)

會話

A 이번 주에 제주도로 여행 갈 거예요.
B 와, 좋겠어요. 저도 가고 싶어요.

A 這週我要去濟州島旅行。
B 哇！聽起來不錯。我也想要去。

170.mp3

A 요즘 퇴근하고 매일 영어를 배워요.
B 매일이요? 힘들겠어요.

A 最近每天下班後都在學英文。
B 每天？聽起來好辛苦。

A 이게 요즘 제가 배우는 한국어 책이에요.
B 어렵겠어요.

A 這是我最近正在學習的韓語書。
B 看起來好難。

從下列選項中選出正確的字，並使用-겠어요填空。

기분이 좋다	바쁘다	일본 요리를 잘하다
배가 고프다	피곤하다	한국말을 잘하다

(1) A 어제 일이 많아서 잠을 못 잤어요.
　　B 그래요? _____.

(2) A 저는 한국에서 5년 살았어요.
　　B 그럼 _____.

(3) A 어제 집에 손님들이 오셔서 음식을 많이 만들었어요.
　　B 어제 많이 _____.

(4) A 이번 시험에서 1등을 했어요.
　　B _____.

(5) A 저는 학원에서 1년 동안 일본 요리를 배웠어요.
　　B 그래요? 그럼 _____.

(6) A 오늘 하루 종일 밥을 못 먹었어요.
　　B _____.

그 옷을 입으면 더울 거예요.

你穿那件衣服會感覺很熱的。

171.mp3

하영 씨에게는 보라색 티셔츠가 잘 어울릴 거예요.

我覺得夏英妳穿紫色T恤很搭配。

7시니까 댄 씨는 벌써 퇴근했을 거예요.

七點了，丹應該已經下班了。

文法重點

-(으)ㄹ 거예요表示說話者以自己聽聞的經驗為根據，對某事推測，為「（我覺得）會…」之意。當動詞或形容詞語幹以母音或ㄹ結束接-ㄹ 거예요；當語幹是以子音作結尾時接-을 거예요。對過去的推測將-았/었-加在-(으)ㄹ 거예요前面而為-았/었을 거예요。

語幹以母音或ㄹ結束	語幹以子音結束
사다 + -ㄹ 거예요 → 살 거예요	먹다 + -을 거예요 → 먹을 거예요

原形	-ㄹ 거예요	原形	-을 거예요
바쁘다	바쁠 거예요	입다	입을 거예요
시원하다	시원할 거예요	많다	많을 거예요
*만들다	만들 거예요	*가깝다	가까울 거예요
*길다	길 거예요	*덥다	더울 거예요

*不規則變化

表示推測的-을 거예요不能用於問句。問句時接-(으)ㄹ까요?。

A 내가 이 옷을 입으면 멋있을까요? (이 옷을 입으면 멋있을 거예요? (×))
你覺得我穿這件衣服會好看嗎?

B 네, 멋있을 거예요.
是的。我想你穿起來會很好看。

(可與單元 1 時制 04 V-(으)ㄹ 거예요 ① 做比較)

會 話

172.mp3

A 여기에서 학교까지 버스가 있어요? | A 從這裡到學校有公車嗎?

B 네, 그렇지만 자주 안 와서 지하철이 더 편할 거예요. | B 有,但是班次沒有很多,搭地鐵會比較方便。

A 댄 씨에게 음악 CD를 주면 좋아할까요? | A 給丹音樂CD的話,他會喜歡嗎?

B 매일 음악을 들으면서 다니니까 좋아할 거예요. | B 他每天來來去去都在聽音樂,應該會喜歡的。

A 요코 씨가 결혼했어요? | A 庸子結婚了嗎?

B 왼손에 반지를 끼었으니까 결혼했을 거예요. | B 看她左手有戴戒指,應該是結婚了。

自己做

從下列選項中選出正確的字，並使用-(으)ㄹ 거예요？填空。

> 가다　걸리다　문을 닫다　바쁘다　예쁘다　오다　알다　자다

(1) A 민우 씨가 오늘 파티에 와요?
　　B 출장 준비를 해야 하니까 아마 못 _____.

(2) A 햄버거를 먹고 싶어요. 햄버거 가게가 문을 열었을까요?
　　B 지금 밤 11시니까 _____.

(3) A 미국에 가려고 하는데 어디가 좋아요?
　　B 댄 씨 고향이 미국이니까 잘 _____. 댄 씨에게 물어 보세요.

(4) A 티루엔 씨가 왜 회의에 안 왔어요?
　　B 몸이 안 좋아서 일찍 집에 _____.

(5) A 어제 캐럴 씨가 전화를 안 받았어요.
　　B 어제 일이 많아서 _____.

(6) A 부디 씨가 아침부터 계속 졸고 있어요.
　　B 어제 일이 많아서 늦게 _____.

(7) A 거기까지 시간이 많이 걸릴까요?
　　B 지금 퇴근 시간이니까 시간이 좀 _____.

(8) A 내일 돌잔치에 무슨 옷을 입고 갈까요?
　　B 한복을 입으면 _____.

주말에 날씨가 더울까요?

你覺得週末天氣會很熱嗎?

캐럴 씨가 오늘 나올까요?

凱羅今天會來嗎?

댄 씨가 이 책을 읽었을까요?

你覺得丹讀過這本書了嗎?

文法重點

-(으)ㄹ까요?是對未發生的行動或狀態推測、詢問時的表現法,為「你覺得…嗎?／你是否認為…」之意。回答時常用-(으)ㄹ 거예요和-(으)ㄴ/는 것 같아요。當動詞或形容詞語幹以母音或ㄹ結束時接-ㄹ까요?當語幹以子音結束時接-을까요?過去推測則接加-았/었-的-았/었을까요?形態。

語幹以母音結束	語幹以子音結束
가다 + -ㄹ까요? → 갈까요?	먹다 + -을까요? → 먹을까요?

原形	-ㄹ까요?	原形	-을까요?
예쁘다	예쁠까요?	괜찮다	괜찮을까요?
친절하다	친절할까요?	*듣다	들을까요?
*살다	살까요?	*춥다	추울까요?

*不規則變化

(可參照單元 12 詢問意見與給予建議 01 V-(으)ㄹ까요? ①, 02 V-(으)ㄹ까요? ②)

會 話

A 요즘 꽃이 비쌀까요?
B 졸업식 때니까 비쌀 거예요.

A 妳覺得最近花很貴嗎?
B 因為是畢業季,所以會很貴。

174.mp3

A 이번에 누가 승진을 할까요?
B 댄 씨가 일을 잘하니까 이번에
승진할 거예요.

A 你覺得這次誰會升遷?
B 丹工作表現優異,我覺得他這次會升遷。

A 지금 가면 길이 막힐까요?
B 아니요, 이 시간에는 길이 안 막혀요.

A 妳覺得現在去的話會塞車嗎?
B 不,現在這個時間點不會塞。

自己做

從下列選項中選出正確的字,並使用-(으)ㄹ까요?句型填空。

| 도착하다 　돈이 많다 　돌아오다 　막히다 　바쁘다 |

(1) A 웨슬리 씨가 ＿＿＿＿＿＿＿＿?
　　B 네, 아버지가 부자니까 웨슬리 씨도 돈이 많을 거예요.

(2) A 버스를 타면 ＿＿＿＿＿＿?
　　B 지금 퇴근 시간이니까 지금 버스를 타면 막힐 거예요.

(3) A 나탈리아 씨가 집에 ＿＿＿＿＿＿＿?
　　B 1시간 전에 출발했으니까 지금쯤 도착했을 거예요.

(4) A 김 과장님이 ＿＿＿＿＿＿?
　　B 요즘 연말이라서 바쁘실 거예요.

(5) A 선생님이 몇 시쯤 ＿＿＿＿＿＿?
　　B 2시쯤 돌아오실 거예요.

어제 비가 온 것 같아요.

昨天好像下過雨。

175.mp3

지금 비가 오는 것 같아요.

現在好像在下雨。

비가 올 것 같아요.

等一下好像要下雨了。

文法重點

1　　以各種情況為依據推測於過去已經發生過/現在正在發生/未來可能發生之事的表現法，即「看起來好像…、由…根據…顯示…」。形容詞現在和動詞過去接-(으)ㄴ；用於動詞現在接-는；對於動詞未來接-(으)ㄹ。

　　　A 댄 씨, 오늘 기분이 좋은 것 같아요. 무슨 좋은 일 있어요?

　　　　丹，你今天看起來心情不錯。有什麼好事嗎？

　　　B 네, 어제 아내가 딸을 낳았어요.

　　　　是阿，昨天我老婆生了女兒。

2　　談話者以比較禮貌、委婉的口氣表示自己的意見、想法，以避免強烈、武斷談話的表現法。

　　　A 음식 맛이 어때요?　食物如何？

　　　B 좀 짠 것 같아요.　好像有一點鹹的樣子。

形容詞現在時制		動詞過去時制		動詞現在時制	動詞未來時制	
母音結束	子音結束	母音結束	子音結束		母音結束	子音結束
-ㄴ 것 같다	-은 것 같다	-ㄴ 것 같다	-은 것 같다	-는 것 같다	-ㄹ 것 같다	-을 것 같다
바쁜 것 같다	많은 것 같다	간 것 같다	먹은 것 같다	가는 것 같다 먹는 것 같다	갈 것 같다	먹을 것 같다

	原形	過去時制	現在時制	未來時制
形容詞	예쁘다	–	예쁜 것 같다	예쁠 것 같다
	작다	–	작은 것 같다	작을 것 같다
	친절하다	–	친절한 것 같다	친절할 것 같다
	학생이다	–	학생인 것 같다	학생일 것 같다
	*춥다	–	추운 것 같다	추울 것 같다
動詞	가다	간 것 같다	가는 것 같다	갈 것 같다
	찾다	찾은 것 같다	찾는 것 같다	찾을 것 같다
	결혼하다	결혼한 것 같다	결혼하는 것 같다	결혼할 것 같다
	*만들다	만든 것 같다	만드는 것 같다	만들 것 같다
	*듣다	들은 것 같다	듣는 것 같다	들을 것 같다

*不規則變化

會話

A 일주일이 빨리 가는 것 같아요.

B 정말 그래요. 벌써 금요일이에요.

A 一個星期好像過得很快。

B 你說的沒錯。已經星期五了。

176.mp3

A 그 식당 주인이 친절한 것 같아요.

B 네, 항상 밥도 많이 주고 서비스도 좋아요.

A 那家餐廳的老闆好像很親切。

B 對啊，飯常常給得很多，服務也很好。

A 더 드세요.

B 죄송해요. 배가 불러서 더 못 먹을 것 같아요.

A 請再吃一些吧。

B 抱歉。肚子飽了，好像再也吃不下了。

注 意!

-(으)ㄴ 것 같다用在比-(으)ㄹ 것 같다有較直接且確切根據的推測；而-(으)ㄹ 것 같다則用在比較間接且根據模糊的推測。

• 오늘 날씨가 더운 것 같아요. 今天天氣看起來好熱。
 （藉由別人熱的情況或說話者本身直接感受到外面熱度而做的推測。）

• 오늘 날씨가 더울 것 같아요. 今天天氣好像會很熱。
 （因為昨天熱的情況大致推測今天也會很熱。）

哪裡不一樣?

-겠어요	-(으)ㄹ 거예요	-(으)ㄴ/는/(으)ㄹ 것 같다
沒任何依據或理由而直覺且一瞬間的推測。	有根據的推測。說話者依只有自己知道的資訊所作出的推測。	這是直覺、主觀的推測，不管是否有理由或依據都可用。

-겠어요

沒任何依據或理由而直覺且一瞬間的推測。

A 이 식당의 음식이 맛있을까요?
 你覺得這家餐廳東西好吃嗎？

B 맛있겠어요. (×)

A 제가 만들었어요. 맛있게 드세요.
 這是我做的。請多吃一些。

B (맛있어 보이는 음식을 보는 순간) 와, 정말 맛있겠어요.
 （看到好吃的東西的瞬間）哇！看起來好好吃。

-(으)ㄹ 거예요

有根據的推測。說話者依只有自己知道的資訊所作出的推測。

A 이 식당의 음식이 맛있을까요?
 你覺得這家餐廳東西好吃嗎？

B 이 식당은 손님이 많으니까 음식이 맛있을 거예요.
 這家餐廳有很多客人，所以應該很好吃。

-(으)ㄴ/는/(으)ㄹ 것 같다

這是直覺、主觀的推測，不管是否有理由或依據都可用。

A 이 식당의 음식이 맛있을까요?
 你覺得這家餐廳菜好吃嗎？

B① (잘 모르겠지만 제 생각에는)맛있을 것 같아요.
 （雖然不知道，但是我覺得）應該會很好吃。

B② 사람이 많은 것을 보니까 맛있을 것 같아요.
 看到那邊有很多人，所以應該很好吃。

亦用於委婉間接表達而不武斷談論。

A 다음 주 제 생일 파티에 올 수 있어요?
 你下個星期可以來參加我的生日派對嗎？

B 가고 싶지만 다음 주에 출장이 있어서 못 갈 것 같아요. 죄송해요.
 很想去，但是下星期我要出差，所以我覺得我去不了。對不起。

請依照圖片，從下列選項中選出正確的字，並使用-(으)ㄴ/는/(으)ㄹ 것 같다填空。

> 맑다   가족이다   자다   하다

(1) A 세 사람은 어떤 관계일까요?

B _____.

(2) A 고양이는 목욕을 했을까요?

B _____.

(3) A 오늘 날씨가 어떤 것 같아요?

B _____.

(4) A 강아지는 목욕이 끝난 후에 무엇을 할까요?

B _____.

單元 **18.**

句子中詞語形態的轉變

01 A/V -(으)ㄴ/-는/-(으)ㄹ N

02 A/V-기

03 A-게

04 A-아/어하다

*A為形容詞（Adjective），V為動詞（Verb），N為名詞（Noun）。

가방이 예뻐요. 그 가방을 사고 싶어요.

包包好漂亮。我想要買那個包包。

→ 예쁜 가방을 사고 싶어요.

　　我想要買漂亮的包包。

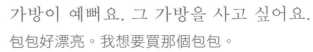

177.mp3

소파에서 사람이 자요. 그 사람이 누구예요?

沙發上有人在睡覺。那個人是誰？

→ 소파에서 자는 사람이 누구예요?

　　在沙發上睡覺的人是誰？

오늘 저녁에 한국 음식을 먹을 거예요.
그 음식이 뭐예요?

今天晚餐要吃韓國料理。那是什麼料理？

→ 오늘 저녁에 먹을 한국 음식이 뭐예요?

　　今天晚餐要吃的韓國料理是什麼？

文法重點

　　這是附加在形容詞或動詞以修飾名詞的形態，稱之為「冠形詞」或「冠形形」（관형형）。形容詞現在時制與動詞過去時制，在語幹後加-(으)ㄴ；動詞現在時制加-는；動詞未來時制則加-(으)ㄹ。其否定形則是在形容詞語幹後加-지 않은，於動詞語幹後則加-지 않는。

形容詞現在時制		動詞過去時制		動詞 現在時制	動詞未來時制	
語幹以 母音結束	語幹以 子音結束	語幹以 母音結束	語幹以 子音結束		語幹以 母音結束	語幹以 子音結束
-ㄴ N	-은 N	-ㄴ N	-은 N	-는 N	-ㄹ N	-을 N
예쁜 날씬한	높은 낮은	간 본	읽은 먹은	가는 읽는 있는 없는	갈 볼	읽을 먹을

原形	過去時制	現在時制	未來時制
넓다	—	넓은 방	—
친절하다	—	친절한 사람	—
읽다	읽은 책	읽는 책	읽을 책
먹다	먹은 빵	먹는 빵	먹을 빵
공부하다	공부한 사람	공부하는 사람	공부할 사람
*만들다	만든 요리	만드는 요리	만들 요리
*듣다	들은 음악	듣는 음악	들을 음악

*不規則變化

會 話

A 어떤 영화를 좋아해요?
B 재미있는 영화를 좋아해요.

A 你喜歡哪種電影？
B 我喜歡有趣的電影。

178.mp3

A 지금 커피를 마시는 사람이 누구예요?
B 제 친구예요.

A 現在喝咖啡的人是誰？
B 是我的朋友。

A 어제 간 식당이 어땠어요?
B 친절한 서비스 때문에 기분이
　좋았어요.

A 昨天你去的那家餐廳如何？
B 服務很親切，所以心情非常好。

A 주말에 왜 못 만나요?
B 할 일이 너무 많아서 못 만나요.

A 為什麼週末無法見面？
B 因為要做的事太多了，所以無法見面。

注　意！

連續使用兩個以上的形容詞時，只在最後的形容詞加冠形詞來修飾名詞。

• 착해요. 그리고 예뻐요. 그런 여자를 좋아해요. 乖巧又漂亮。我喜歡那種女生。

→ 착한 예쁜 여자를 좋아해요. (✕)
　착하고 예쁜 여자를 좋아해요. (○) 我喜歡乖巧又漂亮的女生。

自己做

1 請看下列圖片，並使用-(으)ㄴ/-는/-(으)ㄹ填空。

(1)

A 어떤 음식을 먹고 싶어요?

B _____.

　　　　　　　　　　　　(맵다, 뜨겁다)

(2)

A 내일 영화 봐요? 무슨 영화를 볼 거예요?

B 내일 _____.

　　　　　　　　　　　　(보다, 해리포터)

2 閱讀下列文章，並使用-(으)ㄴ/-는/-(으)ㄹ填空。

> 　어제는 날씨가 아주 〔例〕<u>추웠어요</u>. 저는 학교 앞에서 친구를 만났어요. 배가 고파서　친구와 같이 식당에 갔어요. 저는 김치찌개를 먹었어요. 김치찌개는 아주 (1)<u>매웠어요</u>. 친구는 불고기를 먹었어요. 불고기는 맛있고 (2)<u>맵지 않았어요</u>. 밥을 먹고 친구와 영화를 봤어요. 그 영화는 정말 (3)<u>재미있었어요</u>. 영화를 보고 친구하고 커피숍에 갔어요. 저와 친구는 커피를 마셨어요. 커피가 아주 (4)<u>뜨거 웠어요</u>. 친구와 이야기를 많이 하고 집에 왔어요. 내일은 친구와 월드컵 경기장 에 (5)<u>갈 거예요</u>.

↓

> 　어제는 아주 〔例〕　**추운**　날씨였어요. 저는 학교 앞에서 친구를 만났어요. 배가 고파서 친구와 같이 식당에 갔어요. 저는 아주 (1)_____ 김치찌개를 먹었어요. 친구는 맛있고 (2)_____ 불고기를 먹었어요. 밥을 먹고 친구와 정말 (3)_____ 영화를 봤어요. 영화를 보고 친구하고 커피숍에 갔어요. 저와 친구는 (4)_____ 커피를 마셨어요. 친구와 이야기를 많이 하고 집에 왔어요. 내일 친구와 (5)_____ 곳은 월드컵 경기장이에요.

02 A/V-기

한국말을 공부하기가 어려워요.
學韓語好難。

179.mp3

제 취미는 요리하기예요.
我的興趣是做料理。

다리가 아파서 걷기가 힘들어요.
腿很痛所以很難走路。

文法重點

-기可將動詞和形容詞轉成名詞形，大約相當於「⋯的這件事/這狀況」之意。可用於主語和受詞等許多部份。在動詞或形容詞語幹後加-기即可形成名詞形。

1 動詞及形容詞轉為名詞形的例子：

말하다 → 말하기	크다 → 크기	세다 → 세기
説(V)　説(N)	大(A)　尺寸(N)	強壯(A)　力量(N)
듣다 → 듣기	밝다 → 밝기	뛰다 → 뛰기
聽(V)　聽(N)	亮(A)　亮度(N)	跳(V)　跳躍(N)
쓰다 → 쓰기	굵다 → 굵기	달리다 → 달리기
寫(V)　寫作(N)	粗(A)　粗度(N)	跑(V)　跑步(N)
읽다 → 읽기	빠르다 → 빠르기	던지다 → 던지기
讀(V)　閱讀(N)	快(A)　速度(N)	丟(V)　投擲(N)

2 將整段句子變成名詞形：

- 집이 멀어서 학교에 오기가 힘들어요.　　我家很遠，所以到學校不容易。
- 한국 노래 듣기를 좋아해요.　　　　　　我喜歡聽韓語歌。
- 혼자 밥 먹기를 싫어해요.　　　　　　　我不喜歡一個人吃飯。

달리다 + -기 → 달리기　　　　　　받다 + -기 → 받기

原形	-기	原形	-기
보다	보기	입다	입기
배우다	배우기	살다	살기
만나다	만나기	먹다	먹기
기다리다	기다리기	찾다	찾기

會 話

A 한국어 공부할 때 뭐가 제일 어려워요?　A 學習韓語的時候，什麼是最難的？

B 말하기가 제일 어려워요.　　　　　　B 口說是最難的。

180.mp3

A 왜 이 옷을 안 사요?　　　　　　　　A 為什麼不買這件衣服？

B 그 옷은 입기가 불편해요.　　　　　　B 因為那件衣服穿起來不舒服，所以不買。
　그래서 안 사요.

A 우리 버스를 탈까요?　　　　　　　　A 我們要搭公車嗎？

B 아니요, 여기는 버스 타기가　　　　　B 不，從這裡搭公車不方便。搭地鐵吧。
　불편해요. 지하철을 탑시다.

注 意！

-기可以與許多助詞結合，形成句子中的主語、受詞和副詞。

- -기(를) 좋아하다/싫어하다
- -기(를) 바라다/원하다
- -기(를) 시작하다/끝내다/그만두다
- -기(가) 쉽다/어렵다/좋다/싫다/나쁘다/재미있다/편하다/불편하다/힘들다
- -기(에) 좋다/나쁘다

- 한국말을 잘하면 한국에서 살기가 편해요. 如果你韓語很好，在韓國生活就很方便。
- 댄 씨, 대학에 꼭 합격하기를 바라요. 丹，希望你能考上大學。
- 이 책은 글씨가 커서 보기에 좋아요. 這本書的字很大，所以讀起來很容易。

自己做

請看圖並使用-기填空。

(1)

A 취미가 뭐예요?

B 제 취미는 ＿＿＿＿＿＿ 예요.
  (우표 모으다)

(2)

A 요리를 자주 하세요?

B 아니요. 저는 ＿＿＿＿＿ 를 싫어해요.
  (요리하다)

(3)

A 여보, 일어나세요, 회사에 갈 시간이에요.

B 아, 오늘은 피곤해서 ＿＿＿＿＿＿ 가 싫어요.
  (회사에 가다)

(4)

A 태권도 재미있어요?

B 네, 재미있는데 ＿＿＿＿＿ 가 어려워요.
  (배우다)

03 A-게

머리를 짧게 잘랐어요.

我把頭髮剪短了。

오늘 아침에 늦게 일어났어요.

我今天晚起床。

크게 읽으세요.

請大聲唸。

文法重點

-게作為句子中的副詞,並表示後面動作的目的、緣由、程度或方法,相當於「⋯地、⋯得」之意,形容詞語幹後接-게則轉換為副詞形。

예쁘다 + -게 → 예쁘게   길다 + -게 → 길게

原形	-게	原形	-게
크다	크게	가깝다	가깝게
작다	작게	멀다	멀게
쉽다	쉽게	귀엽다	귀엽게
어렵다	어렵게	편하다	편하게
짧다	짧게	깨끗하다	깨끗하게

會 話

A 여보, 이제 무엇을 할까요?
B 화장실 청소를 해 주세요. 깨끗하게 해 주세요.

A 親愛的，我現在要做什麼？
B 幫我打掃化妝室。打掃得乾淨點。

182.mp3

A 넥타이가 아주 멋있어요.
B 고마워요. 세일해서 싸게 샀어요.

A 領帶很好看。
B 謝謝。因為在打折，所以很便宜地買到了。

A 엄마, 오늘 날씨가 추워요?
B 응, 추우니까 따뜻하게 입어.

A 媽媽，今天天氣冷嗎？
B 嗯，天氣冷所以穿暖和一點。

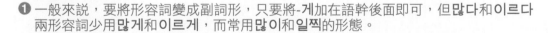

注 意！

❶ 一般來說，要將形容詞變成副詞形，只要將-게加在語幹後面即可，但많다和이르다兩形容詞少用많게和이르게，而常用많이和일찍的形態。

많다 → 많이

A 잘 먹겠습니다.
　 我要開動了！（慣用句）

B 많이 드세요. 請多吃點。

이르다 → 일찍

A 늦어서 죄송합니다.
　 對不起我遲到了。

B 내일은 일찍 오세요. 明天請早點來。

❷ 還有其他狀況可用-게，也可用其他不同形式。

빠르다 → 빠르게/빨리

• 비행기가 빠르게 지나가요.
　 飛機很快地飛過。

• 이쪽으로 빨리 오세요.
　 請趕快往這裡走。

적다 → 적게/조금

• 소금은 적게 넣으세요.
　 請少加一點鹽巴。

• 커피 조금 더 드실래요?
　 要不要再來一點咖啡？

느리다 → 느리게/천천히

• 시계가 느리게 가요.
　 我的手錶慢了。

• 천천히 드세요.
　 請慢用。

請看圖，從下列選項中選出正確的字，並使用-게填空。

맛있다　예쁘다　재미있다　행복하다
---

(1)

A 요즘 어떻게 지내요?
B _____ 지내요.

(2)

A _____ 드세요.
B 잘 먹겠습니다.

(3)

A 제가 주말에 제주도에 가요.
B 와, 좋겠어요. _____ 놀고 오세요.

(4)

A 자, 사진 찍습니다. _____ 웃으세요.
B 김~치.

04 A-아/어하다

아이들이 배고파해요.

孩子們（好像）餓了。

183.mp3

요즘 아버지가 피곤해하세요.

最近爸爸（好像）很累。

아이가 심심해해요.

孩子好像很無聊。

文法重點

　　-아/어하다加在部分形容詞之後，將形容詞變為動詞以表說話者心裡的感覺或觀察到的他人行為或其外部模樣，相當於「覺得/感到…」之意。語幹以母音ㅏ或ㅗ結束接-아하다，否則接-어하다。以하다結束的動詞則接-해하다。

語幹以母音ㅏ或ㅗ結束	語幹以其它非ㅏ或ㅗ母音結束	語幹以하다結束的動詞
좋다 + -아하다 → 좋아하다	예쁘다 + -어하다 → 예뻐하다	미안하다 + -해하다 → 미안해하다

原形	-아/어하다	原形	-아/어하다
아프다	아파하다	피곤하다	피곤해하다
싫다	싫어하다	*무섭다	무서워하다
*밉다	미워하다	*어렵다	어려워하다
*덥다	더워하다	*즐겁다	즐거워하다

*不規則變化

形容詞語幹後接-지 마세요而為-아/어하지 마세요。

- 무서워하지 마세요. (○) 不要害怕。　　　무섭지 마세요. (✕)
- 어려워하지 마세요. (○) 請不要感到為難。　어렵지 마세요. (✕)

會 話

A 왜 부디 씨는 롤러코스터를 안 타요?　A 為什麼普迪不玩雲霄飛車？

B 부디 씨는 롤러코스터를 무서워해요.　B 因為普迪（好像）怕坐雲霄飛車。

184.mp3

A 아이들이 이 게임을 좋아해요?　A 孩子們喜歡這個遊戲嗎？

B 네, 재미있어해요.　B 是的，他們覺得很有趣。

注 意！

當-아/어하다用在예쁘다和귀엽다形成예뻐하다和귀여위하다時，其意為「疼愛」或「用愛與關心對待」。

- 할아버지는 나를 귀여워하세요.　我爺爺很疼我。
- 동생이 강아지를 예뻐해요.　我弟弟/妹妹很喜歡小狗。

自己做

閱讀下列文章，並圈選出正確的字。

우리 집에는 강아지 한 마리가 있는데 이름은 바비예요. 바비는 아주 (1)
(귀여워요/귀여워해요). 그래서 우리 가족들은 모두 바비를 (2) (좋아요/좋아해요). 바비는 하루에 두 번 밥을 먹어요. 그런데 밥 먹는 시간이 지나면 아주 (3)  (배고파서/배고파해서) 크게 짖어요. 그래서 밥을 빨리 줘야 해요. 또 겨울에 밖에 나갈 때 바비는 많이 (4) (추워서/추워해서) 옷이 필요해요. 강아지를 키우기가 조금 힘들지만 바비가 없으면 저는 정말 슬플 거예요.

狀態的表達

*V為動詞（Verb），A為形容詞（Adjective）。

185.mp3

목걸이와 귀걸이를 하고 있어요.

我戴著項鍊和耳環。

블라우스를 입고 있어요.

我穿著罩衫。

치마를 입고 있어요.

我穿著裙子。

부츠를 신고 있어요.

我穿著靴子。

안경을 쓰고/끼고 있어요.

我戴著眼鏡。

장갑을 끼고 있어요.

我戴著手套。

양복을 입고 있어요.

我穿著西裝。

가방을 들고 있어요.

我拿著提包。

구두를 신고 있어요.

我穿著皮鞋。

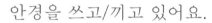

文法重點

　　表達穿上或脫下某樣東西，例如입다（穿衣服）、신다（穿鞋子/襪子）、쓰다（戴帽子/眼鏡）、끼다（戴戒指/手套）、벗다（脫掉），用-고 있다 代表這些動作的結果持續維持到現在。同樣的意思也可以藉由使用過去時制-았/었어요來表達動作的完成。

- 치마를 입고 있어요. = 치마를 입었어요.　　我穿著裙子。
- 안경을 쓰고 있어요. = 안경을 썼어요.　　我戴著眼鏡。

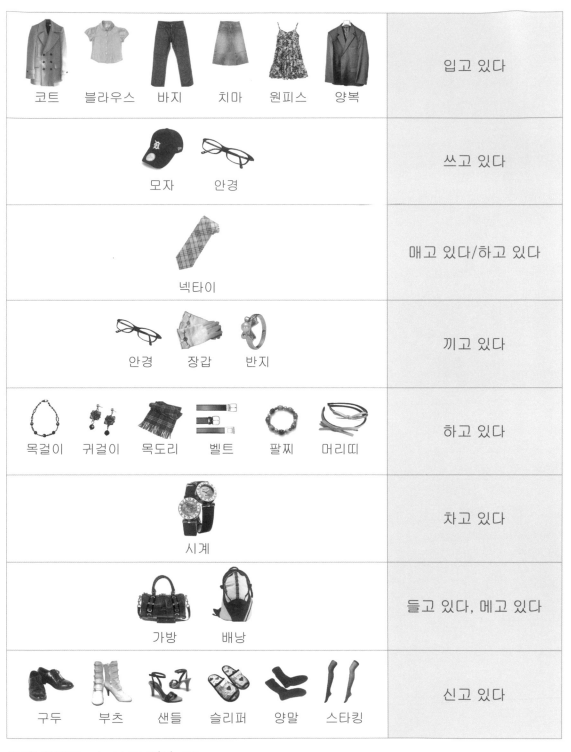

코트　블라우스　바지　치마　원피스　양복	입고 있다
모자　안경	쓰고 있다
넥타이	매고 있다/하고 있다
안경　장갑　반지	끼고 있다
목걸이　귀걸이　목도리　벨트　팔찌　머리띠	하고 있다
시계	차고 있다
가방　배낭	들고 있다, 메고 있다
구두　부츠　샌들　슬리퍼　양말　스타킹	신고 있다

(可參考單元 I 05 V-고 있다 ①)

會話

A 하영 씨가 누구예요?

B 저 사람이 하영 씨예요.
　빨간색 원피스를 입고 있어요.

A 誰是夏英？

B 那個人就是夏英。
　她穿著紅色洋裝。

186.mp3

A 왜 집에서 양말을 신고 있어요?

B 우리 집은 추워요. 그래서 양말을
　신고 있어요.

A 為什麼在家還穿著襪子？

B 我們家很冷，所以才穿著襪子。

A 이민우 씨가 결혼했어요?

B 네, 결혼반지를 끼고 있어요.

A 李民宇結婚了嗎？

B 是的，他戴著結婚戒指。

自己做

下面圖中的人穿著什麼？請看圖填空。

> 例　모자를 <u>쓰고 있어요</u>.

(1) 안경을 _____.

(2) 목도리를 _____.

(3) 넥타이를 _____.

(4) 재킷을 _____.

(5) 바지를 _____.

(6) 배낭을 _____.

(7) 책을 _____.

(8) 양말을 _____.

(9) 운동화를 _____.

02 V-아/어 있다

선생님이 서 있어요.

老師站著。

학생들이 앉아 있어요.

學生坐著。

187.mp3

환자들이 병원에 누워 있어요.

病患在醫院躺著。

우산에 이름이 써 있어요.

雨傘上寫著名字。

文法重點

-아/어 있다用來表示動作完成的持續狀態，常與被動詞一起使用。如열리다（被打開）、닫히다（被關上）、켜지다（被開）、꺼지다（被關掉）、떨어지다（被弄掉）、놓이다（被放/被擺）。

語幹以母音ㅏ或ㅗ結尾	語幹以其他非ㅏ或ㅗ母音結尾	動詞語幹以하다結尾
앉다 + -아 있다 → 앉아 있다	피다 + -어 있다 → 피어 있다	하다 → 해 있다

原形	-아/어 있어요	原形	-아/어 있어요	被動詞	-어 있어요
가다	가 있어요	서다	서 있어요	잠기다	잠겨 있어요
오다	와 있어요	*쓰다	써 있어요 (= 쓰여 있어요)	닫히다	닫혀 있어요
남다	남아 있어요	붙다	붙어 있어요	꺼지다	꺼져 있어요
켜다	켜 있어요	*눕다	누워 있어요	떨어지다	떨어져 있어요

*不規則變化

A 지갑을 잃어버렸어요.　　　　　　A 我皮包丟掉了。
B 어떻게 해요? 지갑 안에 뭐가　　　B 那怎麼辦?皮包裡面裝著什麼?
　 들어 있었어요?
A 돈하고 카드가 들어 있었어요.　　A 裡面裝著錢和卡片。

188.mp3

A 하숙집을 어떻게 찾았어요?　　　A 你怎麼找到寄宿家庭的?
B 학교 앞에 광고가 붙어 있었어요.　B 學校前面貼著廣告。

A 왜 식당에 안 들어가요?　　　　　A 為什麼不進去餐廳?
B 문이 닫혀 있어요.　　　　　　　B 門關著。

注 意!

❶ 意義為「穿上」、「戴上」的動詞,如입다、신다和쓰다等在語幹後加-고 있다,形成입
　고 있다、신고 있다和쓰고 있다,而不是입어 있다、신어 있다和써 있다。

•우리 동생은 코트를 입어 있어요. (✕) → 코트를 입고 있어요. (○)
　　　　　　　　　　　　　　我妹妹穿著外套。
•운동화를 신어 있어요. (✕) → 운동화를 신고 있어요. (○) 穿著運動鞋。
•모자를 써 있어요. (✕) → 모자를 쓰고 있어요. (○)　　戴著帽子。
•가방을 들어 있어요. (✕) → 가방을 들고 있어요. (○)　拿著包包。
•넥타이를 매 있어요. (✕) → 넥타이를 매고 있어요. (○)　繫著領帶。

❷ -아/어있다只能用在不及物動詞。

•창문을 열었어요. 그래서 창문이 열려 있어요. (○) 我打開窗戶,所以窗戶是開著的。
•창문을 열어 있어요. (✕)

● 哪裡不一樣?

-고 있다	-아/어 있다
表達「現在正進行的動作」。	表達「動作完成的持續狀態」。
• 의자에 앉**고 있다** （（某人）正坐在椅子上）	• 의자에 앉**아 있다** （（某人）在椅子上坐著）
• 꽃이 피**고 있다** （正在開花）	• 꽃이 피**어 있다** （花開著）
• 죽**고 있다** （漸漸死去）	• 죽**어 있다** （死掉了並維持著死亡的狀態）

自己做

請依照圖片，為每個句子選出正確的動詞形式。

(1) 칠판에 「생일 축하합니다!」 라고 (쓰고/써) 있습니다.

(2) 창문이 (열고/열려) 있습니다.

(3) 책상 위에는 케이크가 (놓이고/놓여) 있습니다.

(4) 케이크에 촛불이 (켜고/켜) 있습니다.

(5) 왕징 씨는 열쇠를 (찾고/찾아) 있습니다.

(6) 열쇠가 의자 밑에 (떨어지고/떨어져) 있습니다.

(7) 티루엔 씨는 지금 카드를 (쓰고/써) 있습니다.

(8) 요코 씨는 커피를 (마시고/마셔) 있습니다.

(9) 캐럴 씨는 노래를 (부르고/불러) 있습니다.

(10) 민우 씨가 (서고/서) 있습니다.

(11) 하영 씨가 (앉고/앉아) 있습니다.

풍선이 커졌어요.

氣球變大了。

189.mp3

언니가 날씬해졌어요.

姐姐變瘦了。

피노키오는 거짓말을 하면 코가 길어져요.

小木偶皮諾丘說謊的話，鼻子就會變長。

文法重點

-아/어지다表示狀態經時間推移而轉變。語幹以母音ㅏ或ㅗ結束時接-아지다，否則接-어지다。語幹以하다結束接해지다。

語幹以母音ㅏ或ㅗ結尾	語幹以其它非ㅏ或ㅗ母音結尾	動詞語幹以하다結尾
작다 + -아지다 → 작아지다	길다 + -어지다 → 길어지다	하다 → 해지다

原形	-아/어져요	原形	-아/어져요
좋다	좋아져요	따뜻하다	따뜻해져요
*예쁘다	예뻐져요	건강하다	건강해져요
*덥다	더워져요	편하다	편해져요
*빨갛다	빨개져요	*다르다	달라져요

*不規則變化

會 話

190.mp3

A 회사가 멀어요?

A 公司遠嗎？

B 옛날에는 멀었는데 이사해서
　가까워졌어요.

B 以前很遠，但是我搬家了而
　變近了。

A 날씨가 많이 추워요?

A 天氣很冷嗎？

B 비가 오고 나서 추워졌어요.

B 下過雨後變得更冷了。

A 눈이 나빠요. 어떻게 해야 돼요?

A 我眼睛不好。該怎麼辦才好？

B 당근을 많이 먹으면 눈이 좋아져요.

B 多吃胡蘿蔔的話，眼睛就會變好。

注 意！

❶ 此文法只能用於形容詞，不能用於動詞。

• 요코 씨가 예뻐졌습니다. (○) 庸子變漂亮了。

• 요코 씨가 한국말을 잘해졌습니다. (✗) → 요코 씨가 한국말을 잘하게 되었습니다. (○)
　　　　　　　　　　　　　　　　　　　　　　庸子的韓語變得很好。

（請參照單元 19 狀態表達 04 V-게 되다）

❷ 過去時制的-아/어졌어요是用來表達因為過去的行動造成的改變，而現在時制的-아/
어져요則是用來表達當某個行動進行時，一般會發生的改變。

• 아이스크림을 많이 먹어서 뚱뚱해져요. (✗) →
　아이스크림을 많이 먹어서 뚱뚱해졌어요. (○) 我吃了太多冰淇淋，所以變胖了。

• 아이스크림을 많이 먹으면 뚱뚱해져요. (✗) →
　아이스크림을 많이 먹으면 뚱뚱해져요. (○) 如果吃太多冰淇淋，會變胖。

請看下列圖片，是什麼改變了呢？請選出正確的字，並使用-아/어지다填空。

건강하다　넓다　높다　많다　빨갛다　시원하다　예쁘다　적다　크다

(1) 몸이 약했는데 지금은 ＿＿＿＿＿＿.

(2) 눈이 ＿＿＿＿＿＿.

(3) 얼굴이 ＿＿＿＿＿＿.

(4) 가을이 되어서 날씨가 ＿＿＿＿＿＿.

(5) 나뭇잎이 ＿＿＿＿＿＿.

(6) 바다에 사람들이 ＿＿＿＿＿＿.

(7) 길이 ＿＿＿＿＿＿.

(8) 차가 ＿＿＿＿＿＿.

(9) 빌딩이 ＿＿＿＿＿＿.

요리를 잘하게 되었어요.

我變得很會煮飯。

191.mp3

축구를 좋아하게 되었어요.

我變得喜歡足球。

외국으로 출장을 가게 됐어요.

（被決定）要去國外出差。

文法重點

-게 되다表示因某狀態轉變為其他狀態，或他人行為、環境致使狀態改變，而非句子主體的意願。此文法置於動詞語幹後。相當於「變得⋯」之意。

- 옛날에는 축구를 싫어했는데 남자 친구가 생기고 나서부터 축구를 좋아하게 되었어요.

  以前我不喜歡足球，但有了男朋友之後，我變得喜歡足球了。

- 출장을 가기 싫었는데 사장님의 명령 때문에 출장을 가게 되었어요.

  我不想出差，但是因為社長的命令，我得要出差了。

가다 + -게 되다 → 가게 되었어요   먹다 + -게 되다 → 먹게 되었어요

原形	-게 되었어요	原形	-게 되었어요
보다	보게 되었어요	살다	살게 되었어요
마시다	마시게 되었어요	듣다	듣게 되었어요
잘하다	잘하게 되었어요	알다	알게 되었어요

A 요즘 일찍 일어나요?
B 네, 회사에 다닌 후부터 일찍 일어나게 되었어요.

A 最近很早起床嗎？
B 是的，開始在公司工作之後，變得很早起床。

192.mp3

A 영화배우 장동건 씨를 알아요?
B 한국에 오기 전에는 몰랐는데 한국에 와서 알게 되었어요.

A 妳知道電影明星張東健嗎？
B 來韓國之前不知道，但是來韓國之後就知道他了。

李民宇結婚後，有什麼改變呢？請選出正確的字，並利用-게 되다填空。

가다   끊다   들어가다   마시다   만나다   먹다   저축하다

例 술을 안 마시게 되었어요.

(1) 집에 일찍 _____. 친구들을 자주 못 _____.

(2) 담배를 _____.

(3) 맛있는 음식을 _____.

(4) 시장에 자주 _____.

(5) _____.

單元 **20.**
....

確認訊息

*A為形容詞（Adjective），V為動詞（Verb）。

01 A/V-(으)ㄴ/는지

193.mp3

명동에 어떻게 가는지 알아요?

知道明洞怎麼去嗎？

저 분이 누구인지 모르겠어요.

我不知道那一位是誰。

어제 무엇을 했는지 생각이 안 나요.

我想不起來昨天做了什麼。

文法重點

　　-(으)ㄴ/는지為連結語尾，連在前面子句之後，表示對前面子句內容有疑問而想知道。此語尾通常使用下列動詞：알다（知道）、모르다（不知道/沒注意）、궁금하다（想知道）、질문하다（提問/質疑）、조사하다（調查）、알아보다（打聽/識別）、생각나다（回想/記起）、말하다（說話）、가르치다（教）。

- 내일 날씨가 좋아요, 나빠요? + 알아요?
  → 내일 날씨가 좋은지 나쁜지 알아요?
  「明天天氣是好還是壞？」+「你知道嗎？」→ 你知道明天天氣是好還是壞嗎？

- 명동에 어떻게 가요? + 가르쳐 주세요.
  → 명동에 어떻게 가는지 가르쳐 주세요.
  「怎麼去明洞？」+「請告訴我。」→ 請告訴我怎麼去明洞。

　　形容詞現在時制，當語幹以母音或ㄹ結束時接-ㄴ지，以子音結束接-은지。動詞現在時制，在語幹後加上-는지即可。形容詞與動詞過去時制接-았/었는지，動詞未來時制接-(으)ㄹ 건지。

形容詞現在時制和이다		動詞現在時制	動詞/形容詞過去時制/이다	動詞未來時制	
語幹以母音結束	語幹以子音結束			語幹以母音結束	語幹以子音結束
-ㄴ지	-은지	-는지	-았/었는지	-ㄹ 건지	-을 건지
큰지 인지	작은지	가는지 먹는지	갔는지 컸는지 의사였는지 학생이었는지	갈 건지	먹을 건지

原形	-(으)ㄴ/는지	原形	-(으)ㄴ/는지
예쁘다	예쁜지	만나다	만나는지
높다	높은지	입다	입는지
학생이다	학생인지	운동하다	운동하는지
*길다	긴지	청소하다	청소하는지
*춥다	추운지	*살다	사는지
더웠다	더웠는지	찍었다	찍었는지
교수였다	교수였는지	공부했다	공부했는지
선생님이었다	선생님이었는지	일했다	일했는지

*不規則變化

....

會 話

A 제이슨 씨가 병원에 입원했어요.
  어디가 아픈지 알아요?
B 글쎄요. 저도 어디가 아픈지
  모르겠어요.

A 傑森先生住院了。
  你知道他哪裡不舒服嗎？
B 嗯⋯我也不知道他哪裡不舒服。

194.mp3

A 여보, 우리 아들이 지금 공부하고
  있어요?
B 방에 있는데 공부하는지 자는지
  잘 모르겠어요.

A 親愛的，我們的兒子現在在唸書嗎？
B 雖然他在房間，但我不知道他是在讀書，
  還是在睡覺。

A 이거 제가 만들었어요. 드셔 보세요.
B 와, 맛있어요. 이거 어떻게
  만들었는지 가르쳐 주세요.

A 這是我做的。請嚐嚐看。
B 哇！好好吃喔。請教我這怎麼做的。

-는지以下列形態使用。

❶ 問句 + V-(으)ㄴ/는지

- 우리 아이가 방에서 무엇을 하는지 모르겠어요. 我不知道我的孩子在房間裡做什麼。
- 그 사람이 어느 나라 사람인지 알아요? 你知道那個人是哪國人嗎？

❷ V1-(으)ㄴ/는지 V2-(으)ㄴ/는지

- 우리 아이가 방에서 자는지 공부하는지 모르겠어요.
  我不知道我的孩子在房間裡睡覺還是讀書。
- 그 사람이 일본 사람인지 중국 사람인지 알아요?
  你知道那個人是日本人還是中國人嗎？

❸ V1-(으)ㄴ/는지 안 V1-(으)ㄴ/는지

- 우리 아이가 공부를 하는지 안 하는지 모르겠어요.
  我不知道我的孩子是不是在讀書。
- 그 사람이 일본 사람인지 아닌지 모르겠어요. 我不知道他是不是日本人。

自己做

你了解這個人嗎？請用-(으)ㄴ/는지來問問題。

(1) A 이 사람이 _____ 알아요?
    B 네, 알아요. 제이슨 씨예요.

(2) A 제이슨 씨의 나이가 _____ 모르겠어요.
    B 제이슨 씨는 22살이에요.

(3) A 제이슨 씨가 _____ 알아요?
    B 네, 알아요. 작년에 한국에 왔어요.

(4) A _____?
    B 네, 알아요. 한국대학교에 다녀요.

(5) A 무엇을 _____ 말해 주세요.
    B 제이슨 씨는 노래하고 운동을 좋아해요.

(6) A 여자 친구가 있는지 _____ 궁금해요.
    B 제이슨 씨는 여자 친구가 있어요.
    A ……

02 V-는 데 걸리다/들다

운전을 배우는 데 두 달 걸렸어요.

我學開車花了兩個月。

195.mp3

숙제하는 데 한 시간 걸려요.

我寫作業花了一小時。

차를 고치는 데 30만 원 들었어요.

我修車花了三十萬元。

文法重點

　　-는 데 걸리다/들다加於動詞語幹之後，表示花了多少錢、時間或努力在一件事情上。相當於中文的「花了⋯去做⋯」。將-는 데 걸리다/들다加於動詞語幹後即可。-는 데 걸리다用來表示花多少時間；-는 데 들다則用來表示花了多少費用。

- 차를 고쳐요. 30만 원 들어요. → 차를 고치는 데 30만 원 들어요.
  我修車。花了三十萬元。 → 我修車花了三十萬元。

가다 + -는 데 → 가는 데　　　　　　　짓다 + -는 데 → 짓는 데

原形	-는 데	
여행하다	여행하는 데	時間 費用　+　걸리다 들다
읽다	읽는 데	
짓다	짓는 데	
*만들다	만드는 데	

*不規則變化

A 여기에서 명동까지 가는 데 얼마나 걸려요?　　A 從這裡到明洞要多久？

B 버스로 가면 40분, 지하철로 가면 20분 걸려요.　　B 搭公車的話花40分鐘，搭地鐵要花20分鐘。

196.mp3

A 지난주에 이사했어요? 이사하는 데 얼마 들었어요?　　A 妳是上星期搬家的嗎？搬家花了多少錢？

B 150만 원쯤 들었어요.　　B 大概花了150萬元。

他花了多少時間或金錢完成下列事情呢？依照圖片，利用-는 데 걸리다/들다填空。

(1)

A 와, 맛있는 갈비예요.

B 갈비 _____ 10시간이나 걸렸어요.
　　　 (만들다)

A 그래요? _____ 10분밖에 안 걸려요.
　　　　　 (먹다)

(2)

A 한글 자음, 모음 다 외웠어요?

B 네, 자음, 모음 _____ 일주일 걸렸어요.
　　　　　 (외우다)

(3)

A 이를 _____ 얼마나 들어요?
　　 (치료하다)

B 이를 _____ 보통 6만 원쯤 _____.
　　 (치료하다)　　　　　　　　　 (들다)

(4)

A 한국에서 머리를 자르고 싶어요. 돈이 얼마쯤 들어요?

B 머리 _____ 20,000원 정도 _____.
　　　 (자르다)　　　　　　　　　 (들다)

03 A/V-지요?

중국 사람?

중국 사람이지요?

妳是中國人對吧？

197.mp3

불고기가 맛있지요?

烤肉好吃吧？

한국어를 배우지요?

妳在學韓語對吧？

文法重點

　　-지요?用來表示說話者想要向聽者確認某事，或是針對已知的事情徵得聽者同意，相當於「…對吧？」。形容詞及動詞現在時制接-지요?於語幹之後。形容詞及動詞過去時制接-았/었지요?。未來時制動詞接-(으)ㄹ 거지요?。在口語句子中，有時-지요?可被簡化成-죠?。

크다 + -지요? → 크지요?　　　　　먹다 + -지요? → 먹지요?

原形	-지요?	原形	-지요?
싸다	싸지요?	가다	가지요?
많다	많지요?	읽다	읽지요?
춥다	춥지요?	듣다	듣지요?
멀다	멀지요?	공부하다	공부하지요?
맛있다	맛있지요?	재미없다	재미없지요?
학생이다	학생이지요?	학생이 아니다	학생이 아니지요?

A 우리 아이가 벌써 10살이 되었어요.
　세월이 참 빠르지요?
B 네, 정말 세월이 빨라요.

A 我們孩子已經10歲了。
　時間過得很快是吧？
B 是啊，時間真的過得很快。

198.mp3

A 호앙 씨, 어제 밤 새웠지요?
B 어떻게 알았어요? 제가 피곤해
　보여요?

A 浩央，你昨天晚上熬夜了對吧？
B 妳怎麼知道的？我看起來很累嗎？

A 내일 회의에 참석할 거지요?
B 네, 회의에 꼭 참석하겠습니다.

A 妳會參加明天的會議吧？
B 是的，我一定會參加會議的。

請看下面凱蘿小姐的狀況。依照你所看到的，利用-지요?完成下列句子。

(1) A 캐럴 씨, 백화점에서 _____?
　　B 네, 한국 백화점에서 쇼핑했어요.

(2) A 요즘 한국 백화점에서 _____?
　　B 네, 다음 주까지 세일을 해요.

(3) A 세일 기간이라서 백화점에 사람이 _____?
　　B 정말 많았어요. 복잡했어요.

(4) A 남자 구두를 _____?
　　B 네, 남자 구두를 샀어요.

(5) A 그 구두를 남자 친구에게 _____?
　　B 아니요, 아버지께 드릴 거예요.

發現與驚訝

01 A/V-군요/는군요

02 A/V-네요

01 A/V-군요/는군요

199.mp3

눈이 나쁘군요.

視力很差啊！

아이스크림을 좋아하는군요.

妳真的很喜歡冰淇淋耶！

감기에 걸렸군요.

你感冒了啊！

文法重點

-군요/는군요用來表示「驚喜」，對於直接親身經歷或從別人得知的新事實表示感歎驚訝，或者簡單地說相當於驚嘆號(！)。形容詞的語幹後接-군요。動詞接-는군요。名詞後接-(이)군요。過去時制接-았/었군요。

形容詞＋-군요	動詞＋-는군요
크다 + -군요 → 크군요	먹다 + -는군요 → 먹는군요

原形	-군요	原形	-는군요
학생이다	학생이군요	가다	가는군요
의사이다	의사(이)군요	사다	사는군요
피곤하다	피곤하군요	운동하다	운동하는군요
덥다	덥군요	*만들다	만드는군요

*不規則變化

A 부디 씨가 이번에 차를 또 바꿨어요.　A 普迪又換車了。

B 그래요? 부디 씨는 정말 돈이 많군요.　B 是嗎？普迪錢真的很多耶！

200.mp3

A 댄 씨, 인사하세요, 이분이 우리　A 丹，趕快打招呼。這位是我們公司的社
　회사 사장님이세요.　長。

B 아, 사장님이시군요. 안녕하세요.　B 噢！是社長啊！你好。

A 우산 있어요? 지금 밖에 비가 와요.　A 有雨傘嗎？現在外面在下雨。

B 정말 비가 오는군요. 우산이 없는데　B 真的下雨了！
　어떻게 하죠?　但是我沒有雨傘，該怎麼辦？

注 意！

若是半語，形容詞後的-군요可改為-구나/군，而動詞後接-는구나，名詞接-(이)구나/
(이)군。

A 저 아이가 제 동생이에요. 那個小孩是我的弟弟/妹妹。

B (혼잣말로) 아, 저 아이가 동생이구나.
　（喃喃自語）喔！所以那小孩是你的弟弟/妹妹啊！

A 엄마, 오늘 학교에서 일이 있어서 늦게 왔어요.
　媽媽，今天在學校有點忙，所以比較晚回來。

B 응, 그래서 늦었구나. 嗯！所以才這麼晚啊！

自己做

閱讀下列句子，並利用-군요/는군요填空。

(1) A 오늘 아침에 출근하는 데 한 시간이나 걸렸어요.

　B 그래요? 월요일이어서 길이 많이 _____. (막히다)

(2) A 제 여자 친구 사진이에요.

　B 여자 친구가 _____. (예쁘다)

(3) A 요즘 사람들이 노란색 옷을 많이 입어요.

　B 요즘 노란색이 _____. (유행하다)

(4) A 점심시간인데 밥 안 먹어요?

　B 아, 벌써 _____. (점심시간이다)

벌써 여름이네요.

夏天到了呢！

201.mp3

가족이 많네요.

家庭成員好多喔！

글씨를 잘 쓰네요.

字寫得很漂亮呢！

책을 많이 읽었네요.

妳讀好多書呢！

文法重點

　　-네요對直接經歷的新事實表示感歎驚訝或是同意別人的意見。在形容詞、動詞語幹後接-네요即可。

1　　表示驚喜，或是對於直接發現的，以及從別人得知的新事物表達驚訝之意：

A 한국말을 정말 잘하시네요.　　　　你韓語真的說得很好！
　　　　　　　　　　　　　　　　（說話者同時看到聽者在說韓語。）

B 아니에요. 더 많이 공부해야 돼요. 沒有啦。還須多多學習。

2 同意別人說的話：

A 오늘 날씨가 춥지요? 　　　　　今天很冷吧？

B 네, 정말 춥네요. 　　　　　　　對，真的很冷。

오다 + -네요 → 오네요　　　　　　가깝다 + -네요 → 가깝네요

原形	-네요	原形	-네요
책상이다	책상이네요	춥다	춥네요
아니다	아니네요	찍다	찍네요
예쁘다	예쁘네요	듣다	듣네요
친절하다	친절하네요	요리하다	요리하네요
주다	주네요	*멀다	머네요
마시다	마시네요	*살다	사네요

*不規則變化

(可與單元 21 發現與驚訝 01 A/V-군요/는군요做比較)

注 意!

-군요	-네요
❶ 比較常被使用於書本或文章等文書體中。	❶ 常被使用於日常生活用語。
❷ 用來對親身體驗的事以及從別人得知的新事物表示感歎驚訝。 A 이 식당에서 갈비 먹어 봤어요? 저 혼자 3인분을 먹었어요. 你在這家餐廳吃過肋排嗎？ 我一個人就吃了三份。 B 그래요? 이 집 갈비가 맛있군요. (○) 真的嗎？這家餐廳的肋排一定很好吃！ （這句話可以被使用是因為句子中提到的部份雖不是說話者親身體驗，卻是從別人那裡耳聞的。）	❷ 無法用來表達不是說話者親身體驗的事物。 A 갈비 먹어 봤어요? 정말 맛있어요. 你吃過肋排嗎？真的很好吃喔。 B 그래요? 이 집 갈비가 맛있네요. (×) （這句話無法被使用的原因，是因為說話者本身沒有吃過肋排。）

會話

A 남편이 키가 크시네요.
B 네, 187cm(센티미터)예요.

A 妳先生長得好高喔！
B 是啊，他187公分。

202.mp3

A 제 선물이에요. 빨리 열어 보세요.
B 예쁜 목도리네요. 고마워요.
　겨울에 잘할게요.

A 這是我送你的禮物。趕快打開吧！
B 好漂亮的圍巾！謝謝。
　在冬天我會戴著它的。

A 우리 딸이 그린 그림인데 어때요?
B 정말 잘 그렸네요. 언제부터 그림을
　배웠어요?

A 這是我女兒畫的圖，如何？
B 畫得真的很好耶！哪時開始學畫畫的啊？

閱讀下列句子，並利用-네요或군요填空。

(1)

A 우리 동네 근처에 있는 시장에 가봤어요? 물건이 싸고 좋아요.
B 그래요? 그 시장 물건이 _____.

(2)

A 오늘 하늘 좀 보세요. 정말 아름다워요.
B 네, 하늘이 정말 _____.

(3)

A 자장면 배달 왔습니다.
B 오늘 자장면이 빨리 _____.

(4)

A 요코 씨가 병원에 입원했어요.
B 요코 씨가 많이 _____.
　　　　　　　　　(아프다)

單元 **22.**

附加語尾

01 A-(으)ㄴ가요?, V-나요?

02 A/V-(으)ㄴ/는데요

*A為形容詞（Adjective），V為動詞（Verb）。

01 A-(으)ㄴ가요?, V-나요?

한국 친구가 많은가요?

你有很多韓國朋友嗎？

203.mp3

나를 사랑하나요?

妳愛我嗎？

주말에 재미있게 보내셨나요?

週末過得愉快嗎？

文法重點

想用比較禮貌、委婉的說法詢問時可以使用-(으)ㄴ가요?和-나요?，形容詞語幹以母音結尾時接-ㄴ가요?；子音結束接-은가요?動詞接-나요?。

形容詞現在時制		動詞現在時制	形容詞/動詞過去時制	動詞未來時制	
語幹以母音結束	語幹以子音結束			語幹以母音結束	語幹以子音結束
-ㄴ가요?	-은가요?	-나요?	-았/었나요?	-ㄹ 건가요?	-을 건가요?
아픈가요? 학생인가요?	많은가요? 적은가요?	가나요? 있나요?	갔나요? 적었나요?	갈 건가요? 볼 건가요?	먹을 건가요? 있을 건가요?

原形	-(으)ㄴ가요?	原形	-나요?
빠르다	빠른가요?	오다	오나요?
친절하다	친절한가요?	찾다	찾나요?
의사이다	의사인가요?	아팠다	아팠나요?

작다	작은가요?	받았다	받았나요?
*무섭다	무서운가요?	*만들다	만드나요?
*멀다	먼가요?	*살다	사나요?

*不規則變化

會 話

A 오늘 시간이 있나요?

B 네, 있는데 왜 그러세요'?

A 요즘 바쁜가요?

B 아니요, 그렇게 많이 바쁘지 않아요.

A 댄 씨 어머님이 언제 서울에 오시나요?

B 다음 주에 오실 거예요.

A 몇 시에 집에서 출발할 건가요?

B 조금 이따가 할 거예요.

A 今天有空嗎？

B 是的，有，但為什麼問這個呢？

204.mp3

A 最近忙嗎？

B 不，沒有很忙。

A 丹，你媽媽何時要來首爾呢？

B 下個禮拜會來。

A 幾點從家裡出發呢？

B 待會就要走了。

自己做

參考例句，填上正確答案。

> 例
> A 오늘 **날씨가 좋은가요**?
> B 네, 날씨가 좋아요.

(1) A 티루엔 씨, 요즘 회사에서 자꾸 자는데 _____?

B 네, 피곤해요.

(2) A 여권을 만드는 데 며칠이 _____?

B 아마 일주일쯤 걸릴 거예요.

(3) A 댄 씨, 한국에 _____? 한국말을 잘하세요.

B 작년에 왔어요.

(4) A 캐럴 씨와 _____?

B 물론이에요. 결혼할 거예요.

02 A/V-(으)ㄴ/는데요

205.mp3

저는 재미있는데요.

我覺得很有趣。

민우 씨는 지금 자리에 없는데요.

民宇現在不在位子上。

정말 높은데요!

真的好高！

文法重點

1   -(으)ㄴ/는데요為對話中說話者用以表示有不同意見或反對他人意見。形容詞語幹以母音結束時接-ㄴ데요；子音時接-은데요。動詞接-는데요。

> A 오늘 날씨가 안 추워요.　　　　今天天氣沒有很冷。
> B 저는 추운데요.　　　　　　　不過我覺得冷。

2   -(으)ㄴ/는데요也用來表示某情境下等待他人回覆或期待，相當於「…，然後呢？」之意。

> A 여보세요, 거기 하영 씨 댁이지요?　喂？請問那裡是夏英小姐家吧？
> B 네, 맞는데요. (누구세요? / 무슨 일이세요?)
> 　是的，沒錯。（請問您是？/請問有什麼事嗎？）

3   -(으)ㄴ/는데요也用來表示說話者對於某場面發現某事實驚訝或意外的情況，相當於「我發現居然／竟然…」之意。

- (여자 친구를 보면서) 여자 친구가 정말 예쁜데요!

  （看著對方女友）你女朋友真的好漂亮！

  （說話者一邊說，一邊觀察著聽者的女朋友。）

- (외국인을 보면서) 한국말을 아주 잘하시는데요.

  （看著外國人）他/她的韓語說得很好耶。

  （說話者一邊說，一邊觀察著這名外國人。）

形容詞現在時制/이다		動詞現在時制	動詞/形容詞過去時制
語幹以母音結束	語幹以子音結束		
-ㄴ데요	-은데요	-는데요	-았/었는데요
바쁜데요 의사인데요	많은데요 높은데요	사는데요 읽는데요 있는데요 없는데요	샀는데 바빴는데요 의사였는데요 학생이었는데요

原形	-(으)ㄴ/는데요	原形	-(으)ㄴ/는데요
예쁘다	예쁜데요	보다	보는데요
작다	작은데요	듣다	듣는데요
피곤하다	피곤한데요	일하다	일하는데요
*힘들다	힘든데요	*만들다	만드는데요
*덥다	더운데요	*살다	사는데요
친절했다	친절했는데요	받았다	받았는데요
편했다	편했는데요	찾았다	찾았는데요

*不規則變化

會 話

A 내일 저녁에 시간 있어요?

B 내일은 시간이 없는데요.

A 明天晚上有空嗎？

B 明天沒有空耶。

206.mp3

A 이 그림 어때요?

B 와, 멋있는데요.

A 這幅畫如何？

B 哇，很好看耶！

A 와, 댄 씨, 공부 열심히 하는데요.

B 아니에요. 그냥 책을 읽고 있어요.

A 哇，丹，你好用功喔！

B 沒有啦。只是讀個書而已。

請依照圖片，從框框裡選出正確答案，並使用-(으)ㄴ/는데요填入空格中。

> 대단하다　　먹다　　불다　　없다

(1)

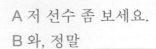

A 저 선수 좀 보세요.
B 와, 정말 _____.

(2)

A 같이 저녁 먹을까요?
B 저는 벌써 _____.

(3)

A 웨슬리 씨, 돈 좀 빌려 주세요.
B 죄송해요. 지금 돈이 _____.

(4)

A 우리 산책하러 갈까요?
B 지금 바람이 많이 _____.

引用句

207.mp3

에디슨은 "실패는 성공의 어머니입니다."라고 했어요.

愛迪生説「失敗為成功之母。」

예수님은 "서로 사랑하세요."라고 말씀했어요.

耶穌説「彼此相愛。」

왕징 씨는 저에게 "내일 몇 시에 와요?" 하고 물어봤어요.

王靜問我「明天幾點來？」

부디 씨는 "문제가 너무 어려워." 하고 생각했어요.

普迪覺得「題目太難了。 」

文法重點

直接引用句就是把說的話、寫的文章或想法，一字不差地利用引號表現出來。在韓語句子中，「하고/라고」接在引號後面。當詢問別人寫什麼或說什麼時，不是用무엇을，是用뭐라고。例如：카일리 씨가 뭐라고 말했어요? (凱莉說了什麼?) 而「하고/라고」後面通常接 이야기하다、물어보다、말하다、생각하다或쓰다，但這些動詞都可以하다或그러다替代。

		(말)하다 (說) / 이야기하다 (告訴) / 그러다 (那樣說)
「被引用的句子」	하고 라고	물어보다 (問) 생각하다 (想) 부탁하다 (拜託) 쓰다 (寫) 듣다 (聽) 써 있다 (標示)

會 話

A 민우 씨하고 얘기했어요?

B 네, 민우 씨가 "요즘 너무 바빠서 만날 수 없어요."라고 그랬어요.

A 여보, "여기에 주차하지 마세요." 라고 써 있는데요.

B 그래요? 다른 곳에 주차할게요.

A 妳跟民宇談過了嗎?

B 是的。民宇說「最近太忙了，所以無法見面」。

208.mp3

A 親愛的，這裡有標示說「不要在此停車」。

B 是嗎？那我把車停在別的地方。

注 意!

❶ 引用符號內的句子若是以하다結束，後面不能接하고 했어요。要避免把하고直接加在動詞하다後面，因為當兩者放在一起時，聽起來會很奇怪。

•민우 씨는 "운동하세요." 하고 했어요. (✕)
  → 민우 씨는 "운동하세요."라고 (말)했어요. (○)
  → 민우 씨는 "운동하세요." 하고 말했어요. (○)
    民宇對我說「請運動。」

•하영 씨는 "내일 만나요." 하고 했어요. (✕)
  → 하영 씨는 "내일 만나요."라고 (말)했어요. (○)
  → 하영 씨는 "내일 만나요." 하고 말했어요. (○)
    夏英對我說「明天見。」

❷ 雖然하고、라고都可用在引用句，但它們之間還是存有些微差異。하고不僅包含了引用的句子，還包含了原本說話者的音調、表情、感情。這就是為什麼하고常被使用於需要將某事物如實重現的情況。例如：童話故事、寓言及模擬聲調。但是在日常生活中的對話及演説，則常使用라고來表示直接引用。

•준호 씨가 벨을 누르니까 "딩동" 하고 소리가 났어요.
  俊浩按了門鈴，隨之門鈴發出「叮咚」聲。

•그 남자는 "살려 주세요!" 하고 소리쳤어요. 那個男人大叫：「救命啊！」

•왕비는 "거울아, 거울아, 세상에서 누가 제일 예쁘니?" 하고 물어봤어요.
  王妃問說「魔鏡啊魔鏡，這世界上誰最漂亮？」

  （透過這種方式，門鈴的叮咚聲及男孩與王妃的語調、音調、給人的感覺等，都可以栩栩如生地表達出來。）

把圖片中人物說的話改成引用句形式。

(1)

전화할게요.

A 여자가 남자에게 뭐라고 말했어요?
B 여자는 남자에게 _____.

(2)

지수 씨 전화번호 알아요?

A 재준 씨가 무엇을 물어봤어요?
B 재준 씨는 _____.

(3)

"생일 축하합니다"

A 카드에 뭐라고 썼어요?
B 카드에 _____.

(4)

항상 감사하세요.

A 성경에 뭐라고 써 있어요?
B 성경에 _____.

(5)

정말 마음에 들어요.

A 선물을 주니까 부디 씨가 뭐라고 했어요?
B 부디 씨는 _____.

02 間接引用

민우 씨가 저에게 정말
아름답다고 했어요.

民宇對我說我真的很漂亮。

209.mp3

하영 씨가 저에게 사랑한다고 그랬어요.

夏英對我說我愛你。

민우 씨가 결혼하자고 했어요.

民宇說我們結婚吧。

文法重點

　　間接引用指的是不使用引號，將文字想法或他人說的內容予以引用。依據被引用句的類型、時制、詞類改變。間接引用句的形態比直接引用有更多變化。一般來說是將被引用的句子改為引用句形式，然後在後面接上고與引用動詞，如말하다（說/講）、물어보다（問/詢問）、전하다（告訴/傳達）、듣다（傾聽/聽到）等，這些動詞都可以하다或그러다替代。

句子類型	時制	間接引用	例子
陳述句	現在時制	V + -(느)ㄴ다고 하다	만난다고 합니다 먹는다고 합니다
		A + -다고 하다	바쁘다고 합니다
		N + -(이)라고 하다	의사라고 합니다 회사원이라고 합니다
	過去時制	V/A + -았/었다고 하다	만났다고 합니다 먹었다고 합니다
	未來時制	V/A + -(으)ㄹ 거라고 하다	만날 거라고 합니다 먹을 거라고 합니다

疑問句	現在時制	N + -(이)냐고 하다	의사냐고 합니다 회사원이냐고 합니다
		V/A + -(느)냐고 하다	먹(느)냐고 합니다
建議句		V + -자고 하다	가자고 합니다
祈使句		V + -(으)라고 하다	가라고 합니다 입으라고 합니다
		-아/어 주다 → V + -아/어/여 달라고 하다 V + -아/어/여 주라고 하다	도와 달라고 합니다 도와 주라고 합니다

若要引用建議句與祈使句的否定形，則須分別接上 -지 말자고 하다和 -지 말라고 하다。

1 建議句

- 민우 씨는 "내일 산에 가지 맙시다."라고 말했어요.　民宇說「明天不要去爬山。」
  → 민우 씨는 내일 산에 가지 말자고 했어요.　民宇說我們明天不要去爬山。

2 祈使句

- 의사 선생님이 "담배를 피우지 마세요."라고 하셨어요.　醫生說「不要抽菸。」
  → 의사 선생님이 담배를 피우지 말라고 하셨어요.　醫生說不要抽菸。

當第一人稱 나/내或 저/제出現在引用句中時，則要變為 자기。

- 왕징 씨가 "저한테 얘기하세요."라고 말했어요.　王靜說「請告訴我。」
  → 왕징 씨가 자기한테 말하라고 했어요.　王靜說請告訴她。
- 리처드 씨가 "제 고향은 뉴욕이에요."라고 말했어요.　理查說「我的家鄉在紐約。」
  → 리처드 씨가 자기(의) 고향은 뉴욕이라고 말했어요.　理查說他的家鄉在紐約。

會話

A 제이슨 씨 여기 있어요?　　　　A 傑森在嗎？

B 없는데요.　　　　　　　　　　B 他不在。

A 제이슨 씨가 오면 식당으로 오라고　A 傑森來的話，請叫他來餐廳。
　전해 주세요.

210.mp3

A 삼계탕 먹어 봤어요?　　　　　A 吃過蔘雞湯嗎？

B 아니요, 그렇지만 먹어 본 친구들이　B 沒有，但是吃過的朋友都說好吃。
　맛있다고 해요.

注 意！

當間接引用句的句子原本就有**주세요**或**-아/어 주세요**時，這些詞就要各自變成**달라고 하다**和**-아/어 달라고 하다**，或是**주라고 하다**和**-아/어 주라고 하다**。特別的是，當說話者直接向聽者請求時，就要使用**달라고 하다**和**-아/어 달라고 하다**，但是當說話者請求聽者去幫忙第三人時，就要使用**주라고 하다**和**-아/어 주라고 하다**。

說話者直接向聽者請求。 달라고 하다, -아/어 달라고 하다	說話者代替第三人請求。 주라고 하다, -아/어 주라고 하다
물 좀 주세요.	웨슬리 씨에게 이 물을 주세요. 웨슬리
재준 씨는 물을 달라고 했어요. （本句使用달라고因為在俊為了自己而請求。）	캐럴 씨는 웨슬리 씨에게 물을 주라고 했어요. （本句使用주라고因為凱羅為了衛斯里而請求。）
저를 도와주세요.	왕징 씨를 도와주세요.
재준 씨는 왕징 씨에게 도와 달라고 했어요. （本句使用달라고因為說話者（在俊）與想接受幫忙者 （在俊）為同一人。）	재준 씨는 댄 씨에게 왕징 씨를 도와주라고 했어요. （本句使用주라고因為說話者（在俊）和想接受幫忙者 （王靜）為不同人。）

自己做

將下列直接引用句改為間接引用句。

> 例 제니퍼 씨가 "비행기 표가 너무 비싸요."라고 말했어요.
>
> → 제니퍼 씨가 비행기 표가 너무 비싸다고 했어요.

(1) 요코 씨가 "어제 쇼핑했어요."라고 했어요.

→ _____.

(2) 란란 씨가 "빨간색 가방은 제 것이에요."라고 했어요.

→ _____.

(3) 민우 씨가 "언제 고향에 가요?"라고 물어봤어요.

→ _____.

(4) 마틴 씨가 "허리가 아프면 수영을 하세요."라고 했어요.

→ _____.

03 間接引用句的簡單形式

211.mp3

요코 씨는 한국어가 재미있대요.
庸子説韓語很有趣。

티루엔 씨는 다음 달에 결혼한대요.
緹魯恩説下個月要結婚。

웨슬리 씨는 저녁에 전화하래요.
衛斯理説請妳晚上打電話給他。

재준 씨는 내일 같이 테니스를 치재요.
在俊説明天一起打網球。

부디 씨는 뭐 먹고 싶내요.
普迪問説要吃什麼。

文法重點

間接引用句時常在口語會話時縮減成以下簡單的形式。

句子類型	時制	簡單形式	例子
陳述句	現在時制	V + -(느)ㄴ다고 해요 → -(느)ㄴ대요	만난대요/먹는대요
		A + -다고 해요 → -대요	바쁘대요
		N + -(이)라고 해요 → -(이)래요	변호사래요 선생님이래요
	過去時制	A/V + -았/었/였다고 해요 → -았/었/였대요	만났대요 먹었대요
	未來時制	A/V + -(으)ㄹ 거라고 해요 → -(으)ㄹ 거래요	만날 거래요 먹을 거래요

疑問句	現在時制	N + -(이)냐고 해요 → -(이)내요	변호사내요 선생님이내요
		V + -(느)냐고 해요 → -내요 A + -(으)냐고 해요 → -(으)내요	가내요/먹내요 춥내요 (= 추우내요)
	過去時制	A/V + -았/었(느)냐고 하다 → -았/었내요	갔었내요/먹었내요 추웠내요
	未來時制 （假設法）	A/V + -(으)ㄹ 거냐고 하다 → -(으)ㄹ 거내요	갈 거내요/먹을 거내요 추울 거내요
建議句		V + -자고 해요 → -재요	가재요
祈使句		V + -(으)라고 해요 → -(으)래요	가래요/입으래요
		V + -아/어 달라고 하다 → -아/어 달래요 V + -아/어/여 주라고 하다 → -아/어 주래요	도와 달래요 도와 주래요

會 話

A 에릭 씨가 요즘 어떻게 지내는지 알아요?

B 네, 요즘 한국어를 배운대요.

A 妳知道艾瑞克最近在做什麼嗎？

B 我知道，他說他最近在學韓語。

212.mp3

A 지수 씨가 주말에 같이 등산 가재요. 시간 있어요?

B 네, 있어요. 같이 가요.

A 智秀提議週末一起去爬山。 你有空嗎？

B 有，我有空。一起去吧。

A 사람들이 내일 몇 시에 모이내요.

B 9시까지 학교 앞으로 오라고 해 주세요.

A 大家在問說明天幾點集合。

B 請告訴他們明天九點前到學校前集合。

A 재준 씨, 어디에 가요?

B 유키 씨가 숙제를 좀 도와 달래요. 그래서 유키 씨를 만나러 가요.

A 在俊，你要去哪裡？

B 由紀要求幫她做作業，所以我要去見由 紀。

緹魯恩跟普迪說了什麼？如同例句所示，將句子變為正確的間接引用句簡單形式。

> 例 부디 씨, 주말에 시간 있어요?
>
> → 티루엔 씨가 부디 씨에게 주말에 **시간 있냬요.**

티루엔 씨는 부디 씨에게 시간 있으면 (1) _____. 티루엔 씨는
부디 씨에게 무슨 영화를 (2) _____. 티루엔 씨는 공포영화를
(3) _____. 코미디 영화가 (4) _____. 그래서 코미디 영화를
(5) _____. 영화를 본 후에 (6) _____. 티루엔 씨는 파란색
옷을 (7) _____. 티루엔 씨는 부디 씨도 (8) _____. 같이
(9) _____. 티루엔 씨는 자기와 부디 씨는 정말
(10) _____.

單元 **24.**

不規則變化

「ㅡ」不規則變化

민우 씨는 요즘 많이 바빠요.

民宇最近很忙。

213.mp3

불 좀 꺼 주세요.

請把燈關掉。

배가 고파요.

肚子餓。

文法重點

　　當動詞或形容詞的語幹是以母音「ㅡ」結束，且後面接以「아/어」為開頭的語尾時，「ㅡ」省略。然後以「ㅡ」前的母音決定後面是要接아或어語尾。也就是說，當「ㅡ」前一個音節的母音為ㅏ或ㅗ時接ㅏ語尾。反之，則接ㅓ語尾。而當「ㅡ」為語幹中唯一的母音時，則省略「ㅡ」，接上ㅓ語尾即可。

바쁘다 + -아요 → 바빠요.

（前面的母音為ㅏ，所以接-아요語尾。）

예쁘다 + -어서 → 예뻐서

（前面的母音為ㅖ，所以接-어서。）

크다 + -었어요 → 컸어요

（語幹ㅋ為單音節，所以直接省略「ㅡ」接-었어요。）

原形	-(스)ㅂ니다	-고	-아/어요	-았/었어요	-아/어서	아/어도
예쁘다 (漂亮)	예쁩니다	예쁘고	예뻐요	예뻤어요	예뻐서	예뻐도
바쁘다 (忙)	바쁩니다	바쁘고	바빠요	바빴어요	바빠서	바빠도
아프다 (痛)	아픕니다	아프고	아파요	아팠어요	아파서	아파도
(배가) 고프다 (餓)	(배가) 고픕니다	(배가) 고프고	(배가) 고파요	(배가) 고팠어요	(배가) 고파서	(배가) 고파도
크다 (大)	큽니다	크고	커요	컸어요	커서	커도
나쁘다 (壞)	나쁩니다	나쁘고	나빠요	나빴어요	나빠서	나빠도
쓰다 (寫/用)	씁니다	쓰고	써요	썼어요	써서	써도
끄다 (關掉)	끕니다	끄고	꺼요	껐어요	꺼서	꺼도

會話

A 하미 씨, 지금 울어요?
B 네, 영화가 너무 슬퍼서 울고 있어요.

A 夏美，妳在哭嗎？
B 對，因為電影很悲傷所以在哭。

214.mp3

A 주말에 소풍 잘 갔다 왔어요?
B 아니요, 날씨가 나빠서 소풍을 못 갔어요.

A 週末郊遊好玩嗎？
B 不，因為天氣不好所以沒辦法去。

A 어제 왜 학교에 안 왔어요?
B 배가 많이 아팠어요. 그래서 학교에 못 왔어요.

A 昨天為什麼沒來上課？
B 肚子很痛。所以沒辦法來上課。

자己做

依照例句，將括號中的詞依據規則，改成正確的形式。

> 例 시험을 못 봐서 기분이 __나빠요__ . (나쁘다)
>   -아/어요

(1) 공연을 볼 때는 핸드폰을 _____ 주세요. (끄다)
                          -아/어

(2) 오늘 너무 _____ 저녁 약속을 취소했어요. (바쁘다)
            -아/어서

(3) 제 여자 친구는 저보다 키가 _____. (크다)
                            -아/어요

(4) 요코 씨는 아이들이 세 명 있는데 모두 _____. (예쁘다)
                                      -아/어요

(5) 호앙 씨는 몸이 _____ 항상 운동을 해요. (아프다)
                -아/어도

(6) 남자 친구한테서 프러포즈를 받고 너무 _____. (기쁘다)
                                      -았/었어요

(7) A 어제 오후에 뭐 했어요?
    B 부모님께 편지를 _____. (쓰다)
                    -았었어요

(8) A 배가 _____? (고프다)
          -아/어요?

    B 아니요, 배가 _____. (고프다)
                 -지 않아요

(9) A 주희 씨는 참 예쁘지요?
    B 얼굴은 _____ 성격이 별로 안 좋아요. (예쁘다)
            -지만

324 | 我的第一本韓語文法

아이가 혼자서 잘 놉니다.

孩子一個人玩得很開心。

215.mp3

백화점이 몇 시에 여는지 알고 싶어요.

我想知道百貨公司幾點開。

지금 만드는 게 뭐예요?

妳現在做的東西是什麼？

文法重點

當動詞或形容詞的語幹以「ㄹ」結尾，且後面接的語尾為「ㄴ」、「ㅂ」、「ㅅ」開頭時省略「ㄹ」。但是，當後面的語尾為-으開頭時，即使「ㄹ」為最後的子音仍省略-으。

팔다 + -(으)려고 → 팔려고 (팔으려고 (×))
만들다 + -(으)세요 → 만드세요 (만들으세요 (×))
알다 + -(스)ㅂ니다 → 압니다 (알습니다 (×))
살다 + -는 → 사는 (살는 (×))

原形	-아/어요	-(으)러	-(스)ㅂ니다	-(으)세요	-(으)ㅂ시다	-(으)까	冠形詞 動詞現在時制 -(으)ㄴ/는
살다 （住）	살아요	살러	삽니다	사세요	삽시다	사니까	사는
팔다 （賣）	팔아요	팔러	팝니다	파세요	팝시다	파니까	파는

만들다 （做）	만들어요	만들러	만듭니다	만드세요	만듭시다	만드니 까	만드는
열다 （開）	열어요	열러	엽니다	여세요	엽시다	여니까	여는
놀다 （玩）	놀아요	놀러	놉니다	노세요	놉시다	노니까	노는
알다 （知道）	알아요	—	압니다	아세요	압시다	아니까	아는
멀다 （遠）	멀어요	—	멉니다	머세요	—	머니까	먼
달다 （甜）	달아요	—	답니다	다세요	—	다니까	단

當-(으)ㄹ類的語尾接在以「ㄹ」結束的語幹後面，例如-(으)ㄹ 때、-(으)ㄹ 게요與-(으)ㄹ 래요?此時省略-(으)ㄹ，直接將語尾加在語幹後即可。

살다 + -(으)ㄹ 때 → 살 때   만들다 + -(으)ㄹ래요? → 만들래요?

會 話

216.mp3

A 살을 좀 빼고 싶어요.
B 그러면 케이크나 초콜릿 같은 단 음식을 먹지 마세요.

A 我想要減肥。
B 那麼，妳就不要吃像是蛋糕和巧克力之類的甜食。

A 전자 사전을 어디에서 싸게 파는지 아세요?
B 용산에서 전자 제품을 싸게 파니까 가 보세요.

A 你知道哪裡可以買到便宜的電子辭典嗎？
B 在龍山電子辭典賣得很便宜，去那看看吧。

A 우리 집은 머니까 학교 다니기 힘들어요.
B 학교 근처로 이사 오는 게 어때요?

A 我們家很遠，所以上課不方便。
B 搬到學校附近來如何呢？

練習做

依照例句，將括號中的詞依據規則改成正確的形式。

> 例 재준 씨가 어디에서 __사는지__ 알아요? (살다)
>   -(으)ㄴ/는지

(1) 바람이 많이 _____ 창문을 좀 닫아 주세요. (불다)
          -(으)니까

(2) 저기 _____ 아이가 제 동생이에요. (울다)
       -(으)ㄴ/는

(3) 저 식당에서 우리나라 음식을 _____, 같이 먹으러 갈래요? (팔다)
                  -(으)ㄴ/는데

(4) 질문이 있으면 손을 _____. (들다)
             -(으)세요

(5) 저는 학교 근처에서 _____. (살다)
            -(스)ㅂ니다

(6) 외국 생활은 _____ 재미있어요. (힘들다)
          -지만

(7) A 옆 반에 혹시 _____ 사람이 있어요? (알다)
          -(으)ㄴ/ 는

   B 제 고등학교 때 친구가 옆 반에 있는데, 왜요?

(8) A 에릭 씨를 언제 만났어요?
   B 한국에 _____ 만났어요. (살다)
          -(으)ㄹ 때

(9) A 이 치마 어때요? 하영 씨에게 잘 어울릴 것 같아요.
   B 저는 _____ 치마를 안 좋아해요. (길다)
         -(으)ㄴ/ 는

커피가 뜨거우니까 조심하세요.

咖啡很燙,請小心。

217.mp3

날씨가 추워서 집에 있었어요.

天氣冷,所以待在家。

저는 매운 음식을 좋아해요.

我喜歡辣的食物。

文法重點

　　當少數幾個動詞和形容詞語幹以「ㅂ」結束,當接以母音開頭的語尾時,「ㅂ」變為後字的「오」或「우」。「돕다」(幫助)與「곱다」(美麗的)是唯一兩個要變成「오」的詞,其餘則變成「우」。

쉽다 + -어요 → 쉬우+-어요 → 쉬워요

돕다 + -아요 → 도오+ -아요 → 도와요

原形	-(스)ㅂ니다	-고	-아/어요	-아/어서	-(으)면	冠形詞 -(으)ㄴ/는
쉽다 (容易)	쉽습니다	쉽고	쉬워요	쉬워서	쉬우면	쉬운
어렵다 (困難)	어렵습니다	어렵고	어려워요	어려워서	어려우면	어려운

맵다 （辣）	맵습니다	맵고	매워요	매워서	매우면	매운
덥다 （熱）	덥습니다	덥고	더워요	더워서	더우면	더운
춥다 （冷）	춥습니다	춥고	추워요	추워서	추우면	추운
무겁다 （重）	무겁습니다	무겁고	무거워요	무거워서	무거우면	무거운
*돕다 （幫助）	돕습니다	돕고	도와요	도와서	도우면	도운

雖然좁다（狹窄）、입다（穿）、씹다（嚼）、잡다（抓）的語幹都是以「ㅂ」結束，
但它們皆為規則動詞，不用將「ㅂ」變為「오」或「우」。

原形	-(스)ㅂ니다	-고	-아/어요	-아/어서	-(으)면	冠形詞現在時制 -(으)ㄴ/는
입다 （穿）	입습니다	입고	입어요	입어서	입으면	입는
좁다 （狹窄）	좁습니다	좁고	좁아요	좁아서	좁으면	좁은

會話

A 어떤 영화를 좋아하세요?
B 저는 무서운 영화를 좋아해요.

A 你喜歡哪種電影？
B 我喜歡恐怖片。

218.mp3

A 음식이 싱거운데 소금 좀 주세요.
B 여기 있습니다.

A 食物味道好淡，請給我鹽巴。
B 給你。

A 아이가 누구를 닮았어요?
　정말 귀여워요.
B 감사합니다. 엄마를 많이 닮았어요.

A 孩子長得像誰啊？
　真的好可愛喔！
B 謝謝。他長得像媽媽。

녀己做

依照例句，將括號中的詞依據規則改成正確的形式。

> 例　A 왜 음악을 껐어요?
>
> 　　B **시끄러워서** 껐어요. (시끄럽다)
> 　　　　-아/어서

(1) A 가방이 무거워요?

　　B 아니요, _____. (가볍다)
　　　　　　　　　-아/어요

(2) A 숙제가 _____ 좀 도와주시겠어요? (어렵다)
　　　　　　-(으)ㄴ/는데

　　B 네, 알겠어요.

(3) A 날씨가 _____ 따뜻한 음식을 먹으러 가요. (춥다)
　　　　　　-(으)니까

　　B 네, 좋아요.

(4) A 기사 아저씨, 저기 앞에서 세워 주실 수 있어요?

　　B 저기는 길이 _____ 자동차가 못 들어가요. (좁다)
　　　　　　　　-아/어서

(5) A 이 음식이 정말 맵지요?

　　B 음식이 _____ 맛있어요. (맵다)
　　　　　　-지만

(6) A 한국어 배우기가 어때요?

　　B 생각보다 _____ 재미있어요. (쉽다)
　　　　　　　-고

(7) A 그 옷을 _____ 멋있네요. (입다)
　　　　　　-(으)니까

　　B 그래요? 감사합니다.

04 「ㄷ」不規則變化

219.mp3

음악을 들으면서 운동해요.

邊聽音樂邊運動。

돈이 없어서 걸어서 갔어요.

因為沒有錢，所以用走的去。

그 여자에게 전화번호를 물어봤어요.

我向那個女孩子要了電話號碼。

文法重點

當少數以「ㄷ」結束的動詞語幹，後面接以母音開頭的語尾時，「ㄷ」須變為「ㄹ」。

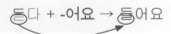

듣다 + -어요 → 들어요   걷다 + -을 거예요 → 걸을 거예요

原形	-(스)ㅂ니다	-고	-아/어요	-았/었어요	-(으)세요	-(으)ㄹ까요?	-(으)면
듣다 (聽)	듣습니다	듣고	들어요	들었어요	들으세요	들을까요?	들으면
묻다 (問)	묻습니다	묻고	물어요	물었어요	물으세요	물을까요?	물으면
걷다 (走)	걷습니다	걷고	걸어요	걸었어요	걸으세요	걸을까요?	걸으면

雖然닫다（關上）、받다（接受）、믿다（相信）的語幹都是以「ㄷ」結束，但它們皆為規則動詞，不用將「ㄷ」變為「ㄹ」。

原形	-(스)ㅂ니다	-고	-아/어요	-았/었어요	-(으)세요	-(으)ㄹ까요?	-(으)면
닫다	닫습니다	닫고	닫아요	닫았어요	닫으세요	닫을까요?	닫으면
받다	받습니다	받고	받아요	받았어요	받으세요?	받을까요?	받으면

會 話

A 캐럴 씨, 날씨가 좋은데 밖에 나가서 좀 걸을까요?
B 네, 좋아요.

A 凱羅，天氣這麼好，要不要一起去外面走走？
B 嗯，好啊。

220.mp3

A 이 노래 들어 봤어요? 정말 좋아요.
B 그래요? 누구 노래인데요?

A 你聽過這首歌嗎？真的很好聽。
B 是嗎？是誰的歌呢？

따라 해 보기

依照例句，將括號中的詞依據規則改成正確的形式。

> 例 A 학교에 어떻게 가요?
>
> B <u>걸어서</u> 가요. (걷다)
>   -아/어서

(1) A 내일 같이 영화 볼까요?
    B 좋아요. 제가 에릭 씨에게도 내일 시간이 있는지 _____ 볼게요. (묻다)
      -아/어

(2) A 어떻게 하면 한국어 듣기가 좋아질까요?
    B 한국 드라마와 영화도 많이 보고, 한국어 CD도 많이 _____. (듣다)
      -(으)세요

(3) A 어제 많이 _____ 다리 안 아파요? (걷다)
      -았/었는데

    B 평소에 많이 _____ 괜찮아요. (걷다)
      -아/어서

(4) A 백화점이 몇 시에 문을 _____? (닫다)
      -아/아요

    B 보통은 8시에 _____ 세일 기간에는 9시까지 열어요. (닫다)
      -(으)ㄴ/는데

05 「르」不規則變化

댄 씨는 노래를 잘 불러서 인기가 많아요.

丹很會唱歌，所以很受歡迎。

221.mp3

출근 시간에는 지하철이 버스보다 빨라요.

在上班時間，搭地鐵比搭公車快。

Excuse me.

저는 영어를 몰라요.

我不會英文。

文法重點

　　大多數以「르」結束的動詞與形容詞語幹，當後面接以母音開頭的語尾時，要省略「르」其中的「ㅡ」，並在前一個音節尾音加上ㄹ，形成ㄹㄹ的形式。

다르다 + -아요 → 다ㄹ다 + ㄹ + 아요 → 달라요
부르다 + -어요 → 부ㄹ다 + ㄹ + 어요 → 불러요

原形	-(스)ㅂ니다	-고	-(으)면	-아/어요	-았/었어요	-아/어서
다르다 （不同）	다릅니다	다르고	다르면	달라요	달랐어요	달라서
빠르다 （快）	빠릅니다	빠르고	빠르면	빨라요	빨랐어요	빨라서
자르다 （剪）	자릅니다	자르고	자르면	잘라요	잘랐어요	잘라서

모르다 （不知道）	모릅니다	모르고	모르면	몰라요	몰랐어요	몰라서
부르다 （叫/唱）	부릅니다	부르고	부르면	불러요	불렀어요	불러서
기르다 （養育）	기릅니다	기르고	기르면	길러요	길렀어요	길러서

會話

A 준호 씨, 머리 잘랐어요? 멋있네요.
B 그래요? 고마워요.

A 俊浩，你剪頭髮了嗎？好帥。
B 真的嗎？謝謝。

222.mp3

A 에릭 씨와 제이슨 씨는 쌍둥이인데 얼굴이 안 닮았어요.
B 네, 성격도 많이 달라요.

A 雖然艾瑞克和傑森是雙胞胎，但是他們一點也不像。
B 對啊，個性也很不一樣。

自己做

依照例句，將括號中的詞依據規則改成正確的形式。

> 보기 A 더 드세요.
>
> B 배가 <u>불러서</u> 더 못 먹겠어요. (부르다)
>   -아/어서

(1) A 이 노래 부를 수 있어요?
　　B 아니요, 노래가 너무 _____ 못 불러요. (빠르다)
　　　　　　　　　　　　　　-아/어서

(2) A 중국의 결혼식은 한국과 비슷해요?
　　B 아니요, 많이 _____. (다르다)
　　　　　　　　　　　　-아/어요

(3) A 한국말을 잘하시네요.
　　B 아니에요, 아직도 한국말이 _____ 실수를 많이 해요. (서투르다)
　　　　　　　　　　　　　　　　　　-아/어서

(4) A 벨을 여러 번 _____ 아무도 안 나와요. (누르다)
　　　　　　　　　　-았/었는데

　　B 이상하네요. 소냐 씨가 오늘 집에 있겠다고 했는데…….

06 「ㅎ」不規則變化

백설공주는 머리는 까맣고 피부는
하얘요.

223.mp3

白雪公主的頭髮是黑的，皮膚是白的。

왕비는 백설 공주에게 빨간 사과를 줬어요.

王妃把紅蘋果給了公主。

왕자는 크고 파란 눈으로 공주를 봤어요.

王子用他又大又藍的眼睛看著公主。

文法重點

當形容詞的語幹以「ㅎ」結尾，後面接以母音開頭的語尾時省略「ㅎ」。

1　當後面接的語尾不是以 -아/어 開頭時，直接省略「ㅎ」即可。

하얗다 + -(으)ㄴ → 하얀　　　　　까맣다 + -(으)니까 → 까니까

2　當後面接的語尾是以 -아/어 開頭時，須把「ㅎ」省略，再加上「ㅣ」。

까맣다 + -아서 → 까마 + ㅣ + -아서 → 까매서
하얗다 + -아요 → 하야 + ㅣ + -아요 → 하얘요

原形	-(스)ㅂ니다	-고	-(으)면	-(으)ㄴ/는	-아/어요	-았/었어요	-아/어서
까맣다 （黑）	까맣습니다	까맣고	까마면	까만	까매요	까맸어요	까매서
노랗다 （黃）	노랗습니다	노랗고	노라면	노란	노래요	노랬어요	노래서
파랗다 （藍）	파랗습니다	파랗고	파라면	파란	파래요	파랬어요	파래서
빨갛다 （紅）	빨갛습니다	빨갛고	빨가면	빨간	빨개요	빨갰어요	빨개서
하얗다 （白）	하얗습니다	하얗고	하야면	하얀	하얘요	하얬어요	하얘서
이렇다 （這樣）	이렇습니다	이렇고	이러면	이런	이래요	이랬어요	이래서
그렇다 （那樣）	그렇습니다	그렇고	그러면	그런	그래요	그랬어요	그래서
저렇다 （那樣）	저렇습니다	저렇고	저러면	저런	저래요	저랬어요	저래서
어떻다 （如何）	어떻습니다	어떻고	어떠면	어떤	어때요	어땠어요	어때서

　　雖然좋다（好）、많다（多）、낳다（生產）和넣다（放進）的語幹都是以「ㅎ」結束，但它們皆為規則動詞，不用省略「ㅎ」。

原形	-(스)ㅂ니다	-고	-(으)면	-(으)ㄴ/는	-아/어요	-았/었어요	-아/어서
낳다	낳습니다	낳고	낳으면	낳는	낳아요	낳았어요	낳아서
좋다	좋습니다	좋고	좋으면	좋은	좋아요	좋았어요	좋아서

會 話

A 보세요! 가을 하늘이 정말 파래요.
B 하늘은 파랗고 구름은 하얘서
　 그림 같아요.

A 看！秋天的天空好藍喔。
B 天空好藍，雲好白，好像一幅
　 畫。

224.mp3

A 얼굴이 많이 까매졌네요.
B 휴가 때 바다에 갔다 와서 그래요.

A 你的臉曬黑許多呢。
B 因為我放假時去了一趟海邊。

A 파란 티셔츠 입은 남자가 누군지 아세요?

A 你知道穿著藍T恤的男生是誰嗎？

B 네, 제 동생이에요. 관심 있어요?

B 是，他是我弟弟。妳對他感興趣嗎？

注 意！

當 이렇다、그렇다、저렇다、어떻다的語幹後面接上以-아/어開頭的語尾時，這些語幹
變為 이래、그래、저래和어때，而不是 이레、그레、저레和어떼。

- 날씨가 어떼요? (✕) → 날씨가 어때요? (○) 天氣如何呢？
- 에릭 씨는 안 간다고 그렜어요. (✕) → 에릭 씨는 안 간다고 그랬어요. (○)
  艾瑞克說他不去。

해 己 做

請依照圖片，將正確形式的詞填入空格。

(1)
A 혹시 티루엔 씨가 누군지 아세요?
B 네, 저기 _____ 정장을 입은 사람이에요. (노랗다)
  -(으)ㄴ/는

(2)
A 댄 씨가 술을 많이 마신 것 같아요.
B 맞아요. 지금 얼굴이 _____. (빨갛다)
  -아/어요

(3)
A 눈이 많이 왔네요!
B 네, 눈 때문에 세상이 다 _____. (하얗다)
  -아/어요

(4)
A 어머, 캐럴 씨 머리 바꿨네요.
B 네, 요즘 _____ 머리가 유행이에요. (이렇다)
  -(으)ㄴ/는

(5)
어떤 색?

A _____ 색을 좋아해요? (어떻다)
  -(으)ㄴ/는

B 저는 _____ 색을 좋아해요. (까맣다)
  -(으)ㄴ/는

모기가 물어서 눈이 부었어요.

因為被蚊子叮，所以我的眼睛腫起來了。

225.mp3

컵에 커피와 크림, 설탕을 넣고 저어요.

我把咖啡、奶油還有糖放到杯子裡攪拌。

어느 옷이 더 나아요?

哪一件衣服比較好？

.... **文法重點** ....

　　當少數的動詞與形容詞語幹以「ㅅ」結束，後面接上以母音開頭的語尾時，將「ㅅ」省略即可。

잇다 + -어요 → 이어요　　　　　　　짓다 + -을 거예요 → 지을 거예요

原形	-(스)ㅂ니다	-고	-아/어요	-았/었어요	-아/어서	-(으)면
잇다 （連結）	잇습니다	잇고	이어요	이었어요	이어서	이으면
낫다 （痊癒） （較好）	낫습니다	낫고	나아요	나았어요	나아서	나으면
붓다 （腫） （傾倒）	붓습니다	붓고	부어요	부었어요	부어서	부으면

긋다 （畫、刻）	긋습니다	긋고	그어요	그었어요	그어서	그으면
젓다 （攪拌、搖）	젓습니다	젓고	저어요	저었어요	저어서	저으면
짓다 （造）	짓습니다	짓고	지어요	지었어요	지어서	지으면

雖然벗다（脫）、웃다（笑）、씻다（洗）的語幹都是以「ㅅ」結束，但它們皆為規則動詞，不用省略「ㅅ」。

原形	-(스)ㅂ니다	-고	-아/어요	-았/었어요	-아/어서	-(으)면
웃다	웃습니다	웃고	웃어요	웃었어요	웃어서	웃으면
씻다	씻습니다	씻고	씻어요	씻었어요	씻어서	씻으면

會 話

A 아이 이름을 누가 지었어요?
B 할아버지가 지어 주셨어요.

A 誰幫孩子取名字的？
B 孩子的祖父取的。

226.mp3

A 감기 다 나았어요?
B 네, 이제 괜찮아요.

A 感冒好了嗎？
B 是的，已經好了。

A 이 단어는 중요하니까 단어 밑에
　줄을 그으세요.
B 네, 알겠습니다.

A 這個單字很重要，
　所以請在單字下面畫底線。
B 是，知道了。

注 意！

在韓語中，當兩個母音相遇時，兩者會結合。例如，배우 + 어요時，會變成배워요。但是在「ㅅ」不規則變化的情況下，即使兩者母音是因為省略了「ㅅ」而相鄰在一起，兩者仍不能結合。

- 짓다 + -어요 → 지어요 (○) / 져요 (✕)（져요 是 지다 + -어요 的連結形態。）
- 낫다 + -아요 → 나아요 (○) / 나요 (✕)（나요 是 나다 + -아요 的連結形態。）

依照例句，將括號中的詞依據規則改成正確的形式。

> **例** 이 노래를 누가 **지었어요** ? (짓다)
> -았/었어요

(1) 어제 밤에 라면을 먹고 자서 얼굴이 많이 _____. (붓다)
-았/었어요

(2) 커피를 잘 _____ 드세요. (젓다)
-아/어서

(3) 지금 회사보다 더 _____ 곳에서 일하고 싶어요. (낫다)
-(으)ㄴ/는

(4) 저기 지금 _____ 있는 건물이 뭐예요? (짓다)
-고

(5) 제니퍼 씨는 _____ 때 참 예뻐요. (웃다)
-(으)ㄹ

(6) 피터 씨의 한국말보다 요코 씨의 한국말이 더 _____. (낫다)
-아/어요

(7) 저는 중요한 문장에 밑줄을 _____ 공부를 합니다. (긋다)
-(으)면서

(8) 과일을 _____ 드세요. (씻다)
-아/어서

(9) 옷을 _____ 후에 저 옷걸이에 거세요. (벗다)
-(으)ㄴ

(10) 커피 잔에 물을 _____. (붓다)
-(으)세요

附錄

1. 指示代名詞

A 이것이 무엇입니까?
這是什麼？

B 이것은 연필입니다.
這是鉛筆。

A 그것이 무엇입니까?
那是什麼？

B 이것은 가방입니다.
這是包包。

A 저것이 무엇입니까?
那是什麼？

B 저것은 시계입니다.
那是時鐘。

當指出一件物品或地點的所在時，이/그/저加在表示物品或地點的名詞之前。이使用於名詞靠近說話者時，그使用於名詞較靠近聽者時，而저則使用於名詞離說話者與聽者皆遠時。

	離說話者較近	離聽者較近	離說話者與聽者皆遠
	이	그	저
事物	이것	그것	저것
人	이 사람/이 분	그 사람/그 분	저 사람/저 분
地 點	이곳 (여기)	그곳 (거기)	저곳 (저기)

主格助詞이加在이것、그것和저것後面而為이것이、그것이和저것이。但是在口語會話中常簡化為이게、그게和저게。助詞은和을也同樣以此種方式簡化。

이것이 → 이게	이것은 → 이건	이것을 → 이걸
그것이 → 그게	그것은 → 그건	그것을 → 그걸
저것이 → 저게	저것은 → 저건	저것을 → 저걸

A **이건** 뭐예요?   這是什麼？
B **이건** 꽃이에요.   這是花。

A 너무 커요. **이걸** 어떻게 먹어요?   太大了。這怎麼吃？
B 그럼 **저게** 작으니까 **저걸** 드세요.   那麼那個比較小，你吃那個吧！

指示代名詞也用來表示某事物已在前文被提過。

어제 동대문 시장에 갔어요.
거기는 예쁜 옷이 아주 많았어요.
(= 동대문 시장)

昨天我去了東大門市場。
那裡有很多漂亮衣服。
（＝東大門市場）

지난주에 댄 씨를 만났어요
그분은 아주 친절했어요.
(= 댄 씨)

我上星期見了丹。
他（那個人）很親切
（＝丹）

2. 時間副詞

01

아직 尚未，仍然（沒有）/ 이미（之前）已經 / 벌써（早就）已經

● 아직 尚未，仍然（沒有）…

(1) 아직 表示某事或某種狀態還沒發生，後面通常接否定性的用詞，如「안」。

A 밥 먹었어요?
你吃過飯了嗎？

B 아니요, **아직** 안 먹었어요.
不，我還沒吃。

(2) 아직 可表示某事或某狀態還持續著。

A 숙제 다 했어요?
功課做完了嗎？

B 아니요, **아직** 하고 있어요.
조금만 더 하면 끝나요.
不，我還在做。再一下下就做完了。

이미（之前）已經	벌써（早就）已經
表示某事已經完成。	表示某事比預期的早發生。
A 지금 가면 영화를 볼 수 있을까요? 　現在去的話看得到電影嗎？ B 아니요, 지금 6:40분이에요. 　**이미** 늦었으니까 9시 영화를 봅시다. 　不，現在是6：40分。 　已經太遲了，我們看九點的電影吧。	A 저녁에 뭐 먹고 싶어요? 　晚餐想吃什麼？ B 저녁 먹었는데요. 　我已經吃過晚餐了。 A 5시인데 **벌써** 먹었어요? 　五點而已就已經吃過了？

A 댄 씨를 만나고 싶은데 지금 한국에 있어요? 我想見丹，他現在在韓國嗎？ **B 이미** 미국으로 떠났어요. 他已經回美國了。 （丹已經回美國了，所以即使想見也不可能了。）	**A** 댄 씨를 만나고 싶은데 지금 한국에 있어요? 我想見丹，他現在在韓國嗎？ **B** 지난주에 미국으로 떠났어요. 他上星期回美國了。 **A 벌써** 떠났어요? 已經回去了？ （丹比預期的早離開。）

지금（正是）現在 / 이제（從）現在開始 / 요즘 最近

지금（正是）現在	이제（從）現在開始
說話者說話的當下。	可以解釋為「現在」，但是包含了與過去分離的意味。
A 지금 뭐 하고 있어요? 現在在做什麼？ **B** 음악을 듣고 있어요. 在聽音樂。 可以與動詞的現在進行時制-**고 있다**一起使用。 • 지금 공부하고 있어요. (○) 現在在讀書。 • (일 이외의 다른 것을 하고 있다가)자, 지금 일합시다. (×)	**A 이제** 그 식당에 안 갈 거예요. 從現在開始不去那家餐廳了。 **B** 왜요? 음식이 맛이 없어요? 為什麼？東西不好吃嗎？ 不可以與動詞的現在進行時制-**고 있다**一起使用。 • 이제 공부하고 있어요. (×) • (일 이외의 다른 것을 하고 있다가)자, 이제 일합시다. (○) （做了某件與自己工作不相關的事之後）好，現在開始工作吧！

● 요즘 最近

요즘 表示不久之前開始，一直到最近的這段期間。

A **요즘** 피곤하세요?　　　　　　　　最近很累嗎？
B 네, 조금 피곤해요.　　　　　　　　是的，有點累。

A **요즘** 어떤 헤어스타일이 유행이에요?　最近哪種髮型在流行？
B 단발머리가 유행이에요.　　　　　　短髮在流行。

먼저 首先 / 아까 剛剛 / 나중에 之後 / 이따가 待會

● 먼저 首先

먼저 表示在時間順序中，某事為第一順位。

A 나탈리아 씨, 점심 안 먹어요?　　　娜塔莉，妳不吃午餐嗎？

B 저는 지금 할 일이 있으니까 **먼저**　我現在還有事要忙，你們先吃吧！
　드세요.

A 민우 씨는 갔어요?　　　　　　　民宇走了嗎？

B 네, 약속이 있어서 **먼저** 갔어요.　對，因為有約所以先走了。

● 아까 剛剛

아까 表示在同一天中，當下再往前一些或是更早的時間。

A 댄 씨 봤어요?　　　　　　　　　你有看到丹嗎？

B **아까** 도서관에 가는 거 봤어요.　我剛剛看到他去圖書館。

A **아까** 커피숍에서 인사한 사람이 누구예요?　剛剛在咖啡廳跟你打招呼的是誰？

B 대학교 때 후배예요.　　　　　　大學時的學弟/妹。

아따가 **待會**	나중에 **以後**
經過一小段時間。	經過一段時間和某人完成某項事情。時間的範圍可以是同一天或未來的某個時間。
A 오늘 영화 보러 갈 거야? 　今天要去看電影嗎？ B 응, **이따가** 갈 거야. 　嗯，待會要去。 A 오늘 모임에 와요? 　今天會來聚會嗎？ B 네, **이따가** 만나요. 　會，待會見。 　（待會過了一段時間後，會有聚會。） A 언제 결혼할 거예요? 　何時結婚？ B **이따가** 결혼할 거예요. (✕)	A 여보세요? 댄 씨, 지금 전화할 수 있어요? 　喂？丹，你現在可以講電話嗎？ B 미안해요. 지금 바쁘니까 **나중에** 전화할게요. 　對不起，現在很忙，稍後給你電話。 A 오늘 모임에 와요? 　今天會來聚會嗎？ B 아니요, 못 가요. 우리 **나중에** 만나요. 　不，我不能去。我們之後再見面吧。 （今天不能見面，但是經過一段時間後他們會在未來的某個時間點見面。）

3. 頻率副詞

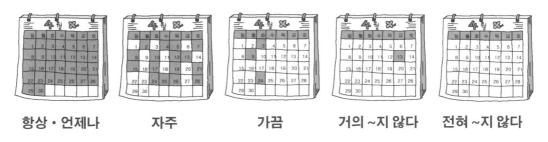

| 항상·언제나 | 자주 | 가끔 | 거의 ~지 않다 | 전혀 ~지 않다 |

> 항상，언제나 總是 / 자주 時常 / 가끔 偶爾
> 거의~지 않다 幾乎不 / 전혀~지 않다 從不

늘（항상·언제나），자주和가끔用於肯定句，而별로和전혀則用於否定句。

- 저는 매일 아침에 운동해요. **항상(언제나)** 운동해요.
  我每天早上運動。我總是運動。

- 저는 일주일에 4번 운동해요. **자주** 운동해요.
  我一個星期運動4次。我常常運動。

- 저는 일주일에 한 번 운동해요. **가끔** 운동해요.
  我一個禮拜運動1次。我偶爾運動。

- 저는 한 달에 한 번 운동해요. **거의** 운동을 하지 않아요.
  我一個月運動1次。我幾乎不運動。

- 저는 운동을 싫어해요. **전혀** 운동을 하지 않아요.
  我討厭運動。我完全不運動。

4. 連結副詞

01

그리고 而且、並且

그리고用來表示兩個句子形成一系列，或時間順序為順接，相當於「而且」之意。

- 하영 씨는 날씬해요. **그리고** 예뻐요.
  夏英很苗條。而且很漂亮。

- 농구를 좋아해요. **그리고** 축구도 좋아해요.
  我喜歡籃球，並且也喜歡足球。

- 주말에 친구를 만났어요. **그리고** 같이 영화를 봤어요.
  我週末見了朋友，並且一起去看了電影。

02

그렇지만 但是

그렇지만用於第一句子的內容與第二個句子的內容成對比時，相當於「但是」之意。

- 요코 씨는 일본 사람이에요. **그렇지만** 재준 씨는 한국 사람이에요.
  庸子是日本人。可是在準是韓國人。

- 한국어는 영어와 다릅니다. **그러나** 배우기 어렵지 않습니다.
  韓語與英語不一樣。可是學起來不難。

- 고기를 좋아해요. **하지만** 야채는 안 좋아해요.
  我喜歡（吃）肉。可是我不喜歡蔬菜。

03

그래서 因此、所以

그래서用於第一個句子是第二個句子的理由或原因時，相當於「因此、所以」之意。

A 어디 아파요? 哪裡痛？

B 어제 술을 많이 마셨어요. **그래서** 머리가 아파요.
昨天喝太多酒了。所以頭很痛。

A 왜 차가 안 가요? 為什麼車子沒有在動？（當用車子代步時）

B 주말이에요. **그래서** 길이 막혀요. 現在是週末。所以塞車。

- 외국 사람입니다. **그래서** 한국말을 못합니다.

  我是外國人。所以我不會韓語。

04 그러니까 就因為如此、所以

그러니까用於第一個句子為第二個句子不可避免或自然發生的原因時，相當於中文的
「就因為如此、所以…」。後面常接-(으)세요、-(으)ㅂ시다、-아/어야하다或-(으)ㄹ거다
這類使役、建議的敘法。

- 비가 와요. **그러니까** 우산을 가져가세요. 下雨了。所以請帶雨傘去。
- 이 영화는 재미없어요. **그러니까** 다른 영화를 봅시다.

  這部電影不好看。所以我們看別部吧。
- 한국 대학교에 입학하고 싶어요. 그리고 한국 회사에 취직해서 한국에서 살
  고 싶어요. **그러니까** 한국말을 열심히 공부할 거예요.

  我想進韓國大學。而且也想在韓國工作，住在韓國。因此我要認真學韓語。

A 여보, 우리 차가 있는데 왜 버스를 타요?

  親愛的，我們有車，為什麼還要搭公車？

B 자동차가 고장 났어요. **그러니까** 버스를 타야 해요.

  車子故障了。所以必須搭公車。

05 그러면 那麼、如果是這樣

그러면用來表示第一個句子為第二個句子的前提或假設，相當於「那麼…」之意。在
口語中，그럼比그러면更常用。

A 점심시간이에요. 배가 고파요. 現在是午餐時間。我好餓。

B **그러면** (=**그럼**) 같이 식당에 가서 식사할까요?

  那麼我們一起去餐廳吃飯如何？

A 한국말을 잘하고 싶어요. 我想學好韓語。

B 그래요? **그러면** 한국 친구를 사귀세요.

  是嗎？那麼請交韓國朋友吧。

- 나는 피곤할 때 목욕을 해요. **그러면** 기분이 좋아져요.

  當我疲倦的話就洗澡。那樣我的心情就會變好。

06

그런데 然而、順便一提

그런데 用來表示第一個句子為第二個句子的背景資訊。在此種情況下，相當於「然而、順便一提…」之意。

(1) 可用於當第一個句子與第二個句子呈對比關係的時候，在此情況下，其意義與 그렇지만 相同。

- 아버지는 키가 작아요. **그런데** 아들은 키가 커요.
  爸爸很矮。但是兒子高。

(2) 可用於第一個句子提供的背景資訊跟第二個句子所描述的情況有關。在此種情況下，相當於「而且…」之意。

- 어제 명동에 갔어요. **그런데** 거기에서 영화배우를 봤어요.
  我昨天去了明洞。而且我還看到了電影演員。

(3) 可用於說話者提及一個新主題，而不是繼續談論正在討論的話題時。

- A 올해 나이가 어떻게 되세요? 你今年幾歲？
- B 네?……저, **그런데** 지금 몇 시예요? 啊？喔，順便問一下，現在幾點？

07

그래도 就算如此、不過

그래도 用來表示不管第一個句子內容為何，第二個句子為確實的事實，相當於「就算如此、不過…」之意。

- 아까 밥을 많이 먹었어요. **그래도** 배가 고파요.
  剛剛吃了很多飯。不過我還是餓。
- 5년 동안 한국에서 살았어요. **그래도** 아직 한국말을 잘 못해요.
  我住韓國五年了。不過我的韓語還是不好。
- 그 여자는 나를 좋아하지 않아요. **그래도** 나는 그 여자를 좋아해요.
  那個女孩不喜歡我。不過我喜歡那個女孩。

解答

準備學韓語吧！

01 이다（是）
(1) A 입니까 (= 예요) B 입니다 (= 예요)
(2) A 입니까 (= 이에요) B 입니다 (= 예요)
(3) A 입니까 (= 예요) B 입니다 (= 예요)
(4) 입니다 (= 이에요)

02 있다（存在／有）
(1) 위　(2) 뒤　(3) 웨슬리　(4) 안　(5) 밑 (= 아래)
(6) 댄 씨

03 數字
＜韓語的漢字數字＞
(1) 공일공 칠삼팔의 삼오공구　(2) 삼십사
(3) 백칠십오　(4) 육만 이천

＜固有數字＞
(1) 한 마리　(2) 한 대, 두 대　(3) 두, 한 개
(4) 네 병, 두 잔　(5) 여덟 권, 일곱

04 日期與星期
(1) 이천 구년 유월 육일, 토
(2) 천구백팔십칠 년 십일월 십오일, 일
(3) 이천십삼 년 시월 십일, 목

05 時間
(1) 오전 일곱 시 삼십 분 (= 일곱 시 반)
(2) 오전 아홉 시　(3) 오후 한 시
(4) 오후 세 시 이십 분
(5) 오후 여섯 시 삼십 분 (= 여섯 시 반)
(6) 여덟 시
(7) 열 시　(8) 열한 시

單元 1. 時　制

01 現在時制　A/V-(스)ㅂ니다
(1) A 먹습니까 B 네, 먹습니다　(2) 기다립니다
(3) A 읽습니까 B 네, 읽습니다
(4) B 만납니다　(5) 씁니다
(6) A 삽니까 B 네, 삽니다

02 現在時制　A/V-아/어요
1 (1) A 학생이에요 B 네, 학생이에요
(2) A 의사예요 B 네, 의사예요
(3) A 책상이에요 B 네, 책상이에요
(4) A 사과예요 B 네, 사과예요
2 (1) A 봐요 B 봐요　(2) 전화해요
(3) A 읽어요 B 읽어요　(4) A 먹어요 B 먹어요
(5) 공부해요　(6) A 마셔요 B 마셔요

03 過去時制　A/V-았/었어요
(1) 만났어요　(2) 먹었어요　(3) 맛있었어요

(4) 갔어요　(5) 샀어요　(6) 썼어요　(7) 아팠어요
(8) 불렀어요　(9) 청소했어요　(10) 봤어요
(11) 재미있었어요

04 未來時制　V-(으)ㄹ 거예요 ①
(1) 갈 거예요　(2) 놀 거예요　(3) 탈 거예요
(4) 공부할 거예요　(5) 먹을 거예요
(6) 부를 거예요　(7) 쉴 거예요

05 現在進行時制　V-고 있다 ①
(1) 세수하고 있어요
(2) 한국어를 배우고 있어요
(3) 밥을 먹고 있어요　(4) 반지를 찾고 있었어요

06 過去完成時制　A/V-았/었었어요
(1) 키가 작았었어요　(2) 머리가 길었었어요
(3) 고기를 안 먹었었어요
(4) 치마를 안 입었었어요

單元 2. 否定表現

01 否定的字詞
(1) 가 아니에요 (= 가 아닙니다)
(2) 가 없어요 (= 가 없습니다)
(3) 가 없어요 (= 가 없습니다)
(4) 몰라요 (= 모릅니다)

02 안 A/V-아/어요 (A/V-지 않아요)
(1) 안 봐요 (= 보지 않아요)
(2) 매일 운동 안 해요 (= 매일 운동하지 않아요)
(3) 안 깊어요 (= 깊지 않아요)
(4) 안 친절해요 (= 친절하지 않아요)

03 못 V-아/어요 (V-지 못해요)
(1) 못했어요 (= 하지 못했어요)
(2) 못 가요 (= 가지 못해요)
(3) 못 봤어요 (= 보지 못했어요)

單元 3. 助　詞

01 N이/가
1 (1) 티루엔이　(2) 유키가　(3) 부디가　(4) 댄이
2 (1) 가　(2) 이　(3) 가　(4) 이

02 N은/는
1 (1) 은　(2) 는　(3) 은　(4) 는　(5) 는　(6) 는
(7) 은　(8) 은　(9) 는　(10) 은
2 (1) 은　(2) 는　(3) 은　(4) 는　(5) 는

03 N을/를
(1) 를　(2) 를　(3) 커피를/차를 마셔요
(4) 빵을 사요

04 N와/과, N(이)랑, N하고
(1) 과 (= 이랑, = 하고)　(2) 와 (= 랑, = 하고)
(3) 가족과 (= 가족이랑, = 가족하고) 여행을 할 거예요
(4) 재준 씨와 (= 재준 씨랑, = 재준 씨하고)

05 N의
(1) 제　(2) 부디 씨의　(3) 김 선생님의 남편이에요
(4) 우리 어머니예요

06 N에 ①
(1) 도서관에 가요　(2) 회사에 다녀요
(3) 공원에 있어요　(4) 탁자 위에 있어요

07 N에 ②
(1) 오전 11시에 만나요　(2) 2008년 5월 13일에 왔어요
(3) 목요일에 해요　(4) 겨울에 결혼해요

08 N에서
(1) 우체국에서 일해요　(2) 서울역에서 타요
(3) 백화점에서 쇼핑할 거예요
(4) 헬스클럽에서 운동했어요

09 N에서 N까지, N부터 N까지
(1) 에서, 까지　(2) 학교에서 집까지 (자전거로)
(3) 부터, 까지　(4) 10월 8일부터 (10월)10일까지

10 N에게/한테
(1) 에게 (= 한테)　(2) 에　(3) 호앙 씨에게 (= 한테)
(4) 에

11 N도
(1) 도　(2) 캐럴 씨도 예뻐요
(3) 만났어요, 도 만났어요
(4) 샀어요, 구두도 샀어요

12 N만
(1) 캐럴 씨만 미국 사람이에요
(2) 부모님에게만/부모님께만 썼어요
(3) 회사에서만 일해요

13 N밖에
(1) 밖에　(2) 밖에　(3) 한 명밖에 없어요
(4) 선풍기밖에 없어요

14 N(으)로
(1) B 자전거로 C 택시로 D 지하철로　(2) 걸어서
(3) 컴퓨터로, 펜으로　(4) 로

15 N(이)나 ①
(1) 이나　(2) 이나 (= 에서나)
(3) 산이나 바다에

16 N(이)나 ②
(1) 한 시간이나　(2) 세 번이나　(3) 다섯 번이나
(4) 열 마리나　(5) 여섯 잔이나

17 N쯤
(1) 일곱 시쯤 일어났어요　(2) 두 시간쯤 걸려요
(3) 2주일쯤 여행했어요　(4) 30,000원쯤 해요

18 N처럼, N같이
(1) ⓔ　(2) ⓑ　(3) ⓐ　(4) ⓒ　(5) ⓓ　(6) ⓕ

19 N보다
(1) 적비 씨의 가방이 운룡 씨의 가방보다 (더) 무거워요
(2) 소파가 의자보다 더 편해요
(3) 신발이 가방보다 더 싸요
(4) 홍콩이 호주보다 더 가까워요

20 N마다
(1) 방학마다 고향에 가요　(2) 나라마다
(3) 토요일마다　(4) 5분마다 지하철이 와요

單元 4. 列舉與對比

01 A/V-고
(1) 불고　(2) 멋있고 친절해요
(3) 운동하고, 데이트해요
(4) 요리, 하, 텔레비전, 봤어요

02 A/V-거나
(1) 외식을 하거나　(2) 쓰거나　(3) 물어보거나
(4) 선물을 주거나

03 A/V-지만
(1) 맵지만 맛있어요　(2) 학생이지만, 회사원이에요
(3) 바쁘지만, 한가해요　(4) 옷을 많이 입었지만 추워요

04 A/V-(으)ㄴ/는데 ①
(1) 맛있는데 비싸요　(2) 크지 않은데, 2개예요
(3) 결혼 안 했는데　(4) 먹었는데

單元 5. 時間表達

01 N 전에, V-기 전에
(1) ⓓ, 회의 전에 (= 회의하기 전에)
(2) ⓒ, 식사 전에 (= 식사하기 전에, = 밥을 먹기 전에)
(3) ⓑ, 방문 전에 (= 친구 집에 가기 전에)
(4) ⓐ, 자기 전에

02 N 후에, V-(으)ㄴ 후에
(1) ⓓ, 운동 후에 (= 운동한 후에, = 운동한 다음에)

(2) ⓐ, 이사 후에 (= 이사한 후에, = 이사한 다음에)
(3) ⓑ, 내린 후에 (= 내린 다음에)
(4) ⓒ, 우유를 산 후에 (= 우유를 산 다음에)

03 V-고 나서
(1) 일어나서　(2) 샤워하고 나서　(3) 먹고 나서
(4) 가서　(5) 가르치고 나서
(6) 보고 나서　(7) 끝나고 나서　(8) 운동하고 나서
(9) 가서

04 V-아/어서
(1) 만나서　(2) 가서　(3) A 사(서) B 만들어(서)
(4) 들어가서

05 N 때, A/V-(으)ㄹ 때
(1) 크리스마스 때
(2) 식사 때 (= 식사할 때 = 밥을 먹을 때)
(3) 없을 때　(4) 더울 때

06 V-(으)면서
(1) 커피를 마시면서 신문을 봐요 (= 신문을 보면서 커피를 마셔요)
(2) 노래를 하면서 샤워를 해요 (= 샤워를 하면서 노래를 해요)
(3) 아이스크림을 먹으면서 걸어요 (= 걸으면서 아이스크림을 먹어요)
(4) 친구를 기다리면서 책을 읽어요 (= 책을 읽으면서 친구를 기다려요)

07 N 중, V-는 중
(1) ⓑ　(2) ⓐ　(3) ⓓ　(4) ⓒ　(5) ⓖ　(6) ⓗ　(7) ⓔ　(8) ⓕ

08 V-자마자
(1) ⓓ, 오자마자　(2) ⓒ, 나가자마자
(3) ⓑ, 시작하자마자　(4) ⓐ, 끝자마자

09 N 동안, V-는 동안
(1) 10분 동안　(2) 한 달 동안　(3) 요리하는 동안
(4) 자는 동안

10 V-(으)ㄴ 지
(1) 졸업한 지　(2) 결혼한 지　(3) 온 지
(4) 영어를 가르친 지　(5) 한국어를 배운 지
(6) 헬스클럽에 다닌 지　(7) 한국여행을 한 지

單元 6. 能力與可能性

01 V-(으)ㄹ 수 있다/없다
(1) 고칠 수 있어요
(2) A 부를 수 있어요 B 부를 수 있어요, 출 수 있어요
(3) 걸을 수 없어요

(4) A 열 수 없어요 B 열 수 있어요

02 V-(으)ㄹ줄 알다/모르다
1 탈 줄 알아요
2 A 둘 줄 알아요 B 둘 줄 알아요, 둘 줄 몰라요
3 사용할 줄 몰라요.

單元 7. 要求與義務・允許與禁止

01 V-(으)세요
(1) ⓑ　(2) ⓒ　(3) ⓓ　(4) ⓐ

02 V-지 마세요
(1) 햄버거를 먹지 마세요　(2) 담배를 피우지 마세요
(3) 커피를 마시지 마세요
(4) 컴퓨터 게임을 하지 마세요

03 A/V-아/어야 되다/하다
(1) 공항에 가야 돼요 (= 공항에 가야 해요)
(2) 프랑스어를 잘해야 돼요 (= 프랑스어를 잘해야 해요)
(3) 운전해야 돼요 (= 운전해야 해요)
(4) 12시에 출발해야 돼요 (= 12시에 출발해야 해요)
(5) 병원에 가야 됐어요 (= 병원에 가야 했어요)

04 A/V-아/어도 되다
(1) 술을 마셔도 돼요　(2) 켜도 돼요　(3) 들어가도 돼요　(4) 써도 돼요

05 A/V-(으)면 안 되다
(1) 키우면 안 돼요　(2) 마시면 안 돼요
(3) 버리면 안 돼요　(4) 들어오면 안 돼요

06 A/V-지 않아도 되다 (안 A/V-아/어도 되다)
(1) 기다리지 않아도 돼요 (= 안 기다려도 돼요)
(2) 맞지 않아도 돼요 (= 안 맞아도 돼요)
(3) 책을 사지 않아도 돼요 (= 안 사도 돼요)
(4) 일찍 일어나지 않아도 돼요 (= 일찍 안 일어나도 돼요)

單元 8. 希望的表達

01 V-고 싶다
(1) 제주도에서 말을 타고 싶어요
(2) 가수에게 사인을 받고 싶어요
(3) 휴대전화를 사고 싶어요
(4) 욘사마를 만나고 싶어요
(5) 쇼핑을 하고 싶어요

02 A/V-았/었으면 좋겠다
1 (1) 애인이 생겼으면 좋겠어요

(2) 세계 여행을 했으면 좋겠어요
(3) 아파트로 이사했으면 좋겠어요
2 (1) 키가 컸으면 좋겠어요 (2) 주말이었으면 좋
겠어요 (3) 운동을 잘했으면 좋겠어요

單元 9. 理由與原因

01 A/V-아/어서 ②
(1) 맛있어서 (2) 많아서 (3) 와서 (4) 마셔서

02 A/V-(으)니까 ①
1 (1) 모르니까 (2) 고장 났으니까 (3) 일이 많으니까
(4) 깨끗하니까 (5) 가니까
2 (1) 없으니까 (2) 더우니까 (3) 나니까 (4) 도와
주셔서 (5) 떠났으니까

03 N 때문에, A/V-기 때문에
(1) 휴일이기 때문에 (2) 내일은 약속이 있기
때문에
(3) 회사 일 때문에 (4) 향수 냄새 때문에

單元 10. 請求與協助

01 V-아/어 주세요, V-아/어 주시겠어요?
(1) 문을 (좀) 열어 주시겠어요
(2) 천천히 이야기해 주세요
(3) 조용히 해 주세요 (4) 책을 (좀) 찾아 주시겠
어요

02 V-아/어 줄게요, V-아/어 줄까요?
(1) 빌려 줄게요 (= 빌려 드릴게요)
(2) 내려 드릴까요

單元 11. 嘗試新事物與經驗

01 V-아/어 보다
1 (1) 한복을 입어 보세요 (2) 비빔밥을 먹어 보세
요 (3) 한라산에 올라가 보세요
2 (1) 안 가 봤어요(= 가 보지 않았어요) (2) 가 봤어요
(3) 마셔 봤어요 (4) 구경해 보세요

02 V-(으)ㄴ 적이 있다/없다
(1) 탄 적이 없어요, 탄 적이 있어요
(2) 간 적이 없어요, 간 적이 있어요
(3) 잃어버린 적이 없어요, 잃어버린 적이 있어요

單元 12. 詢問意見與給予建議

01 V-(으)ㄹ까요? ①
(1) 볼까요 (2) 봐요 (3) 만날까요 (4) 만나요
(5) 먹을까요 (6) 쇼핑할까요 (7) 이야기해요

02 V-(으)ㄹ까요? ②
(1) A 가져갈까요 B 가져가세요
(2) A 먹을까요 B 드세요
(3) A 갈까요 B 가세요
(4) A 볼까요 B 보지 마세요

03 V-(으)ㅂ시다
(1) 갑시다 (= 가요) (2) 여행합시다 (= 여행해요)
(3) 갑시다 (= 가요)
(4) 선탠도 합시다 (= 선탠도 해요)
(5) 가져갑시다 (= 가져가요)
(6) 먹읍시다 (= 먹어요)

04 V-(으)시겠어요?
(1) ⓓ (2) ⓐ (3) ⓔ (4) ⓑ

05 V-(으)ㄹ래요? ①
(1) 앉을래요 (= 앉으실래요) (2) 탈래요
(3) 쇼핑할래요 (4) 걸을래요
(5) 보지 않을래요 (= 안 볼래요)

單元 13. 意圖與計畫

01 A/V-겠어요 ①
1 (1) 공부하겠어요 (2) 도와주겠어요
(3) 컴퓨터 게임을 하지 않겠어요 (= 컴퓨터 게임
을 안 하겠어요)
2 (1) 눈이 오겠습니다 (2) 바람이 불겠습니다
(3) 흐리겠습니다

02 V-(으)ㄹ게요
(1) 살게요 (2) 보내 드릴게요
(3) 이야기하지 않을게요 (= 이야기 안 할게요)
(4) 늦게 자지 않을게요 (= 늦게 안 잘게요)

03 V-(으)ㄹ래요 ②
(1) 입을래요 (2) 먹을래요 (3) 배울래요
(4) 안 먹을래요 (= 먹지 않을래요)

單元 14. 背景知識與說明

01 A/V-(으)ㄴ/는데 ②
(1) 친구인데 (2) 고픈데 (3) 오는데 (4) 없는데

02 V-(으)니까 ②
(1) ⓓ, 지하철을 타 보니까 빠르고 편해요
(2) ⓐ, 한국에서 살아 보니까 한국 생활이 재미있
어요
(3) ⓑ, 부산에 가 보니까 생선회가 싸고 맛있었어
요.
(4) ⓔ, 동생의 구두를 신어 보니까 작았어요

單元 15. 目的與意圖

01 V-(으)러 가다/오다
(1) 만나러　(2) 데이트하러　(3) 씻으러

02 V-(으)려고
(1) 한국 사람과 이야기하려고　(2) 한국을 여행하려고
(3) 한국에서 살려고　(4) 한국 회사에 취직하려고　(5) 한국 드라마를 보려고

03 V-(으)려고 하다
(1) 쓰려고 해요　(2) 공부하려고 해요
(3) 들으려고 해요　(4) 주려고 해요
(5) 치려고 해요　(6) 찍으려고 해요
(7) 하려고 해요

04 N을/를 위해(서), V-기 위해(서)
(1) 건강을 위해서　(2) 당신을 위해서
(3) 취직하기 위해서　(4) 만나기 위해서

05 V-기로 하다
(1) 사기로 했어요　(2) 끊기로 했어요
(3) 배우기로 했어요　(4) 공부하기로 했어요
(5) 하지 않기로 했어요

單元 16. 條件與假設

01 A/V-(으)면
(1) ⓑ, 먹으면　(2) ⓒ, 출발하면
(3) ⓓ, 오지 않으면　(4) ⓐ, 가면

02 V-(으)려면
(1) ⓓ　(2) ⓒ　(3) ⓑ　(4) ⓐ

03 A/V-아/어도
(1) 먹어도　(2) 반대해도　(3) 보내도

單元 17. 推　測

01 A/V-겠어요 ②
(1) 피곤하겠어요　(2) 한국말을 잘하겠어요
(3) 바빴겠어요　(4) 기분이 좋겠어요
(5) 일본요리를 잘하겠어요　(6) 배가 고프겠어요

02 A/V-(으)ㄹ 거예요 ②
(1) 올 거예요　(2) 문을 닫았을 거예요
(3) 알 거예요　(4) 갔을 거예요
(5) 바빴을 거예요　(6) 잤을 거예요
(7) 걸릴 거예요　(8) 예쁠 거예요

03 A/V-(으)ㄹ까요? ③
(1) 돈이 많을까요　(2) 막힐까요
(3) 도착했을까요　(4) 바쁘실까요
(5) 돌아오실까요

04 A/V-(으)ㄴ/는/(으)ㄹ 것 같다
(1) 가족인 것 같아요 (= 가족일 것 같아요)
(2) 안 한 것 같아요
(3) 맑은 것 같아요
(4) 잘 것 같아요. ('쉴 것 같아요', '밥을 먹을 것 같아요' 등 '-(으)ㄹ 것 같아요'를 사용해서 대답 가능)

單元 18. 句子中詞語形態的轉變

01 A/V-(으)ㄴ/는/(으)ㄹ N
1 (1) 맵고 뜨거운 음식을 먹고 싶어요
　(2) 볼 영화는 해리포터예요
2 (1) 매운　(2) 맵지 않은　(3) 재미있는　(4) 뜨거운　(5) 갈

02 A/V-기
(1) 우표 모으기　(2) 요리하기　(3) 회사에 가기
(4) 배우기

03 A-게
(1) 행복하게　(2) 맛있게　(3) 재미있게　(4) 예쁘게

04 A-아/어하다
(1) 귀여워요　(2) 좋아해요　(3) 배고파해서
(4) 추워해서

單元 19. 狀態表達

01 V-고 있다 ②
(1) 쓰고 있어요 (= 끼고 있어요)　(2) 하고 있어요
(3) 매고 있어요 (= 하고 있어요)
(4) 입고 있어요　(5) 입고 있어요　(6) 메고 있어요　(7) 들고 있어요　(8) 신고 있어요　(9) 신고 있어요

02 V-아/어 있다
(1) 써　(2) 열려　(3) 놓여　(4) 켜　(5) 찾고
(6) 떨어져　(7) 쓰고　(8) 마시고　(9) 부르고
(10) 서　(11) 앉아

03 A-아/어지다
(1) 건강해졌어요　(2) 커졌어요　(3) 예뻐졌어요
(4) 시원해졌어요　(5) 빨개졌어요
(6) 적어졌어요　(7) 넓어졌어요　(8) 많아졌어요
(9) 높아졌어요

04 V-게 되다
(1) 들어가게 되었어요, 만나게 되었어요
(2) 끊게 되었어요 (3) 먹게 되었어요
(4) 가게 되었어요 (5) 저축하게 되었어요

單元 20. 確認訊息

01 A/V-(으)ㄴ/는지
(1) 누구인지 (2) 몇 살인지 (3) 언제 한국에 왔는지
(4) 어느 학교에 다니는지 알아요 (5) 좋아하는
지 (6) 없는지

02 V-는 데 걸리다/들다
(1) B 만드는 데 A 먹는 데 (2) 외우는 데
(3) A 치료하는 데 B 치료하는 데, 들어요
(4) 자르는 데, 들어요

03 A/V-지요?
(1) 쇼핑했지요 (2) 세일을 하지요 (3) 많았지
요 (4) 샀지요 (5) 줄 거지요

單元 21. 發現與驚訝

01 A/V-군요/는군요
(1) 막혔군요 (2) 예쁘군요 (3) 유행하는군요
(4) 점심시간이군요

02 A/V-네요
(1) 싸고 좋군요 (2) 아름답군요/아름답네요
(3) 왔군요/왔네요 (4) 아프군요

單元 22. 附加語尾

01 A-(으)ㄴ가요?, V-나요?
(1) 피곤한가요 (2) 걸리나요
(3) 언제 왔나요 (= 오셨나요) (4) 결혼할 건가요

02 A/V-(으)ㄴ/는데요
(1) 대단한데요 (2) 먹었는데요 (3) 없는데요
(4) 부는데요

單元 23. 引用句

01 直接引用
(1) 「전화할게요.」 라고/하고 말했어요
(2) 「지수 씨 전화번호 알아요?」 라고/하고 물어
봤어요
(3) 「생일 축하합니다.」 라고 썼어요
(4) 「항상 감사하세요.」 라고 써 있어요
(5) 「정말 마음에 들어요.」 라고 (말)했어요/하고
(말)했어요

02 間接引用
(1) 요코 씨가 어제 쇼핑했다고 했어요.
(2) 란란 씨가 빨간색 가방은 자기(의) 것이라고
했어요.
(3) 민우 씨가 언제 고향에 가(느)냐고 물어봤어
요.
(4) 마틴 씨가 허리가 아프면 수영을 하라고 했어
요.

03 間接引用句的簡單形式
(1) 같이 영화를 보재요 (2) 좋아하내요
(3) 안 좋아한대요 (4) 보고 싶대요
(5) 예매했대요 (6) 쇼핑하러 가재요 (7) 살 거
래요 (8) 사래요 (9) 커플 티를 입재요
(10) 멋있는 커플이 될 거래요

單元 24. 不規則變化

01 「ㅡ」 不規則變化
(1) 꺼 (2) 바빠서 (3) 커요 (4) 예뻐요 (5) 아
파도 (6) 기뻤어요 (7) 썼어요 (8) A 고파요
B 고프지 않아요 (9) 예쁘지만

02 「ㄹ」 不規則變化
(1) 부니까 (2) 우는 (3) 파는데 (4) 드세요
(5) 삽니다 (6) 힘들지만 (7) 아는 (8) 살 때
(9) 긴

03 「ㅂ」 不規則變化
(1) 가벼워요 (2) 어려운데 (3) 추우니까
(4) 좁아서 (5) 맵지만 (6) 쉽고 (7) 입으니까

04 「ㄷ」 不規則變化
(1) 물어 (2) 들으세요 (3) A 걸었는데 B 걸어
서 (4) A 닫아요 B 닫는데

05 「르」 不規則變化
(1) 빨라서 (2) 달라요 (3) 서둘러서 (4) 눌렀는
데

06 「ㅎ」 不規則變化
(1) 노란 (2) 빨개요 (3) 하얘요 (4) 이런
(5) A 어떤 B 까만

07 「ㅅ」 不規則變化
(1) 부었어요 (2) 저어서 (3) 나은 (4) 짓고
(5) 웃을 (6) 나아요 (7) 그으면서 (8) 씻어서
(9) 벗은 (10) 부으세요

한국어의 개요

1. 한국어의 문장 구조

한국어의 문장은 주어+서술어(혹은 동사)로 구성되거나 주어+목적어+서술어(혹은 동사)로 구성된다. 단어 뒤에는 조사가 오는데 조사는 그 단어가 문장에서 어떤 역할을 하는지 나타내준다. 문장의 주어 뒤에는 '이'나 '가'가 오고, 문장의 목적어 뒤에는 '을'이나 '를'이 오며, '에'나 '에서'가 오면 문장의 부사어가 된다. (참고: 3. 조사)

문장의 서술어는 항상 문장 끝에 오지만 주어, 목적어, 부사어 등의 순서는 말하는 사람의 의도에 따라 자리가 바뀌기도 한다. 그러나 자리가 바뀌어도 단어 뒤에 나오는 조사에 의해 무엇이 주어이고 목적어인지 알 수 있다. 또한 문맥 안에서 주어를 분명히 알 수 있는 경우, 주어가 생략되기도 한다.

2. 동사와 형용사의 활용

한국어의 동사와 형용사는 시제, 높임표현, 수동, 사동, speech style 등에 따라 활용을 한다는 특징이 있다. 동사와 형용사는 어간과 어미로 구성되는데 동사와 형용사의 기본형은 단어의 의미를 지니는 어간에 '다'가 붙으며 보통 '사전형'이라고도 한다. 따라서 사전을 찾으면 기본형인 '가다, 오다, 먹다, 입다' 등의 형태로 되어 있다. 활용을 할 때는 어간은 변하지 않고 '다'가 빠지며 '다'의 자리에 화자의 의도에 따라 다른 형태가 붙는다.

3. 문장의 연결

한국어에서 문장을 연결하는 방법은 두 가지가 있다. 접속부사(그리고, 그렇지만, 그런데)를 사용해서 연결하는 방법과 연결 어미를 사용하는 방법이 있다. 접속부사로 연결할 때는 문장과 문장 사이에 접속부사를 넣으면 되지만 연결 어미를 사용할 때는 어간에 연결 어미를 붙여 문장을 연결한다.

4. 문장의 종류

한국어 문장의 종류는 크게 평서문, 의문문, 명령문, 청유문 4가지로 나뉜다. 문장의 종류는 speech style에 따라 달라지는데, 한국어의 speech style은 크게 격식체, 비격식체, 반말 3가지로 나눌 수 있다. 격식체 '-(스)ㅂ니다'는 군대나 뉴스, 발표, 회의, 강의와 같은 격식적이거나 공식적 상황에서 많이 쓰인다. 비격식체 '-아/어요'는 일상생활에서 많이 쓰이는 존댓말의 형태이다. 격식체에 비해 부드럽고 비공식적이고 가족이나 친구 사이 등 보통 친근한 사이에서 많이 사용된다. 격식체의 경우 평서문, 의문문, 명령문, 청유문의 형태가 다 다르지만 비격식체는 격식체와는 달리 서술문, 의문형, 명령형, 청유형이 따로 없고, 대화의 상황과 억양에 따라 구분하여 비격식체가 격식체에 비해 간단하고 쉽다. 반말 '-아/어'는 친한 친구나 선후

배 사이, 가족 사이에서 주로 쓰이고, 모르는 사이나 친하지 않은 사이에서 쓰면 실례가 된다. 여기에서는 격식체와 비격식체의 문장 형태만 보기로 하겠다.

⑴ 평서문은 어떤 것에 대해 설명하거나 질문에 답을 할 때 사용한다. (참고: 1. 시제 01 현재 시제)

① 격식체: 격식체의 평서문은 어간에 '-(스)ㅂ니다'를 붙인다.

② 비격식체: 비격식체의 평서문은 어간에 '-아/어요'를 붙인다.

⑵ 의문문: 질문할 때 사용한다. (참고: 1. 시제 01 현재 시제)

① 격식체: 격식체의 의문문은 어간에 '-(스)ㅂ니까?'를 붙인다.

② 비격식체: 비격식체의 의문문은 어간에 '-아/어요?'를 붙이는데 평서문과 형태는 같고 문장의 끝만 올리면 의문 형태가 된다.

⑶ 명령문: 명령을 하거나 충고를 할 때 사용한다. (참고: 7. 명령과 의무, 허락과 금지 01 V-(으)세요)

① 격식체: 격식체의 명령문은 '-(으)십시오'를 어간에 붙여 만든다.

② 비격식체: 비격식체의 명령문은 다른 문장 형태와 같이 어미 뒤에 '-아/어요'를 붙여도 되지만, '-(으)세요'가 '-아/어요'보다 좀더 공손한 느낌을 주므로 '-(으)세요'를 사용하는 것이 좋다.

⑷ 청유문: 제안을 하거나 어떤 제안에 동의할 때 사용한다. (참고: 12. 의견 묻기와 제안하기 03 V-(으)ㅂ시다)

① 격식체: 격식체의 청유문은 어간에 '-(으)ㅂ시다'를 붙여 만든다. '-(으)ㅂ시다'는 상대방이 말하는 사람보다 아래거나 비슷한 나이나 위치일 때 사용할 수 있고, 윗사람에게는 사용할 수 없다. 윗사람에게 사용하면 예의에 어긋난 표현이 된다.

② 비격식체: 비격식체의 청유문은 비격식체의 다른 문장 형태와 마찬가지로 어간에 '-아/어요'를 붙여서 만든다.

5. 높임표현

한국은 유교적인 사고방식의 영향으로 나이, 가족 관계, 사회적인 지위, 사회적 거리(친분 관계)에 따라 상대를 높이기도 하고 낮추기도 한다.

⑴ 문장의 주어를 높이는 방법: 문장에 나오는 사람이 화자보다 나이가 많을 때 가족 중에서 웃어른일 때, 사회적 지위가 높은 사람일 때 높임말을 사용한다. 형용사나 동사 어간에 높임을 나타내는 '-(으)시'를 붙여서 사용한다. 동사의 어간이 모음으로 끝난 경우 '-시'를 붙이고, 모음으로 끝날 경우는 '-으시'를 붙인다.

(2) 말을 듣는 상대를 높이는 방법: 말을 듣는 사람이 말하는 사람보다 나이가 많거나 사회적 지위가 높은 경우, 또 상대와 나이가 같거나 어려도 친분이 없는 경우에는 높임말을 쓴다. 종결 어미에 따라 높임의 정도가 표현되는데 격식체, 비격식체, 반말이 그 형태이다.

(참고: 한국어의 개요 1. 한국어의 문장 구조)

(3) 그 밖의 높임법
① 몇몇 동사는 동사의 어간에 '-(으)시'를 붙이지 않고 다른 형태의 동사로 바꿔서 높임을 표현한다.
② 높임의 의미를 가지고 있는 명사를 사용한다.
③ 사람을 가리키는 명사 뒤에 높임을 나타내는 조사를 붙인다.
④ 명사 뒤에 '-님'을 붙여서 사람을 나타내는 명사를 높인다.
⑤ 말을 듣는 상대나 행위를 받는 대상을 높일 경우 다음의 단어를 사용한다.
⑥ 말하는 사람이 듣는 상대를 높이지 않고 말하는 자신을 낮추어 상대를 높이는 방법도 있다.

(4) 높임법 사용 시 주의점
① 한국어에서는 누구에 대해 이야기하거나 그 사람을 부를 때 '당신', '너', '그', '그녀', '그들' 등의 표현을 쓰지 않고 이름이나 호칭을 여러 번 반복해서 쓴다.
② 나보다 나이가 많거나 사회적 지위가 높은 상대, 또는 모르는 사람의 이름이나 나이를 물을 때는 「성함이 어떻게 되세요?」, 「연세가 어떻게 되세요?」 등의 표현을 사용한다.
③ 윗사람의 나이를 말할 때 '살'을 쓰지 않는 경우가 많다.
④ '주다'의 높임말 '드리다'와 '주시다'
행동의 주체가 행동을 받는 상대보다 나이가 어릴 때는 '드리다'를 사용하고, 행동의 주체가 행동을 받는 상대보다 나이가 많을 때는 '주시다'를 사용한다.

준비합시다

01 이다
명사 뒤에 붙어 그 명사가 문장의 서술어가 되게 한다. 문장에서 주어와 술어가 동일함을 나타내거나 사물을 지정하는 뜻을 나타낸다. 격식체의 경우 서술형은 '입니다'이고 의문형은 '입니까?'이다. 비격식체의 서술형과 의문형은 '예요/이에요'로 형태가 같다. '예요/이에요.'는 서술형, 끝을 올린 '예요?/이에요?'는 의문형이다. 앞 명사가 모음으로 끝날 때는 '예요', 자음으로 끝날 때는 '이에요'를 쓴다. 부정형은 '아니다'이다. (참고: 2. 부정 표현 01 어휘부정)

02 있다
1 존재나 사물이 위치하는 곳을 나타낸다. 영어로는 'be located in/on'의 뜻이다. 'N이/가 N(place)에 있다'의 형태로 쓰이는데, 이때 'N(place)에 N이/가 있다'처럼 주어와 장소가 바뀌어도 상관이 없다. 반대말은 '없다'이다. 'N에 있다'가 위치를 나타낼 때 이와 함께 사용하는 위치명사로 다음과 같은 것들이 있다. ┌ 앞, 뒤, 위, 아래(=밑), 옆(오른쪽, 왼쪽), 가운데, 사이, 안, 밖
2 '있다'는 'N이/가 있다'로 쓰여 소유의 뜻을 나타내기도 한다. 영어로는 'have'의 뜻이다. 반대말은 '없다'이다. (참고: 2. 부정 표현 01 어휘부정)

03 수
<수 I>
한국어에서 수를 나타낼 때는 두 가지 방식이 있다. 하나는 Sino-Korean numbers이고 하나는 Native-Korean numbers이다. 그 중 Sino-Korean numbers는 전화번호나 버스번호, 키, 몸무게, 방 호수, 연도, 월, 시간의 분, 초, 물건의 가격 등을 표시할 때 사용한다.

> 주의 !
① 한국어에서 숫자는 천(thousand) 단위가 아니라 만(ten thousands) 단위로 끊어서 읽는다. 그래서 354,790은 35/4970(35만 4970 → 삼십오만 사천구백칠십)으로 읽고, 6,354,790은 6,35/4,790(635만 4790 → 육백삼십오만 사천구백칠십)으로 읽는다.
② 숫자가 1(일)로 시작할 때는 '일'을 생략하고 읽는다.
③ '16' '26' '36'…… '96'은 [심뉵] [이심뉵] [삼심뉵]…… [구심뉵]으로 발음한다.
④ '0'은 '공'이나 '영'으로 읽는데 전화번호나 휴대전화 앞 번호는 주로 '공'으로 읽는다.
⑤ 전화번호를 읽을 때는 두 가지 방법이 있다. 7804-3577 → 칠팔공사의[에] 삼오칠칠, 칠천팔백사 국의[에] 삼천오백칠십칠 번, 이때 '의'는 [의]라고 발음하지 않고 [에]로 발음한다.

<수 II>
한국에서 나이, 시간 그리고 단위명사 등은 Korean numbers로 표시한다. 한국에서는 물건이나 사람을 셀 때 단위를 나타내는 명사와 함께 사용하는데 Korean numbers 뒤에 '명, 마리, 개, 살, 병, 잔……' 같은 단위명사를 붙여 사용한다. 이때 숫자 뒤에 단위명사가 오면 '하나 → 한', '둘 → 두', '셋 → 세', '넷 → 네', '스물 → 스무'로 바뀌어 '학생 한 명, 개 두 마리, 커피 세 잔, 콜라 네 병, 사과 스무 개……' 같은 형태가 된다.

04 날짜와 요일
> 주의 !
① 6월과 10월은 '육월' '십월'이라고 하지 않고 '유월'

'시월'이라고 읽고 쓴다.
② 연도를 물을 때는 '몇 년'이라 하고 월을 물을 때는 '몇 월'이라고 한다. 그렇지만 날짜를 물을 때는 '몇 일'이라고 적지 않고 '며칠'이라고 적는다.

⑤ 시간
- 시간은 '한 시, 두 시, 세 시, 네 시, 다섯 시, 여섯 시, 일곱 시, 여덟 시, 아홉 시, 열 시, 열한 시, 열두 시'와 같이 native Korean number로 읽고, 분은 '일 분, 이 분, 십 분……'과 같이 Sino-Korean numbers로 읽는다. 동작이 행해진 시간을 말할 때는 시간 뒤에 조사 '-에'를 쓴다. (일곱 시에 일어나요.)
- A.M.은 '오전', P.M.은 '오후'의 뜻이지만, 한국에서는 보통 '오전'이라고 하면 '아침 시간'을, '오후'라고 하면 '낮 시간'을 이야기한다. 그리고 한국에서는 보통 '새벽', '아침', '점심', '저녁', '밤' 등으로 시간을 좀 더 세분화해서 말한다.

Unit 1. 시제

① 현재 시제 A/V-(스)ㅂ니다
한국어의 현재 시제는 격식체의 경우 어간에 '-(스)ㅂ니다'를 붙여 사용하는데, 격식체는 군대에서나 뉴스, 발표, 회의, 강의 같은 격식적이거나 공식적인 상황에서 많이 쓰인다.

② 현재 시제 A/V-아/어요
비격식체는 격식체에 비해 일상생활에서 많이 쓰이는 존댓말의 형태이다. 격식체에 비해 부드럽고 비공식적이고 가족이나, 친구 사이 등 보통 친근한 사이에서 많이 사용된다. 비격식체는 서술형과 의문형이 같다. 문장의 끝을 내리면 서술형이 되고, 끝을 올리면 의문형이 된다.

> **주의 !**
>
> <현재 시제 형태의 특징>
> ① 한국어의 현재 시제 형태는 현재뿐만 아니라 진행형, 그리고 분명히 일어날 미래 사건에도 사용할 수 있다.
> ② 보편적인 진리나 습관적으로 반복되는 사실도 현재 시제로 표현한다.

③ 과거 시제 A/V-았/었어요
형용사나 동사 어간에 '-았/었'을 붙여 과거형으로 만든다. 앞 어간의 모음이 'ㅏ, ㅗ'로 끝나면 '-았어요'를, 그 외의 모음일 경우에는 '-었어요'를 붙인다. '하다'로 끝나는 동사나 형용사는 '-였어요'가 붙어 '하+였어요'가 되고 이것이 줄어들어 '했어요'가 된다. 격식체일 경우는 '-았/었습니다', '했습니다'이다.

> **주의 !**
>
> '주다'는 '주었어요', '줬어요'로도 쓰이고 '보다'도 '보았어요', '봤어요'로도 다 쓰이지만 '오다'는 '오았어요'로 쓰이지 않고 '왔어요'로만 쓰인다.

④ 미래 시제 V-(으)ㄹ 거예요 ①
미래의 계획이나 예정을 나타낼 때 사용하며 영어로는 'will, is going to'의 뜻이다. 동사 어간에 '-(으)ㄹ거예요'를 붙이는데 모음이나 'ㄹ'로 끝나면 '-ㄹ 거예요'를, 자음으로 끝나면 '-을 거예요'를 붙인다.

⑤ 진행 시제 V-고 있다 ①
어떤 동작이 진행되고 있음을 나타내는 표현이며 영어로는 '-ing'에 해당한다. 동사 어간에 '-고 있다'를 붙인다. 과거의 어느 때에 동작이 진행되고 있었음을 나타낼 때는 동사 어간 뒤에 '-고 있었다'를 사용한다.

> **주의 !**
>
> 단순히 과거에 했던 동작을 나타낼 때는 단순 과거 '-았/었어요'를 쓴다.

⑥ 대과거 A/V-았/었었어요
과거에 일어난 일이나 상황이 그 후에 계속되지 않고 현재와 다를 때나 말하는 시점보다 아주 긴 시간 전의 일이어서 현재와 단절되어 있음을 표현할 때 사용한다. 영어로는 'did/had (in the past)'에 해당한다. 동사나 형용사 어간의 모음이 'ㅏ, ㅗ'로 끝나면 '-았었어요', 그 외의 모음으로 끝나면 '-었었어요'가 오며, '하다'로 끝난 동사는 '했었어요'로 바뀐다.

> **어디가 달라요 ?**
>
> - -았/었어요: 단순한 사건이나 행동이 과거에 일어났음을 나타내거나 과거에 끝난 행위나 상태가 유지됨을 나타낸다.
> - -았/었었어요: 현재와 이어지지 않는 과거의 사건을 나타낸다.

Unit 2. 부정 표현

① 어휘 부정
한국어에서 부정문은 그 문장을 부정 형태로 만드는 경우가 있고, 어휘로 부정을 하는 경우가 있다. 어휘를 사용해서 부정문을 만드는 경우에, '이다'는 '아니다'를, '있다'는 '없다'를, '알다'는 '모르다'를 쓴다. 이 중 '아니다'는 '이/가 아니다'의 형태로 쓰이는데, 구어체에서는 '이/가'가 생략되기도 한다. '아니다'의 경우 'N1이/가 아니라 N2이다'의 표현으로 쓰이기도 한다.

② 안 A/V-아/어요 (A/V-지 않아요)
- 동사나 형용사에 붙어 행위나 상태를 부정한다.

영어로는 'not'에 해당한다. 동사 앞에 '안'을 붙이거나 동사 어간 끝에 '-지 않아요'를 붙인다.

- '하다'로 끝나는 동사의 경우 '명사+하다'의 구성이므로 동사 앞에 '안'을 써서 'Noun 안 하다'의 형태로 쓴다. 그렇지만 형용사는 '안+형용사'의 형태로 쓴다. 다만, 동사 '좋아하다', '싫어하다'의 경우는 'N+하다'의 형태가 아닌 하나의 동사이므로 '안 좋아하다/좋아하지 않다', '안 싫어하다/싫어하지 않다'의 형태로 쓴다.
- '안'이나 '-지 않다'는 서술문과 의문문에는 쓰이지만 명령문이나 청유문에는 쓰일 수 없다.

03 못 V-아/어요 (V-지 못해요)

주어의 능력이 없거나 주어의 의지나 바람은 있지만 외부의 어떤 이유 때문에 의지대로 되지 않음을 나타내는 표현이다. 영어로는 'cannot'에 해당한다. 동사 앞에 '못'을 붙이거나 동사 어간 끝에 '-지 못해요'를 붙인다. 그러나 'Noun+하다'의 형태는 명사 뒤에 '못'이 와서 'Noun+못하다'의 형태로 쓴다.

> **주의!**
> - '안' (-지 않다): ① 동사, 형용사와 모두 결합한다. ② 능력이나 외부 조건에 상관없이 하지 않음을 나타낸다.
> - '못' (-지 못하다): ① 동사와 결합하고 형용사와는 보통 결합하지 않는다. ② 능력이 안 되거나 가능하지 않을 때 사용한다.

Unit 3. 조사

01 N이/가

1 문장의 주어 다음에 와서 '이/가'가 붙은 말이 문장의 주어임을 나타낸다. 모음으로 끝나는 단어 뒤에는 '가'가, 자음으로 끝나는 단어 다음에는 '이'가 온다.
2 '이/가' 앞에 오는 말을 특별히 선택하여 지적한다는 뜻을 나타낸다.
3 문장의 새 정보를 나타내는 데 쓰인다. 즉 새로운 화제를 도입할 때 쓴다.

> **주의!**
> '나, 저, 누구'와 '가'가 결합할 때, '나+가 → 내가', '저+가 → 제가', '누구+가 → 누가'가 된다.

02 N은/는

1 '은/는' 앞에 오는 말이 그 문장에서 이야기하려고 하는 주제, 설명의 대상임을 나타낸다. '~에 대해서 말하면'과 같은 뜻이다. 단어가 모음으로 끝나면 '는'이, 자음으로 끝나면 '은'이 온다.
2 앞에서 말한 것을 다시 이야기하거나 대화하는 사람이 이미 알고 있는 것을 이야기할 때 쓴다. 즉, 구정보를 나타내는 데 쓴다. (참고: 3. 조사 01 N이/가)
3 두 개를 대조하거나 비교할 때 쓰는데, 주어의 자리뿐 아니라 목적어나 기타 문장의 다른 자리에도 쓰일 수 있다.

03 N을/를

명사 뒤에 붙어 그 명사가 문장의 목적어임을 나타내 준다. 명사가 모음으로 끝나면 '를', 자음으로 끝나면 '을'을 붙인다. 목적격 조사를 필요로 하는 동사로는 보통 '먹다, 마시다, 좋아하다, 읽다, 보다, 만나다, 사다, 가르치다, 배우다, 쓰다' 등이 있다. 구어에서는 목적격 조사 '을/를'을 생략하고 말하기도 한다.

> **주의!**
> ① N+하다 → N하다: '공부를 하다, 수영을 하다, 운동을 하다, 산책을 하다 ……' 등은 조사 '을/를'을 생략하면 '공부하다, 수영하다, 운동하다, 산책하다……' 같이 하나의 동사가 된다. 그러나 '좋아하다' '싫어하다'는 '좋아-' '싫어-'가 명사가 아니기 때문에 '좋아하다' '싫어하다' 자체가 하나의 동사이다.
> ② 뭐 해요?: 의문대명사 '무엇'이 줄어 '무어'가 되고 이것이 또 줄어 '뭐'가 된다. 그래서 '무엇을 해요?'가 '뭐를 해요?'가 되고, 이것이 다시 '뭘 해요?'로 되고, 이것은 다시 '뭐 해요?'가 된다. '뭐 해요?'는 회화체에서 많이 사용한다.

04 N와/과, N(이)랑, N하고

1 여러 가지 사물이나 사람을 나열하는 의미를 나타내며 영어로는 'and'에 해당한다. '와/과'는 주로 글이나 발표, 연설 등에서 사용되고, '(이)랑'과 '하고'는 일상적인 대화에서 사용된다. 모음으로 끝나는 명사에는 '와', '랑'을 사용하고 자음으로 끝나는 명사에는 '과', '이랑'을 사용한다. '하고'는 받침의 유무와 관계없이 쓰인다.
2 행위를 함께 하는 대상임을 나타내며 영어로는 'with'에 해당한다. 행위를 함께 하는 대상을 나타낼 때는 주로 '같이', '함께' 등과 자주 쓰인다.

> **주의!**
> ① 열거의 기능으로 쓰일 때 '(이)랑'과 '하고'는 마지막에 연결되는 명사 뒤에 쓰이기도 하지만 '와/과'는 마지막에 연결되는 명사 뒤에는 쓸 수 없다.
> ② '와/과', '(이)랑', '하고'는 동일하게 열거의 기능을 가지고 있지만 이들을 섞어서 사용하지 않는다.

05 N의

앞 단어가 뒤 단어의 소유가 됨을 나타내는 말로 영어로는 'of' 혹은 'Noun's'의 의미이다. '의'가 소유의 의미일 경우 '의'의 발음은 [의]와 [에] 둘 다 가능한데 보통 [에]로 발음을 많이 한다. 구어에서는 조사 '의'가 생략되는 경우가 많다. 사람을 나타내는 명사 '나, 저, 너'의 경우에는 '나의 → 내', '저의 → 제', '너의 → 네'로 축약되며 '의'가 보통 생략되지 않는다. 소유자와 소유물 사이에 '의'를 넣어 표시한다.

주의 !

한국에서는 자신이 소속감을 갖는 단체(집, 가족, 회사, 나라, 학교)에 대해서는 '나'보다는 '우리/저희'라는 말을 쓴다. 또한 가족 구성원에 대해서도 '제, 내' 대신에 '우리'라는 말을 많이 쓴다. 그러나 '동생'의 경우는 '우리 동생(our younger brother/sister)'보다는 '내 동생' 혹은 '제 동생'을 많이 쓴다. 상대방을 높여서 표현할 때는 '우리'의 낮춤말인 '저희'를 사용하여 '저희 어머니, 저희 아버지' 등으로 말한다. 그러나 '나라'를 이야기할 때는 '저희 나라'라고 쓰지 않고 '우리나라'라고 쓴다.

06 N에 ①

1 주로 '가다', '오다', '다니다', '돌아가다', '도착하다', '올라가다', '내려가다' 등의 동사와 결합하여 행동이 진행되는 방향을 나타낸다. 영어로는 'to'에 해당한다.
2 '있다', '없다'와 결합하여 사람이 존재하는 곳이나 사물이 위치하는 곳을 나타내는데 영어로는 'in' 혹은 'on'에 해당한다. (참고: 준비합시다 02 있다)

07 N에 ②

• 시간을 나타내는 명사와 결합하여 어떤 행동이나 일, 상태가 일어나는 시간이나 때를 나타내며 영어로는 'at' 혹은 'on'에 해당한다. 조사 '는', '도'와 결합하여 '에는', '에도'로 사용되기도 한다.
• 시간을 나타내는 단어 중 그제(그저께), 어제(어저께), 오늘, 내일, 모레, 언제 등에는 '에'를 쓰지 않는다.

주의 !

시간을 나타낼 때 시간 표현이 여러 번 겹쳐질 경우에는 마지막에 한 번만 '에'를 사용한다.

08 N에서

명사 뒤에 '에서'를 붙여서 어떤 행위나 동작이 이루어지고 있는 장소를 나타낸다. 영어로는 'at' 혹은 'in'에 해당한다.

주의 !

'살다' 동사 앞에는 조사 '에'와 '에서'를 둘 다 쓸 수 있는데 조사 '에'와 '에서'가 '살다' 동사와 함께 쓰이면 의미 차이가 거의 없어진다.

어디가 달라요 ?

• 에: 사람이나 사물의 동작이나 상태가 나타나는 지점을 가리키므로 주로 이동, 위치나 존재를 나타내는 동사와 함께 쓰인다.
• 에서: 어떤 행위나 동작이 이루어지고 있는 장소임을 나타내므로 여러 가지 동사와 함께 쓰인다.

09 N에서 N까지, N부터 N까지

어떤 일이나 행위가 일어나는 장소나 시간의 범위를 표현하며 영어로는 'from ~ to/until ~'에 해당한다. 장소를 나타낼 때는 보통 'N에서 N까지'를 쓰고 시간의 범위를 나타낼 때는 'N부터 N까지'를 쓴다. 때로 이 둘을 구분 없이 쓰기도 한다.

10 N에게/한테

• 사람이나 동물을 나타내는 명사에 붙어서 그 명사가 어떤 행동의 영향을 받는 대상임을 나타낸다. '에게'보다 '한테'가 더 구어적 표현이다. 선행 명사가 사람이나 동물인 경우에는 '에게/한테'를 쓰고, 사람이나 동물이 아닌 경우(식물, 물건, 장소 등)에는 '에'를 쓴다. 모든 동사에 '에게/한테' 조사를 쓸 수 있는 것은 아니고, 제한된 동사에 사용하는데 '에게/한테'를 사용하는 동사로는 '주다, 선물하다, 던지다, 보내다, 부치다, 붙이다, 쓰다, 전화하다, 묻다, 가르치다, 말하다, 팔다, 가다, 오다' 등이 있다.

주의 !

① 친구나 동생같이 아랫사람에게 무엇인가를 줄 때는 '에게 주다'라고 한다. 그러나 '할아버지나 할머니, 아버지, 어머니, 선생님, 사장님'과 같이 높여야 할 대상에게 줄 경우에는 '에게/한테'를 '께'로 바꾸고 '주다'를 '드리다'로 바꾸어 말한다. (참고 한국어의 개요 5. 높임표현)
② 다른 사람에게서 무엇인가를 받거나 배울 때는 '에게서 받다/배우다' '한테서 받다/배우다'라고 한다. 이때 '서'를 생략하고 '에게 받다/배우다' '한테 받다/배우다'라고 쓰기도 한다. 높임의 대상에게서 받거나 배웠을 때는 '에게서', '한테서' 대신 '께'를 사용한다.

11 N도

• 주어나 목적어 기능을 하는 명사 뒤에서 쓰여 대상을 나열하거나 그 앞의 대상에 더해짐을 나타낸다. 영어로 'also' 혹은 'too'의 뜻이다.
• 주격 조사 뒤에서는 주격 조사를 생략하고 '도'를 쓴다.
• 목적격 조사 뒤에서도 목적격 조사 '을/를'을 생략하고 '도'를 쓴다.

- '도'는 주격 조사, 목적격 조사 외에 다른 조사와 같이 쓰일 때는 '도' 앞의 조사를 생략하지 않는다.

⑫ N만
- 다른 것은 배제하고 유독 그것만 선택함을 나타낸다. 영어로는 'only, just'에 해당한다. 숫자 뒤에 붙을 경우 그 수량을 최소로 제한한다는 의미도 가진다. 다른 것을 배제하거나 선택하고자 하는 단어 뒤에 '만'을 붙여 사용한다.
- 조사 '만'은 문장에서 조사 '이/가', '은/는', '을/를' 등과 대치해서 쓸 수 있고 같이 쓸 수도 있다. 이들 조사와 같이 쓸 경우 '만' 뒤에 '이', '은', '을'이 와서 '만이', '만은', '만을'의 형태가 된다. 그러나 '이/가', '은/는', '을/를' 이외의 조사 경우에는 '만'이 뒤에 와서 '에서만', '에게만', '까지만' 등의 형태가 된다.

⑬ N밖에
- 다른 가능성이 없고 그것이 유일하게 선택할 수 있는 경우임을 나타낸다. 영어로는 'only' 혹은 'nothing but'에 해당한다. '밖에' 앞에 오는 단어가 매우 적거나 작다는 느낌을 준다. 뒤에 반드시 부정형태가 온다.
- 조사 '밖에' 뒤에는 항상 부정문이 오지만 '아니다'가 올 수 없고, '명령형', '청유형'도 올 수 없다.

▶ 어디가 달라요 ?

조사 '밖에'는 조사 '만'과 비슷한 의미를 가지지만 '만'이 긍정문과 부정문이 모두 쓰이는 반면, '밖에'는 부정문과 쓰인다.

⑭ N(으)로
1. (어떤 장소 쪽으로의) 방향을 나타내는 조사이다. 영어로는 'to' 혹은 'toward'의 뜻이다. 앞의 명사가 모음이나 'ㄹ'로 끝나면 '로'를 쓰고, 그 외의 자음으로 끝나면 '으로'를 쓴다.
2. '이동 수단', '수단', '도구', '재료'를 나타낼 때도 사용한다. 영어로는 'by' 혹은 'with/using'의 뜻이다.

▶ 주의 !

이동의 수단이 명사가 아닌 동사일 때는 '-아/어서'를 사용하여 '걸어서, 뛰어서, 달려서, 운전해서, 수영해서 …….' 등으로 쓴다.

▶ 어디가 달라요 ?

① '차로 왔어요'와 '운전해서 왔어요'는 어떻게 다를까?
: '차로 왔어요'는 차를 타고 왔는데, 그 차를 주어가 운전할 수도 있고 다른 사람이 운전할 수도 있

는 경우 다 된다. 그렇지만 '운전해서 왔어요'는 반드시 주어가 운전을 해서 오는 경우이다.
② '-(으)로 가다'와 '-에 가다'는 어떻게 다를까?
: '-(으)로 가다'는 방향성에 초점을 두어 그 방향을 향해서 가는 것을 나타낸다. '-에 가다'는 목표점에 초점을 둔다. 그래서 이때는 방향성은 없고 오직 목적지만을 나타낸다.

⑮ N(이)나 ①
- 둘 이상의 나열된 명사 중에서 하나를 선택한다는 의미이다. 앞의 명사가 모음으로 끝나면 '나'를 쓰고 자음으로 끝나면 '으면'을 쓴다.
- '(이)나'는 주격 조사 뒤에서는 주격 조사를 '이/가'를 생략하고 '(이)나'를 쓰고, 목적격 조사 뒤에서도 목적격 조사 '을/를'을 생략하고 '(이)나'를 쓴다.
- '(이)나'를 조사 '에, 에서, 에게'와 같이 쓰는 경우에는 앞 단어에 '(이)나'를 쓰고 뒤 단어에 '에, 에서, 에게'를 쓰기도 하고, 앞에서 조사에 '(이)나'를 붙여 '에나, 에서나, 에게나'를 쓰기도 한다. 그러나 '(이)나'를 한 번 사용하는 것이 더 자연스럽다.

⑯ N(이)나 ②
수량이 기대하는 것보다 상당히 많거나 혹은 보통 사람들이 생각하는 일반적인 수준을 넘었음을 나타낸다. 영어로는 'as many as' 혹은 'no less than'에 해당한다. 모음으로 끝나는 단어 다음에는 '나'가 오고, 자음으로 끝나는 단어 다음에는 '이나'가 온다.

▶ 어디가 달라요 ?

조사 '밖에'가 수량이 기대한 것보다 적거나 일반적인 기준에 미치지 못함을 나타내는 반면, 조사 '(이)나'는 수량이 기대한 것보다 많거나 일반적인 기준을 넘음을 나타낸다. 같은 수량에 대해 사람에 따라 그것이 기대보다 적다고 느낄 수도 있고, 많다고도 느낄 수 있는데 이때 '밖에'와 '(이)나'를 사용해서 표현할 수 있다.

⑰ N쯤
시간, 양(quantity), 숫자 뒤에 쓰여서 대략적인 것을 나타낸다. 영어로는 'about, around'에 해당한다.

▶ 주의 !

대략적인 가격을 말할 때 'N쯤이다'보다는 'N쯤 하다'로 많이 쓴다.

⑱ N처럼, N같이
어떤 모양이나 행동이 앞의 명사와 같거나 비슷함을 나타내며 'N같이'로 바꿔 쓸 수 있다. 영어로는 'like' 혹은 'as ~ as'에 해당한다.

'처럼/같이'는 보통 동물이나 자연물에 비유해서 특징을 표현하기도 한다. 그래서 무서운 사람을 '호랑이처럼 무섭다', 귀여운 사람을 '토끼처럼 귀엽다', 느린 사람이나 행동을 '거북이처럼 느리다', 뚱뚱한 사람을 '돼지처럼 뚱뚱하다', 마음이 넓은 사람을 '바다처럼 마음이 넓다' 등으로 비유해서 말한다.

⑲ N보다

'보다' 앞에 오는 말이 비교의 기준이 되는 대상임을 나타내며 영어로는 'more ~ than' 혹은 '~er than'에 해당한다. 명사 뒤에 '보다'를 붙여서 'N이/가 N보다 -하다'의 형태로 쓰는데 주어와 '보다'의 위치를 바꿔서 'N보다 N가 -하다'의 형태로도 쓸 수 있다. 보통 '더', '덜' 등의 부사와 함께 쓰이는데 이들은 생략이 가능하다.

⑳ N마다

1 시간을 나타내는 말에 붙어서 일정한 기간에 비슷한 행동이나 상황이 반복됨을 나타낸다. 영어로는 'every' 혹은 'once every'에 해당한다.
2 하나도 빠짐없이 모두를 나타낸다. 영어로는 'every' 혹은 'all'의 뜻이다. 명사 다음에 '마다'를 붙인다.

① '날마다, 일주일마다, 달마다, 해마다'는 '매일, 매주, 매월/매달, 매년'으로 바꾸어 쓸 수 있다.
② '집'은 '집마다'라고 하지 않고 '집집마다'로 말한다.

Unit 4. 나열과 대조

① A/V-고

1 두 가지 이상의 행동이나 상태, 사실을 나열하는 표현이며 영어로는 'and'에 해당한다. 동사나 형용사 어간 뒤에 '-고'를 붙인다.
2 선행절의 행동을 하고 후행절의 행동을 한다는 의미를 나타내며 영어로는 'and (then)'에 해당한다. 시제는 앞 문장에 표시하지 않고 뒷 문장에 표시한다. (참고 5. 시간을 나타내는 표현 03 V-고 나서)

동일 주어로 두 가지 이상의 사실을 나열할 때는 'N도 Vst고 N도 V'의 형태로 쓰인다.

② A/V-거나

동사나 형용사 뒤에 붙어 앞이나 뒤의 것 중에서 하나를 선택함을 나타낸다. 영어로는 'or'의 뜻이다. 보통 두 내용이 연결되지만 세 가지 이상의 내용을 연결하여 사용할 수도 있다. 동사나 형용사 어간 뒤에 '-거나'를 붙여 쓴다. 명사 다음에는 '이나'가 온다. (참고: 3. 조사 15 N(이)나 ①)

③ A/V-지만

선행절의 내용과 반대되는 내용을 후행절에서 이어서 말할 때 사용한다. 영어로는 'but'에 해당한다. 동사와 형용사의 어간 뒤에 '-지만'을 붙인다. 과거의 경우 '-았/었지만'을 붙인다.

④ A/V-(으)ㄴ/는데 ①

선행절의 내용과 반대되거나 대조되는 상황이나 결과가 뒤에 이어질 때 사용하며 영어로는 'but'에 해당한다. 형용사 현재일 때 어간이 모음으로 끝나면 '-ㄴ데', 자음으로 끝나면 '-은데'와 결합한다. 동사 현재, 동사 과거형과 '있다/없다'는 모두 '-는데'와 결합한다.

Unit 5. 시간을 나타내는 표현

① N 전에, V-기 전에

'일정한 시간 전'이나 '어떤 행동 이전에'라는 뜻으로 영어로는 'before', 'ago'가 이에 해당한다. 'Time 전에', 'Noun 전에', 'V-기 전에'로 사용한다. 'Noun 전에'는 주로 '하다'가 붙는 명사와 쓰인다. 그래서 같은 뜻의 동사에 '- 전에'를 붙여 써도 괜찮다(식사 전에, 식사하기 전에). 그렇지만 '하다'가 붙지 않는 동사는 '-기 전에'만 쓸 수 있다.

'1시 전에'와 '1시간 전에'는 어떻게 다를까?
• 1시 전에 오세요. (12시 50분에 와도 좋고, 12시나 11시에 와도 좋다는 뜻. 다만 1시가 되기 전까지 오라는 뜻)
• 1시간 전에 오세요. (약속시간이 3시라면 1시간 전인 2시에 오라는 뜻)

② N 후에, V-(으)ㄴ 후에

'일정한 시간 다음'이나 '어떤 행동의 다음'이라는 뜻으로 영어로는 'after', 'later'가 이에 해당한다. 'time 후에', 'N 후에', 'V(으)ㄴ 후에'로 사용한다. 동사의 어간이 모음으로 끝날 때는 '-ㄴ 후에' 'ㄹ'로 끝날 때는 'ㄹ'을 삭제하고 '-ㄴ 후에', 동사의 어간이 자음으로 끝날 때는 '은 후에'를 쓴다. '-(으)ㄴ 후에'는 '-(으)ㄴ 다음에'로 바꿔 쓸 수 있다.

'1시 후에'와 '1시간 후에'는 어떻게 다를까?
• 1시 후에 오세요. (1시 10분에 와도 좋고, 2시나

3시 혹은 그 이후에 와도 좋다는 뜻. 다만 1시가 넘은 다음에 오라는 뜻)
• 1시간 후에 오세요. (약속시간이 3시라면 1시간 후인 4시에 오라는 뜻)

❸ V-고 나서

• 하나의 행동이 끝나고 그 다음의 행동이 이어진다는 뜻으로 영어의 'do (something) after', 'upon finishing'에 해당한다. '-고 나서'는 「일을 하고 나서 쉬세요.」는 「일을 하고 쉬세요.」처럼 '나서'를 생략한 '-고'의 형태로 사용하기도 한다. 그렇지만 '-고 나서'가 '-고'보다 앞 행위가 끝났음을 분명하게 드러내 준다.
• '-고 나서'는 시간적인 순서를 나타내기 때문에 동사와만 쓸 수 있다. 그리고 선행절의 주어와 후행절의 주어가 같은 경우 '가다, 오다, 들어가다, 들어오다, 나가다, 나오다, 올라가다, 내려가다' 등의 이동 동사와 '일어나다, 앉다, 눕다, 만나다' 등의 동사에는 '-고', '-고 나서'를 쓰지 않고 '-아/어서'를 사용한다.

❹ V-아/어서 ①

• 시간의 선후 관계를 나타내는 연결어미로 앞의 행위가 일어난 상태에서 뒤의 행위가 일어남을 나타낸다. 이때 앞의 행위와 뒤의 행위는 아주 밀접한 관계에 있어서 앞의 행위가 일어나지 않으면 뒤의 행위도 일어날 수 없다. 영어로는 'and' 혹은 '(in order) to'의 뜻이다. '-아/어서'에서 '서'를 생략한 형태로 쓰이기도 한다. 어떤 동사의 경우(가다, 오다, 서다)에는 '서'를 생략하지 않고 사용한다. 어간이 'ㅏ/ㅗ'로 끝나면 '-아서'를 쓰고, 그 외의 모음으로 끝나면 '-어서'를 붙이고, '하다' 동사일 경우에는 '해서'가 된다.
• 과거나 현재, 미래일 때 시제는 앞의 동사에는 쓰지 않고, 뒤의 동사에만 쓴다.

어디가 달라요 ?

① 시간의 선후 관계를 나타내는 연결어미 '-아/어서'와 비슷한 것으로 '-고'가 있다. '-아/어서'가 주로 앞의 행위와 뒤의 행위가 밀접한 관계에 있을 때 사용되는 반면, '-고'는 앞의 행위와 뒤의 행위가 연관성 없이 시간적인 선후 관계만을 나타낼 때 사용된다.
② 착용동사(입다, 신다. 쓰다, 들다......)와 함께 쓸 때는 '-아/어서' 대신에 '-고'를 쓴다.

❺ N 때, A/V-(으)ㄹ 때

동작이나 상태가 진행되는 때나 진행되는 동안을 나타낸다. 영어로는 'when' 혹은 'during'의 뜻이다. 명사로 끝날 때는 '때'를 쓰고, 동사의 어간이 모음이나 'ㄹ'로 끝나면 '-ㄹ 때', 자음으로 끝나면 '-을 때'를

쓴다.

주의 !

오전, 오후, 아침, 요일에는 '때'가 붙지 않는다.

어디가 달라요 ?

'크리스마스에'와 '크리스마스 때'는 어떻게 다를까?
: 일부 명사(저녁, 점심, 방학......)는 'N 때'와 'N에'를 같은 의미로 쓰기도 한다. 그러나 크리스마스, 추석, 명절 ...... 같은 일부 명사는 뜻이 달라지는데 'N에'는 그날 당일을 말하고 'N 때'는 그 날을 전후한 즈음을 말한다. 즉, '크리스마스에'는 크리스마스 날인 12월 25일에를 의미하지만, '크리스마스 때'는 크리스마스인 12월 25일을 전후하여 전날이나 다음 날 즉 그 즈음을 포함하여 말하는 것이다.

❻ V-(으)면서

• 앞의 동사와 뒤의 동사의 행위나 상태가 동시에 일어나는 것을 나타낸다. 영어로는 'while'의 뜻이다. 동사의 어간이 모음이나 'ㄹ'로 끝나면 '-면서', 그 외 자음으로 끝나면 '-으면서'를 붙인다.
• 선행절의 주어와 후행절의 주어는 같다. 즉 한 사람이어야 한다.
• 선행절의 동사와 후행절 동사의 주어가 다를 때에는 '-는 동안'을 쓴다.
• '-(으)면서' 앞에 오는 동사에는 과거, 미래 시제는 붙지 않는다. 항상 현재로 쓴다.

❼ N 중, V-는 중

동작의 내용을 나타내는 명사와 사용하여 지금 어떤 행위를 하는 도중에 있음을 뜻한다. 영어로는 'in the process/middle of' 혹은 'currently doing'의 뜻이다. 명사 다음에는 '중' 동사 다음에는 '-는 중'를 쓴다.

주의 !

'-는 중이다'와 '-고 있다'는 비슷하게 사용한다. 그렇지만 '-고 있다'는 주어 제약이 없는 반면 '-는 중이다'는 자연물 주어는 오지 못한다.

❽ V-자마자

• 어떤 사건이나 행동이 끝나고 바로 뒤의 행동이 일어남을 뜻한다. 동사의 어간 뒤에 '-자마자'를 붙인다. 영어로는 'as soon as' 혹은 'right after'의 뜻이다.
• 선행절의 주어와 후행절의 주어는 같아도 되고 달라도 된다.
• 선행절의 동사에는 시제를 표시하지 않고, 후행절의 동사에 표시한다.

❾ N 동안, V-는 동안

• 어느 한 때부터 어느 한 때까지나 어느 행동을 시

작해서 그 행동이 끝날 때까지 시간의 길이를 나타낸다. 영어로는 'during' 혹은 'while'의 뜻이다. 명사 다음에는 '동안' 동사 다음에는 '-는 동안'이 온다.
- 'V-는 동안'의 형태로 쓰일 경우 앞 동사의 주어와 뒤 동사의 주어는 같아도 되고 달라도 된다.

'-(으)면서'와 '-는 동안'은 어떻게 다를까?
: -(으)면서'는 한 사람이 두 개 이상의 동작을 동시에 할 때 쓴다. 그러나 '-는 동안(에)'는 선행절의 주어와 후행절의 주어가 다를 때에도 사용할 수 있다. 즉 선행절의 주어가 어떤 행동을 하는 시간에 후행절의 주어도 어떤 행동을 할 때도 사용할 수 있다.
- -(으)면서: 선행절과 후행절의 주어가 같아야 한다.
- -는 동안에: 선행절의 주어와 후행절의 주어가 달라도 된다.

❿ V-(으)ㄴ 지

이것은 사건의 발생시점으로부터 시간이 얼마나 지났는지를 나타낸다. 영어로는 'since'에 해당한다. '-(으)ㄴ 지 ~ 되다', '-(으)ㄴ 지 ~ 넘다', '-(으)ㄴ 지 ~ 안 되다' 등으로 사용된다. 동사의 어간이 모음이나 'ㄹ'로 끝날 때는 '-ㄴ 지'를, 자음으로 끝날 때는 '-은 지'를 붙인다.

Unit 6. 능력과 가능

❶ V-(으)ㄹ 수 있다/없다

능력이나 가능성을 나타낸다. 능력이나 가능성이 있을 때는 '-(으)ㄹ 수 있다'를, 능력이나 가능성이 없을 때는 '-(으)ㄹ 수 없다'를 쓴다. 영어로는 'can'의 뜻이다. 동사의 어간이 모음이나 'ㄹ'로 끝날 때는 '-ㄹ 수 있다/없다'를 쓰고, 자음으로 끝날 때는 '-을 수 있다/없다'를 쓴다.

'-(으)ㄹ 수 있다/없다'에 보조사 '-가'를 붙여 '-(으)ㄹ 수가 있다/없다'로 쓰면 '-(으) 수 있다/없다'보다 뜻이 강조된다.

❷ V-(으)ㄹ줄 알다/모르다

- 이것은 어떤 행위의 방법을 아는지 모르는지, 또는 능력이 있는지 없는지를 나타낸다. 동사의 어간이 모음이나 'ㄹ'로 끝날 때는 '-ㄹ 줄 알다/모르다'를 쓰고, 자음으로 끝날 때는 '-을 줄 알다/모르다'를 쓴다. 영어로는 'don't know how to'의 뜻이다.

- -(으)ㄹ 줄 알다/모르다: 어떤 행위의 방법을 아는지 모르는지, 또는 능력이 있는지 없는지를 나타낸다.
- -(으)ㄹ 수 있다/없다: 어떤 일을 할 수 있는 능력뿐만 아니라 그 일을 할 수 있는 상황인지 아닌지를 나타낼 때도 사용한다.

Unit 7. 명령과 의무, 허락과 금지

❶ V-(으)세요

- 듣는 사람에게 어떤 일을 할 것을 공손하게 부탁하거나 요청, 지시 혹은 명령할 때 사용하며 영어로는 'please (do)'에 해당한다. 이러한 상황에서 '-아/어요'로 표현할 수도 있지만 '-(으)세요'가 '-아/어요'보다 좀더 공손한 느낌을 준다. 어간이 모음으로 끝나면 '-세요'를, 자음으로 끝나면 '-으세요'를 붙인다. 그러나 몇몇 단어의 경우 특별한 형태로 바뀐다. 격식체는 '-(으)십시오'를 사용한다.
- 명령을 나타내는 '-(으)세요'는 '이다'와 '형용사'에는 쓸 수 없고 동사에만 쓸 수 있다.

그러나 몇몇 '하다'가 붙는 형용사에는 관용적으로 '-으세요'가 붙어서 사용되기도 한다.

❷ V-지 마세요

- '-지 마세요'는 듣는 사람에게 어떤 행동을 하지 않도록 요청, 설득, 지시, 혹은 명령할 때 사용한다. 이것은 '-(으)세요'의 부정형으로, 영어로는 'Please, do not~'에 해당한다. 격식체는 '-지 마십시오'이다. 동사의 어간에 '-지 마세요'를 붙여 사용한다.
- '-지 마세요'는 '이다'와 '형용사'에는 쓸 수 없고 동사에만 쓸 수 있다.

❸ A/V-아/어야 되다/하다

어떤 일을 꼭 할 의무나 필요가 있거나 반드시 어떤 조건이 필요하다는 것을 나타낸다. 영어로는 'must' 혹은 'have (to)'이다. 어간의 모음이 'ㅏ, ㅗ'로 끝나면 '-아야 되다/하다', 그 외 모음으로 끝나면 '-어야 되다/하다'가 오며, '하다'로 끝난 동사는 '해야 되다/하다'로 바뀐다. 과거형은 '-아/어야 됐어요/했어요'이다.

'-아/어야 되다/하다'의 부정 형태는 할 필요가 없다는 의미의 '-지 않아도 되다'와 어떤 행동에 대한 금지를 나타내는 표현인 '-(으)면 안 되다'가 있다.

04 A/V-아/어도 되다

어떤 행동이나 상태에 대한 허락이나 허용을 나타낸다. 영어로는 'someone may do (something), be allowed to'에 해당한다. 어간의 모음이 'ㅏ, ㅗ'로 끝나면 '-아도 되다', 그 외의 모음으로 끝나면 '-어도 되다'가 오며, '하다'로 끝난 동사는 '해도 되다'로 바뀐다. '-아/어도 되다' 대신 '-아/어도 괜찮다', '-아/어도 좋다'로도 쓸 수 있다.

05 A/V-(으)면 안 되다

듣는 사람의 특정 행동을 금지하거나 제한함을 나타낸다. 그리고 사회 관습적으로 혹은 상식적으로 어떤 행동이나 상태가 금지되어 있거나 용납되지 않음을 나타내기도 한다. 영어로는 'someone may not do (something), not be allowed to'에 해당한다. 어간이 모음이나 'ㄹ'로 끝나면 '-면 안 되다'를, 자음으로 끝나면 '-으면 안 되다'를 쓴다.

> **주의 !**
> '-(으)면 안 되다'를 이중부정하여 '-지 않으면 안 되다'로 말하는 경우가 있는데, 이것은 어떤 행동을 반드시 해야 한다는 뜻을 강조해서 표현하는 것이다.

06 A/V-지 않아도 되다 (안 A/V-아/어도 되다)

어떤 상태나 행동을 꼭 할 필요가 없음을 나타낸다. 어떤 행동에 대한 의무를 나타내는 '-아/어야 되다/하다'의 부정 형태이다. 영어로는 'does not have to'에 해당한다. 어간 뒤에 '-지 않아도 되다'를 붙이거나 '안 -아/어도 되다'로 표현한다. (참고 16. 조건과 가정 03 A/V-아/어도)

Unit 8. 소망 표현

01 V-고 싶다

말하는 사람이 원하거나 바라는 내용을 나타낸다. 영어로는 'want to'에 해당한다. 동사의 어간에 '-고 싶다'를 붙여서 사용한다. 주어가 1, 2인칭일 경우 '-고 싶다'를 3인칭일 경우에는 '-고 싶어하다'를 쓴다. (참고 Check It Out!).

> **주의 !**
> ① 주어가 3인칭일 때는 '-고 싶어하다'를 쓴다. (참고 18. 품사변화 04 A-아/어하다)
> ② '-고 싶다'는 형용사와 결합할 수 없으나 형용사 뒤에 '-아/어지다'가 붙어 동사가 되면 '-고 싶다'를 쓸 수 있다. (참고 19. 상태를 나타내는 표현 03 A-아/어지다)
> ③ '-고 싶다'는 조사 '-을/를'이나 '-이/가'와 모두 결합할 수 있다.

02 A/V-았/었으면 좋겠다

아직 이루어지지 않은 일에 대한 자신의 소망이나 바람을 나타낸다. 또, 현재 상황과 반대되는 상황을 바라는 마음을 가정해서 이야기할 때도 사용한다. 영어로는 'hope/want'에 해당한다. 어간의 모음이 'ㅏ,ㅗ'로 끝나면 '-았으면 좋겠다', 그 외의 모음으로 끝나면 '-었으면 좋겠다'가 오며, '하다'로 끝난 동사는 '-했으면 좋겠다'로 바뀐다. '-았/었으면 좋겠다' 이외에 '-았/었으면 하다'도 사용되는데, '-았/었으면 좋겠다'가 소망과 바람을 더욱 강하게 표현한다.

> **주의 !**
> '-았/었으면 좋겠다'와 같은 뜻으로 '-(으)면 좋겠다'도 사용되는데 '-았/었으면 좋겠다'는 바람이 아직 이루어지지 않은 상태에서 이미 이루어진 상황을 가정하여 서술하기 때문에 동사를 강조하는 느낌이 있다.

Unit 9. 이유와 원인

01 A/V-아/어서 ②

- '-아/어서'의 앞에 오는 내용이 후행절의 이유나 원인을 나타내는 표현으로 영어로는 'because (of)', 'on account of' 그리고 'so... that...' 등에 해당한다. 어간의 모음이 'ㅏ,ㅗ'로 끝나면 '아서', 그 외의 모음으로 끝나면 '어서'가 오며, '하다'로 끝난 동사는 '해서'로 바뀐다. '이다'의 경우 '이어서'가 되지만 대화에서는 '이라서'로 많이 쓰인다.
- '-아/어서'는 명령문이나 청유문에는 쓸 수 없다.
- '-아/어서' 앞에는 '-았/었-' 이나 '겠' 등의 시제가 올 수 없다.

02 A/V-(으)니까 ①

이유나 원인을 나타내는 표현으로 영어로는 'so' 혹은 'because'에 해당한다. 어간이 모음이나 'ㄹ'로 끝나면 '-니까'를, 자음으로 끝나면 '-으니까'를 붙인다.

> **어디가 달라요 ?**
> - -아/어서: ① 명령문이나 청유문에는 쓸 수 없다. ② '-았/었' 이나 '-겠' 등의 시제가 올 수 없다. ③ 주로 일반적인 이유를 말할 때 쓰인다. ④ '반갑다', '고맙다', '감사하다', '미안하다' 등과 함께 쓰이는 인사말에 쓸 수 있다.
> - -(으)니까: ① '-(으)세요', '(으)ㄹ까요?', '(으)ㅂ시다' 등 명령문이나 청유문이 올 수 있다. ② '-았/었-' 이나 '겠' 등의 시제가 올 수 있다. ③ 주관적인 이유를 말하거나 어떤 근거를 제시해서 이유를 밝힐

때 또, 상대방도 알고 있는 내용을 말할 때 주로 쓰인다. ④ '반갑다', '고맙다', '감사하다', '미안하다' 등과 함께 쓰이는 인사말과 쓸 수 없다.

③ N 때문에, A/V-기 때문에
- 후행절의 이유나 원인을 나타내는 표현으로 영어로는 'because'에 해당한다. '-기 때문에'는 확실한 이유를 표현할 때 쓰이며 '-아/어서'나 '-(으)니까'와 비교했을 때 문어체에서 주로 쓰인다. 앞에 명사가 올 경우 '때문에'와 결합하고 동사나 형용사가 올 경우 '-기 때문에'와 결합한다.
- '-기 때문에'는 명령문이나 청유문에는 쓸 수 없다.

<table><tr><td>어디가 달라요 ?</td></tr></table>

- N때문에: 아기 때문에 밥을 못 먹어요. (아기가 잠을 안 자고 계속 우는 등의 이유로 (내가) 밥을 못 먹어요.)
- 학생 때문에 선생님이 화가 나셨어요. (학생이 거짓말을 했어요. 그래서 선생님이 화가 나셨어요.)

Unit 10. 요청하기와 도움 주기

① V-아/어 주세요, V-아/어 주시겠어요?
다른 사람에게 어떤 행동을 해 줄 것을 요청함을 나타내며 영어로는 'please/would you'에 해당한다. '-아/어 주시겠어요?'가 '-아/어 주세요'보다 상대방을 좀 더 배려하는 공손한 느낌의 표현이다. 도움의 행위를 받는 대상이 윗사람이나 공손하게 대해야 할 사람인 경우 '-아/어 드리세요'를 사용한다. 어간의 모음이 'ㅏ,ㅗ'로 끝나면 '-아 주세요/주시겠어요?', 그 외의 모음으로 끝나면 '-어 주세요/주시겠어요?'가 오며, '하다'로 끝난 동사는 '-해 주세요/주시겠어요'로 바뀐다.

<table><tr><td>주의 !</td></tr></table>

'-아/어 주다, 드리다'는 문장의 주어나 화자가 청자 또는 행위를 받는 대상에게 도움이 되는 행동을 할 때 사용하는데 도움을 이미 준 상태에서는 '-아/어 줬어요'나 '-아/어 드렸어요'가 쓰인다.

② V-아/어 줄게요, V-아/어 줄까요?
다른 사람에게 도움을 주려고 할 때의 표현이며 영어로는 'shall I/let me/I will'에 해당한다. 행위를 받는 대상이 윗사람인 경우 '-아/어 드릴게요'나 '-아/어 드릴까요?'를 사용한다. 어간의 모음이 'ㅏ,ㅗ'로 끝나면 '-아 줄게요/줄까요?', 그 외의 모음으로 끝나면 '-어 줄게요/줄까요?'가 오며, '하다'로 끝난 동사는 '해 줄게요/줄까요?'로 바뀐다.

<table><tr><td>어디가 달라요 ?</td></tr></table>

- -(으)세요: 단순히 명령하거나 듣는 사람을 위해서 어떤 행동을 할 것을 요구한다.
- -아/어 주세요: 말하는 사람을 위해 어떤 행동을 할 것을 요청한다.

Unit 11. 시도와 경험

① V-아/어 보다
어떤 행동을 시도하거나 경험함을 나타내는 표현으로 영어로는 'try'에 해당한다. 어간의 모음이 'ㅏ,ㅗ'로 끝나면 '-아 보다', 그 외의 모음으로 끝나면 '-어 보다'를 쓰며, '하다'로 끝난 동사는 '해 보다'로 바뀐다. 보통 현재 시제로 쓰이면 '시도'를, 과거 시제로 쓰이면 '경험'을 나타낸다.

<table><tr><td>주의 !</td></tr></table>

'-아/어 보다'는 경험의 뜻을 나타낼 때는 동사 '보다'와는 결합하지 않는다.

② V-(으)ㄴ 적이 있다/없다
- 과거에 어떤 행동을 경험한 일이 있고 없음을 나타내는 표현으로 영어로는 'have done/had'에 해당한다. 경험이 있을 때는 '-(으)ㄴ 적이 있다'를 쓰고, 경험한 일이 없으면 '-(으)ㄴ 적이 없다'를 쓴다. 어간이 모음으로 끝나면 '-ㄴ 적이 있다/없다'를, 어간이 자음으로 끝나면 '은 적이 있다/없다'를 붙인다. '-(으)ㄴ 일이 있다/없다'도 같은 뜻으로 쓰이나 주로 '-(으)ㄴ 적이 있다/없다'가 많이 쓰인다.
- '-(으)ㄴ 적이 있다'는 '-아/어 보다'와 결합하여 '-아/어 본 적이 있다'의 형태로도 많이 쓰이는데 그 의미는 어떤 시도를 해 본 경험을 나타낸다.

<table><tr><td>주의 !</td></tr></table>

'-(으)ㄴ 적이 있다'는 항상 반복되거나 일반적인 일에는 쓰지 않는다.

Unit 12. 의견 묻기와 제안하기

① V-(으)ㄹ까요? ①
말하는 사람이 듣는 사람에게 어떤 것을 같이 할 것을 제안하거나 의향을 물을 때 사용한다. 주어로는 '우리'가 오는데 보통 생략이 많이 된다. 영어로는 'Shall we~? Why don't we~?'가 해당한다. 대답은 청유 형태인 '-(으)ㅂ시다'나 '-아/어요'가 온다. (참고 12. 의견 묻기와 제안하기 03 V-(으)ㅂ시다) 어간이 모음이나 'ㄹ'로 끝나면 '-ㄹ까요?', 자음으로 끝나면

'-을까요?'가 온다.

02 V-(으)ㄹ까요? ②

듣는 사람에게 말하는 사람의 의견을 제시하거나 혹은 듣는 사람의 의견을 물어볼 때 사용하는데 주어는 '제가'나 '내가'가 되며 생략할 수 있다. 영어로는 'Shall I~?, Do you want me to do ~?'에 해당한다. 대답은 명령 형태인 '-(으)세요'나 '-(으)지 마세요'가 온다. 어간이 모음이나 'ㄹ'로 끝나면 '-ㄹ까요?', 자음으로 끝나면 '-을까요?'가 온다.

03 V-(으)ㅂ시다

어떤 일을 같이 하자고 제안하거나 제의할 때 사용하는데 영어로는 'let's' 혹은 'shall we'에 해당한다. '-아/어요'로도 말할 수 있다. 어간이 모음으로 끝나면 '-ㅂ시다', 자음으로 끝나면 '-읍시다'를 붙인다. 한편, 어떤 것을 하지 말자고 제안할 때는 '-지 맙시다' 혹은 '-지 마요'로 말한다.

> **주의!**
> '-(으)ㅂ시다'는 공식적인 자리에서 여러 사람에게 요청·권유할 때 사용하거나 상대방이 말하는 사람보다 나이나 지위가 손아래이거나 비슷한 경우에 사용할 수 있고, 윗사람에게는 사용할 수 없다. 윗사람에게 사용하면 예의에 어긋난 표현이 된다. 윗사람에게는 '같이 -(으)세요' 정도가 적당하다.

04 V-(으)시겠어요?

정중하게 상대방에게 권하거나 상대방의 의향이나 의도를 물어보는 데 사용한다. 영어로는 'Would you (mind/like to)...?' 혹은 'Why not...?'에 해당한다. '-(으)ㄹ래요?/-(으)실래요?'보다 상당히 격식적이고 정중한 느낌을 준다. 동사의 어간이 모음으로 끝나면 '-시겠어요?', 자음으로 끝나면 '-으시겠어요?'를 붙인다.

05 V-(으)ㄹ래요? ①

듣는 사람의 의견이나 의도를 물어보거나 가볍게 부탁할 때 사용한다. 구어에서 많이 쓰이는 말로 친근한 사이에서 많이 사용하며 '-으시겠어요?'보다 정중한 느낌을 주지는 않는다. 영어로는 'Want to...?' 혹은 'How about...?'에 해당한다. '-(으)ㄹ래요?'로 질문을 한 경우 '-(으)ㄹ래요?', '-(으)ㄹ게요'로 대답할 수 있으며 '-(으)ㄹ래요?' 대신 '-지 않을래요? (안 -(으)ㄹ래요?)'로도 질문할 수 있는데, 부정 형태이지만 '-(으)ㄹ래요?'와 뜻은 같다. 친근하지만 좀더 공손하게 말을 하고 싶으면 '-(으)실래요?'로 하면 좋다. 동사의 어간이 모음이나 'ㄹ'로 끝나면 '-ㄹ래요?', 자음으로 끝나면 '-을래요?'를 붙인다.

Unit 13. 의지와 계획

01 A/V-겠어요 ①

1 동사 뒤에 붙어서 말하는 사람이 어떤 것을 할 것이라는 의지나 의도를 나타낸다. 영어로는 '(I) will/am going to' 혹은 '(I) plan to'에 해당한다. 동사 어간에 '-겠어요'를 붙여 사용하며 부정 형태는 '-지 않겠어요' 나 '안 -겠어요'가 된다. '-겠어요'가 의도나 의지를 나타날 때 주어로 3인칭이 올 수 없다.

2 어떠한 일이 곧 일어날 것이라는 정보를 줄 때 사용한다. 영어로는 'should' 혹은 'will'에 해당한다.

> **주의!**
> ① 아래와 같은 상황에서 관용적으로 '-겠'이 쓰인다.
> : 처음 뵙겠습니다. 이민우입니다. / 잘 먹겠습니다. / 어머니, 학교 다녀오겠습니다.
> ② 말하는 사람의 생각을 단정적으로 말하지 않고 부드럽고 공손하게 말할 때 쓴다.

02 V-(으)ㄹ게요

- 말하는 사람이 자신의 결심이나 다짐, 의지를 상대방에게 약속하듯 이야기할 때 혹은 상대방과 어떤 것을 약속할 때 사용한다. 또한 말하는 사람이 무엇을 하겠다는 것을 말하기도 한다. 영어로는 'will'에 해당한다. 구어에서 쓰며 비교적 친한 사이에서 많이 쓴다. 동사의 어간이 모음이나 'ㄹ'로 끝나면 '-ㄹ게요', 자음으로 끝나면 '-을게요'를 붙인다.
- 주어의 의지를 나타내는 동사와만 쓸 수 있다.
- 일인칭 주어만 가능하다.
- 질문에는 쓰지 않는다.

> **어디가 달라요?**
> • -(으)ㄹ게요: 듣는 사람과 관계가 있어서 상대방을 고려한 주어의 의지와 생각을 말한다.
> • -(으)ㄹ 거예요: 듣는 사람과 상관없는 일방적인 주어의 생각이나 의지, 계획을 말한다.

03 V-(으)ㄹ래요 ②

- 말하는 사람이 어떤 일을 하겠다는 의지, 의향, 의사가 있음을 나타낸다. 구어에서 많이 쓰이는 말로 친근한 사이에서 많이 사용하며 정중한 느낌을 주지는 않는다. 영어로는 'be going to' 혹은 'will'에 해당한다. 의문형으로 쓰면 상대방의 의향을 물어보는 것이다. (참고 12. 의견 묻기와 제안하기 05 V-(으)ㄹ래요? ①) 동사의 어간이 모음이나 'ㄹ'로 끝나면 '-ㄹ래요', 자음으로 끝나면 '-을래요'를 붙인다.

1 동사와만 쓸 수 있다.
2 일인칭 주어만 가능하다.

Unit 14. 배경과 설명

① A/V-(으)ㄴ/는데 ②
후행절에 대한 배경이나 상황을 나타내거나, 후행절의 소개에 대한 내용을 선행절에서 제시할 때 사용한다. 영어로는 'so/therefore' and 'and' 에 해당한다. 형용사와 결합할 때 어간이 모음으로 끝나는 경우는 '-ㄴ데', 어간이 자음으로 끝나는 경우는 '-은데'와 결합한다. 동사의 경우에는 '-는데'와 결합한다.

② V-(으)니까 ②
- 선행절의 행위를 한 결과 후행절의 사실을 발견하게 됨을 나타낸다. 영어로는 'when' 혹은 '(do) only to discover'에 해당한다. 어간이 모음으로 끝나면 '-니까'를, 어간이 자음으로 끝나면 '-으니까'를 쓴다. 발견의 '-(으)니까'는 동사하고만 결합한다.
- 결과(발견)를 나타내는 '-(으)니까' 앞에는 '-았'이나 '-겠' 등이 올 수 없다.

Unit 15. 목적과 의도

① V-(으)러 가다/오다
- 앞의 행동을 이룰 목적으로 뒤의 장소에 가거나 오는 것을 나타낸다. 영어로는 '(in order) to'의 뜻이다. 동사가 모음이나 'ㄹ'로 끝날 때는 '-러 가다/오다'를, 자음으로 끝날 때는 '-(으)러 가다/오다'를 쓴다.
- '-(으)러'는 항상 뒤에 '가다, 오다, 다니다' 같은 이동동사와 사용한다.
- 앞 문장의 동사로는 '가다, 오다, 올라가다, 내려가다, 들어가다, 나가다, 여행하다, 이사하다' 같이 이동을 나타내는 동사를 쓸 수 없다.

② V-(으)려고
- 말하는 사람의 의도나 계획을 나타낸다. 선행절의 행동을 할 의도를 가지고 후행절의 행동을 한다는 뜻이다. 영어로는 '(in order) to' 혹은 'so that'의 뜻이다. 동사의 어간이 모음이나 'ㄹ'로 끝날 때는 '-려고'를, 자음으로 끝날 때는 '-으려고'를 쓴다.

어디가 달라요 ?
- -(으)러: ① '가다, 오다, 다니다, 올라가다, 나가다' 같은 이동동사와 사용한다. ② -(으)러 다음에 오는 동사에는 현재, 과거, 미래 시제를 다 사용

할 수 있다. ③ -(으)ㅂ시다, -(으)세요'와 같이 쓸 수 있다.
- -(으)려고: ① 모든 동사와 사용할 수 있다. ② 뒤에 오는 동사에는 현재, 과거와 사용할 수 있지만, 의미상으로 볼 때 미래와 사용하면 어색한 문장이 된다. ③ -(으)ㅂ시다, -(으)세요'와 어울리지 않는다.

③ V-(으)려고 하다
주어가 어떤 일을 하고자 하는 의도나 계획이 있으나 아직 행위로 옮기지 않은 상태를 나타낸다. 영어로는 'plan to' 혹은 'intend to'의 뜻이다. 동사의 어간이 모음이나 'ㄹ'로 끝날 때는 '-려고 하다', 자음으로 끝날 때는 '-으려고 하다'를 쓴다. 한편 '-(으)려고 했다'는 '-(으)려고 하다'의 과거형인데 어떤 일을 계획했지만 그 계획이 실현되지 않았을 때 사용한다.

④ N을/를 위해(서), V-기 위해(서)
- 앞의 행위를 목적으로 뒤의 동작을 할 때 사용한다. 명사의 경우에는 '을/를 위해서'라고 쓴다. '위해서'는 '위하여서'의 준말인데 '서'를 빼고 '위해'라고 쓰기도 한다. 영어로는 'for the sake of' 혹은 '(in order) to'의 뜻이다. 동사일 경우에는 어간에 '-기 위해서'를 붙여 사용한다.
- '-기 위해서'는 형용사와 쓸 수 없다. 그러나 형용사에 '-아/어지다'가 붙어 동사가 되면 '-기 위해서'와 쓸 수 있다.

어디가 달라요 ?
- -(으)려고: '-아/어야 해요', '-(으)ㅂ시다', '-(으)세요', '-(으)ㄹ까요?' 와 사용할 수 없다.
- -기 위해서: '-아/어야 해요', '-(으)ㅂ시다', '-(으)세요', '-(으)ㄹ까요?' 와 사용할 수 있다.

⑤ V-기로 하다
1 다른 사람과 약속한 것을 나타낸다. 동사의 어간에 '-기로 했다'를 붙여 사용한다.
2 자신과의 약속 즉, 결심, 결정을 나타낼 때 쓰인다. 동사의 어간에 '-기로 했다'를 붙여 사용한다.

주의 !
'-기로 하다'는 주로 '-기로 했어요/했습니다' 같은 과거형으로 쓰이지만 현재형인 '-기로 해요'로 쓰이는 경우가 있다. 이때는 대화에서 어떤 내용을 약속하자는 뜻일 경우이다.

Unit 16. 조건과 가정

① A/V-(으)면
- 뒤의 내용이 사실적이고 일상적이고 반복적인

것에 대한 조건을 말할 때나, 불확실하거나 이루어지지 않은 사실을 가정할 때 쓴다. 영어로는 'if', 'when'의 뜻이다. 가정을 나타낼 때는 '혹시', '만일' 과 같은 부사와 쓸 수 있다. 동사의 어간이 모음이나 'ㄹ'로 끝나면 '-면', 자음으로 끝나면 '-으면'을 붙인다.

- '-(으)면' 앞에는 과거의 내용을 쓸 수 없다. 그리고 어떤 행동이 한 번 일어나는 경우일 때는 '-(으)ㄹ 때'를 쓴다.

주의!

선행절의 주어가 후행절의 주어와 다를 때 선행절의 주어에는 '은/는' 대신 '이/가'를 쓴다.

02 V-(으)려면

'-(으)려고 하면'의 준말이다. 동사와 함께 사용하며 앞 문장의 동작을 할 생각이나 의도가 있으면 뒤 문장의 동작이 전제되어야 함을 나타낸다. 그러므로 보통 뒤에 '-아/어야 해요/돼요', '-(으)면 돼요', '-(으)세요', '이/가 필요해요' '-는 게 좋아요' 같은 문법 형태가 많이 쓰인다. 영어로는 'if you want to' 혹은 'if your intention is to'의 뜻이다. 동사의 어간이 모음이나 'ㄹ'로 끝나면 '-려면', 자음으로 끝나면 '-으려면'을 사용한다.

03 A/V-아/어도

- 선행절의 행동이나 상태와 관계없이 후행절의 내용이 나타냄을 뜻한다. 영어로는 'even if' 혹은 'regardless whether'의 뜻이다. 어간의 모음이 'ㅏ, ㅗ'로 끝나면 '-아도', 나머지 모음으로 끝나면 '-어도'를 붙이며 '하다'로 끝난 동사는 '해도'로 바뀐다.

주의!

'-아/어도' 앞에 '어떻게 해도'의 뜻인 '아무리'를 써서 강조를 하기도 한다.

Unit 17. 추측

01 A/V-겠어요 ②

말할 때의 상황이나 상태를 보고 추측하는 표현으로 영어로는 'looks like', 'sounds' 혹은 'appears'에 해당한다. 동사와 형용사의 어간에 '-겠어요'을 붙여서 활용한다. 과거 추측의 경우 '-겠' 앞에 '-았/었'을 결합하여 '-았/었겠어요'가 된다.

02 A/V-(으)ㄹ 거예요 ②

- 근거가 되는 것을 보거나 듣거나 경험한 것을 바탕으로 말하는 사람의 추측을 나타내는 표현이다. 영어로는 'think' 혹은 'will'에 해당한다. 형용

사와 동사의 어간이 모음이나 'ㄹ'로 끝나면 '-ㄹ 거예요', 자음으로 끝나면 '-을 거예요'를 붙인다. 과거 추측의 경우 '-(으)ㄹ거예요' 앞에 '-았/었'을 결합하여 '-았/었을 거예요'를 쓴다.

- 추측을 나타내는 '-을 거예요'는 의문문으로 쓸수 없다. 의문문으로 나타낼 때는 '-(으)ㄹ까요?'를 사용한다.

03 A/V-(으)ㄹ까요? ③

아직 일어나지 않은 상태나 행동에 대해 추측하며 질문할 때 쓰는 표현이다. 영어로는 'I wonder if...?' 혹은 'Do you think...?'에 해당한다. 대답으로는 '-(으)ㄹ 거예요', '-(으)ㄴ/는 것 같아요'를 많이 쓴다. 형용사와 동사의 어간이 모음이나 'ㄹ'로 끝나면 '-ㄹ까요?', 자음으로 끝나면 '-을까요?'를 붙인다. 과거 추측의 경우, '-(으)ㄹ까요?' 앞에 '-았/었'을 결합한 형태인 '-았/었을까요?' 쓴다.

04 A/V-(으)ㄴ/는/(으)ㄹ 것 같다

1 여러 상황으로 미루어 과거에 일어났다고 추측하거나 아직 일어나지 않은 상태나 행동에 대해 추측할 때 쓰는 표현이다. 영어로는 'looks/sounds like' 혹은 'appears that'에 해당한다. 형용사 현재와 동사 과거는 '-(으)ㄴ', 동사 현재는 '-는', 동사 미래는 '-(으)ㄹ'과 각각 결합한다.

2 화자의 생각이나 의견을 완곡하게 말하는 표현으로 강하거나 단정적으로 말하지 않고 부드럽고 공손하게 표현할 때 사용한다.

주의!

- '-(으)ㄴ 것 같다'는 '-(으)ㄹ 것 같다'보다 좀 더 직접적이고 확실한 근거가 있을 때 사용하고 '-(으)ㄹ 것 같다'는 간접적이고 막연한 추측일 때 사용한다.

- 오늘 날씨가 더운 것 같아요. (사람들이 더워하는 모습을 보거나 자신이 밖의 더위를 경험하고 나서 말하는 추측)

- 오늘 날씨가 더울 것 같아요. (어제 날씨가 더웠으니 오늘도 더울 것 같다든지 하는 막연한 추측)

어디가 달라요?

- -겠어요: 근거나 이유 없이 그 상황에서의 직관적이고 순간적인 추측

- -(으)ㄹ 거예요: 근거가 있는 추측으로 화자만 추측에 대한 정보를 가지고 있을 때 사용한다.

- -(으)ㄴ/는/(으)ㄹ 것 같다: 직관적이고 주관적인 추측으로 근거나 이유가 있을 때와 없을 때 모두 사용 가능하다. 어떤 것을 단정적으로 말하지 않고 완곡하게 말할 때 사용한다.

Unit 18. 품사 변화

① 관형형 -(으)ㄴ/-는/-(으)ㄹ N

동사나 형용사에 붙어 명사를 꾸며 주는 역할을 한다. 영어로는 'that' 혹은 'who'에 해당한다. 형용사 현재와 동사 과거에는 '-(으)ㄴ', 동사 현재에는 '-는', 동사 미래에는 '-(으)ㄹ'이 각각 온다. 부정형의 경우 형용사는 '-지 않은'과 결합하고 동사의 경우 '-지 않는'과 결합한다.

> **주의!**
> 형용사를 두 개 이상 연결할 때는 마지막에 나오는 형용사만 관형형으로 바꾼다.

② A/V-기

동사와 형용사 뒤에 붙어 명사로 만드는 역할을 한다. 영어로는 '-ing'에 해당한다. 문장 안에서 주어나 목적어 등 다양한 문장 성분으로 쓰일 수 있다. 동사나 형용사 어간에 '-기'를 붙여서 명사형으로 만든다.

> **주의!**
> '-기'는 몇몇 조사와 결합하여 문장에서 주어, 목적어, 부사어 등으로 쓰인다.

③ A-게

뒤에 나오는 행위에 대한 목적이나 기준, 정도, 방식, 생각 등을 나타내며 문장에서 부사의 기능을 한다. 영어로는 'in a ~ manner' 혹은 '-ly'에 해당한다. 형용사 어간에 '-게'를 붙여서 부사로 만든다.

> **주의!**
> ① 일반적으로 형용사의 부사형은 어간에 '-게'를 붙여 만드는데, '많다'와 '이르다'는 '많게', '이르게'보다는 '많이'와 '일찍'을 주로 쓴다.
> ② 부사로 만들 때 '-게' 형태와 또 다른 형태 두 가지를 다 사용하는 것도 있다.

④ A-아/어하다

- 일부 형용사 뒤에 붙어 그 형용사를 동사로 만드는 역할을 하는데 화자의 심리나 느낌이 행동이나 겉모습으로 표현된다. 영어로는 'appears (to be)' 혹은 'seems'에 해당한다. 어간의 모음이 'ㅏ,ㅗ'로 끝나면 '-아하다', 그 외의 모음으로 끝나면 '-어하다'가 오며, '하다'로 끝난 동사는 '-해하다'로 바뀐다.
- 형용사 어간에 '-지 마세요'가 붙는 경우 '-아/어하지 마세요'의 형태가 된다.

> **주의!**
> '예쁘다', '귀엽다'에 '-아/어하다'를 결합한 형태인

'예뻐하다', '귀여워하다'는 아끼고 좋아한다는 의미이다.

Unit 19. 상태를 나타내는 표현

① V-고 있다 ②

'입다, 신다, 쓰다, 끼다, 벗다' 등의 착용동사에 붙어 그러한 행동이 끝난 결과가 현재 계속되고 있는 상태임을 나타낸다. 영어로는 'is ~ing'에 해당한다. 같은 의미로 완료 상태를 나타내는 과거형 '-았/었어요'를 사용하기도 한다.

② V-아/어 있다

동작이 끝난 후에 그 상태가 계속되고 있음을 나타낸다. 영어로는 'is ~ed/~ing'의 뜻이다. '열리다, 닫히다, 켜지다, 꺼지다, 떨어지다, 놓이다' 등의 피동사와 결합되어 사용되는 경우가 많다.

> **주의!**
> ① '입다, 신다, 쓰다 ……'와 같은 착용동사일 경우에는 '입어 있다, 신어 있다, 써 있다 ……'라고 하지 않고 이때는 '-고 있다'를 사용해서 '입고 있다. 신고 있다. 쓰고 있다'라고 한다. ② '-아/어 있다'는 목적어가 필요 없는 동사와만 쓴다.

> **어디가 달라요?**
> - -고 있다: 지금 동작이 진행되고 있음을 나타낸다.
> - -아/어 있다: 동작이 끝난 후에 그 상태가 계속됨을 나타낸다.

③ A-아/어지다

시간이 지나면서 어떤 상태로 변화함을 나타낸다. 영어로는 'become' 혹은 'turn'의 뜻이다. 어간이 'ㅏ,ㅗ'로 끝날 때는 '-아지다'를, 그 외의 모음으로 끝날 때는 '-어지다'를, '하다'로 끝날 때는 '해지다'를 붙인다.

> **주의!**
> ① 항상 형용사와 함께 쓴다. 동사와는 같이 사용하지 않는다.
> ② 과거의 어떤 행동 결과 변화된 현재의 상태를 나타낼 때는 과거형 '-아/어졌어요'를 쓰고, 일반적으로 어떤 행동을 할 경우 변화된다는 뜻일 때는 현재형 '-아/어져요'를 쓴다.

④ V-게 되다

어떤 상태에서 다른 상태로 변화하거나 주어의 의지와 관계없이 다른 사람의 행위나 환경에 의해서 어떤 상황이 되었음을 나타낸다. 동사 어간에 '-게 되

다'를 붙여 사용한다. 영어로 'became', 'came to (be/do)', 'has been decided'의 뜻이다.

Unit 20. 정보 확인

01 A/V-(으)ㄴ/는지

- 어떤 정보를 필요로 하는 문장과 뒤의 동사를 결합할 때 사용하는 연결어미이다. 영어로 'who/what/where/when/how/whether+CLAUSE'라고 표현한다. 이때 뒤에는 주로 '알다, 모르다, 궁금하다, 질문하다, 조사하다, 알아보다, 생각나다, 말하다, 가르치다……' 등의 동사가 온다.
- 형용사 현재일 때 어간이 모음이나 'ㄹ'로 끝나면 '-ㄴ지' 자음으로 끝나면 '-은지'를 쓴다. 동사 현재일 때는 동사 어간에 '-는지'를 붙인다. 형용사나 동사의 과거일 경우에는 '-았/었는지'를 동사 미래의 경우에는 '-(으)ㄹ 건지'를 붙인다.

주의 !

'-는지'는 다음과 같은 여러 형태로 쓰인다.
① '의문사+V(으)ㄴ/는지'의 형태
② 'V1-(으)ㄴ/는지 V2-(으)ㄴ/는지'의 형태
③ 'V1-(으)ㄴ/는지 안 V1-(으)ㄴ/는지'의 형태

02 V-는 데 걸리다/들다

동사 뒤에 붙어 어떤 일을 할 때 돈, 시간, 노력이 쓰이는 것을 나타낼 때 사용한다. 영어로는 'takes/requires/costs ... to (do)'의 뜻이다. 동사의 어간에 '-는 데 들다/걸리다'를 붙여 사용한다. 소요시간을 나타낼 때는 '-는 데 걸리다' 소요비용을 나타낼 때는 '-는 데 들다'를 사용한다.

03 A/V-지요?

화자가 알고 있는 사실을 청자에게 다시 물어서 확인하거나 동의를 구하기 위해 물어볼 때 사용하는 표현이다. 영어로는 'Isn't/Aren't……?' 혹은 'Don't/Doesn't……?'의 뜻이다. 형용사, 동사 현재일 때는 '-지요?' 형용사, 동사 과거일 때는 '-았/었지요?' 동사 미래일 때는 '-(으)ㄹ 거지요?'를 쓴다. 구어체에서 '-지요?'를 줄여 '-죠?'라고 말하기도 한다.

Unit 21. 사실 발견과 감탄

01 A/V-군요/는군요

자신이 직접 경험하거나 다른 사람에게서 들어 새롭게 알게 된 사실에 대해 그 상황에서 감탄이나 놀라움을 표현할 때 사용한다. 영어로는 'I see (that)', 'indeed', 'how' 혹은 'simply an exclamation point'에 해당한다. 형용사와 결합할 때는 '-군요'가 오고,

동사와 결합할 때는 '-는군요'가 오며 명사와 결합할 때는 '-(이)군요'가 온다. 과거의 경우에는 '-았/었군요'와 결합한다.

주의 !

'-군요'의 반말 형태로는 형용사일 경우, '-구나/-군'을 쓰고 동사일 경우, '-는구나/-는군'를 쓴다. 또, 명사일 경우는 '-(이)구나/(이)군'과 결합한다.

02 A/V-네요

- 자신이 직접 경험한 것을 통해 새롭게 알게 된 사실에 대해 감탄이나 놀람을 나타내거나 다른 사람의 이야기를 듣고 동의할 때 나타내는 표현이다. 형용사, 동사 어간에 '-네요'가 결합한다. 영어로는 'certainly', 'wow', 혹은 'My(!)'에 해당한다.

어디가 달라요 ?

- -군요: ① 주로 책이나 글 등 문어체에서 사용한다. ② 자신이 직접 경험하거나 다른 사람에게서 들어 새롭게 알게 된 사실에 대해 감탄이나 놀라움을 표현할 때 사용한다.
- -네요: ① 주로 일상 대화에서 많이 쓰인다. ② 나의 직접 경험을 통하여 새롭게 알게 된 사실이 아닌 경우에는 쓸 수 없다.

Unit 22. 다른 종결 표현

01 A-(으)ㄴ가요?, V-나요?

상대방에게 친절하고 부드럽게 질문할 때 쓰는 표현이다. 영어로는 'Is/Were there...?', 'Is/Was it...?', 'Are/Were you...?' 혹은 'Do/Did you...?'에 해당한다. 형용사의 경우, 형용사의 어간이 모음으로 끝나면 '-ㄴ가요?', 자음으로 끝나면 '-은가요?'와 결합하고, 동사의 경우 동사 어간에 '-나요?'를 결합한다.

02 A/V-(으)ㄴ/는데요

1 대화에서 상대방의 말에 대해 동의하지 않거나 반대되는 생각을 나타낼 때 사용한다. 영어로는 'well (in my case)'에 해당한다. 형용사의 경우, 어간이 모음으로 끝나면 '-ㄴ데요', 자음으로 끝나면 '-은데요'와 결합하고, 동사의 경우 '-는데요'와 결합한다.
2 어떤 상황에서 상대방의 반응을 기다리거나 기대하며 말할 때 사용한다. 영어로는 '...and?' 혹은 '...but?'에 해당한다.
3 어떤 장면을 보면서 알게 되거나 느낀 사실에 대해 다소 놀랍거나 의외라는 뜻으로 감탄하듯이 말할 때 사용한다. 영어로는 '(I'm surprised to learn that...) is so...'에 해당한다.

Unit 23. 인용문

01 직접 인용

- 직접 인용은 글이나 생각 혹은 누군가의 말을 따옴표(quotation mark 「 」) 안에 넣어 그대로 인용하는 것을 말한다. 따옴표 다음에는 '하고/라고 동사'가 온다. 질문을 할 때는 「무엇을 말했어요?, 무엇을 썼어요?」와 같이 '무엇을'이라고 하지 않고 '뭐라고'라고 한다. 즉, 「카일리 씨가 뭐라고 말했어요?」와 같이 쓴다. '하고/라고' 다음에는 '이야기하다, 물어보다, 말하다, 생각하다, 쓰다' 등이 오는데 이와 같은 동사 대신 '하다'나 '그러다'로 쓸 수 있다.

> **주의!**
> ① 따옴표 안의 말이 '하다'로 끝났을 때 뒤에는 '하고 했어요'를 쓰지 않는다. 또한 '하고' 다음에 오는 동사도 '하다'를 피하는 것이 좋다. 이는 '하다'가 여러 번 중복되면 어색하게 들리기 때문이다.
> ② 인용되는 문장 다음에 오는 '하고'와 '라고'는 같이 쓰이지만 약간의 뉘앙스 차이가 있다. '하고'가 붙은 인용 문장은 '라고'의 경우와는 달리 억양이나 표정, 감정까지 그대로 인용되는 느낌이 있다. 따라서 의성어나 동화·옛날이야기와 같이 생생한 느낌을 전달해야 하는 경우 '하고'가 쓰인다. 일상적인 대화나 글에서는 대체로 '라고'가 많이 쓰인다.

02 간접 인용

- 간접 인용은 글이나 생각 혹은 누군가의 말을 따옴표(quotation mark 「 」) 없이 인용하는 것으로, 따옴표 안의 문장의 종류, 시제, 품사 등에 따라 형태가 달라진다. 따라서 직접 인용보다 형태가 많고 복잡하다. 인용하고자 하는 문장의 형태를 바꾼 후 '-고'를 붙이고 '말하다, 물어보다, 전하다, 듣다' 등의 동사를 쓴다. 이때 이들 동사는 '하다'나 '그러다'로 대신할 수 있다.
- 청유형과 명령형의 간접 인용문의 부정형은 각각 '-지 말자고 하다', '-지 말라고 하다'가 된다.
- 1인칭의 '나/내' 혹은 '저/제'는 인용문에서 '자기'로 바뀐다.

> **주의!**
> 인용되기 전의 원래 문장이 '주세요' 혹은 '-아/어 주세요'로 끝나면 간접 인용문은 '달라고 하다', '-아/어 달라고 하다'나 '주라고 하다', '-아/어 주라고 하다'가 된다. 말하는 사람이 자신에게 해 줄 것을 부탁하는 경우에는 '달라고 하다'나 '-아/어 달라고 하다'가 되고 말하는 사람이 듣는 사람에게 제 3자를 도와 줄 것을 부탁하는 경우 '주라고 하다'나 '-아/어 주라고

하다'가 된다.

03 간접 인용 준말
간접 인용은 줄어든 형태로도 많이 쓰이는데, 보통 구어에서 많이 사용한다.

Unit 24. 불규칙 용언

01 'ㅡ' 불규칙
어간이 'ㅡ'로 끝나는 동사나 형용사는 모음 '-아/어'로 시작하는 어미가 올 때 예외 없이 'ㅡ'가 탈락한다. 'ㅡ'가 탈락하고 나면 'ㅡ' 앞의 모음이 무엇이냐에 따라 뒤에 오는 모음도 달라진다. 즉, 'ㅡ' 앞의 모음이 'ㅏ, ㅗ'이면 'ㅏ'가 오고, 그 외의 모음은 'ㅓ'가 연결된다. 그리고 어간이 한 음절인 경우 'ㅡ'가 탈락하고 'ㅓ'가 온다.

02 'ㄹ' 불규칙
- 어간이 'ㄹ'로 끝나는 동사나 형용사는 예외 없이 'ㄴ, ㅂ, ㅅ' 앞에서 'ㄹ'이 탈락한다. 'ㄹ'로 끝나는 동사와 형용사는 '-으'로 시작하는 어미와 결합할 때 'ㄹ'이 받침으로 있지만 'ㄹ'은 자음보다는 모음으로 취급되어 '-으'가 오지 않는다.
- 'ㄹ'로 끝나는 형용사나 동사 다음에 '-(으)ㄹ 때, -(으)ㄹ게요, -(으)ㄹ래요?' 등과 같이 '-(으)ㄹ'가 올 때, '-(으)ㄹ'이 없어지고 어미가 결합한다.

03 'ㅂ' 불규칙
- 'ㅂ'으로 어간이 끝나는 일부 동사와 형용사가 모음으로 시작하는 어미를 만나면 'ㅂ'이 '오'나 '우'로 바뀐다. '아/어'가 올 때 '오'로 바뀌는 동사는 '돕다, 곱다' 두 개만 있고 다른 단어는 모두 '우'로 바뀐다.
- 어간이 'ㅂ'으로 끝나지만 '좁다, 입다, 씹다, 잡다' 등은 규칙 활용을 한다.

04 'ㄷ' 불규칙
- 어간이 'ㄷ'으로 끝나는 일부 동사 다음에 모음으로 시작하는 어미가 올 경우 'ㄷ'이 'ㄹ'로 바뀐다.
- 어간이 'ㄷ'으로 끝나지만 '닫다, 받다, 믿다'는 규칙이다.

05 '르' 불규칙
어간이 '르'로 끝나는 대부분의 동사와 형용사 다음에 모음 '아/어'로 시작하는 어미가 오면 '르'의 'ㅡ'가 탈락하고 'ㄹ'이 붙어 'ㄹ ㄹ'이 된다.

06 'ㅎ' 불규칙
- 어간이 'ㅎ'으로 끝나는 형용사가 뒤에 모음으로 시작하는 어미 앞에서 'ㅎ'이 탈락하는 현상이다.

1 'ㅎ' 형용사의 어간이 뒤에 '-아/어'를 제외한 모음으로 시작하는 어미가 오면 'ㅎ'이 탈락한다.
2 'ㅎ' 형용사의 어간 뒤에 '-아/어'로 시작하는 어미가 오면 'ㅎ'은 없어지고 어간에 'ㅣ'가 덧붙는다. '좋다, 많다, 낳다, 놓다, 넣다' 등은 어간이 'ㅎ'으로 끝나지만 규칙 활용을 한다.

주의!

'이렇다, 그렇다, 저렇다, 어떻다' 다음에 '-아/어'로 시작하는 어미가 오면 '이레, 그레, 저레, 어떼'가 되지 않고 '이래, 그래, 저래, 어때'처럼 활용한다.

07 'ㅅ' 불규칙

- 어간이 'ㅅ'으로 끝나는 일부 동사와 형용사 다음에 모음으로 시작하는 어미가 올 경우 'ㅅ'이 탈락한다.
- 어간이 'ㅅ'로 끝나지만 '벗다, 웃다, 씻다' 등은 규칙이다.

주의!

한국어에서 모음이 겹쳐질 때는 대부분 축약을 한다. (배우+어요 → 배워요) 그러나 'ㅅ' 불규칙의 경우 'ㅅ'이 탈락하고 나면 모음이 겹쳐지는데 이 경우에는 모음 축약되지 않는다.

文法索引

台灣廣廈 國際出版集團
Taiwan Mansion International Group

國家圖書館出版品預行編目（CIP）資料

我的第一本韓語文法【初級篇：QR碼修訂版】/安辰明、李炅雅、韓厚英著.
-- 2版. -- 新北市：國際學村出版社, 2022.08
　　面；　公分
ISBN 978-986-454-225-3(平裝)

1.CST: 韓語 2.CST: 語法

803.26　　　　　　　　　　　　　　　　　111007840

 國際學村

我的第一本韓語文法【初級篇：QR碼修訂版】

作　　者／安辰明、李炅雅、韓厚英	編輯中心編輯長／伍峻宏
審　　定／楊人從	編輯／邱麗儒
譯　　者／李郁雯	封面設計／林珈仔・內頁排版／菩薩蠻數位文化有限公司
	製版・印刷・裝訂／東豪・弼聖・紘億・明和

行企研發中心總監／陳冠蒨　　　　線上學習中心總監／陳冠蒨
媒體公關組／陳柔彣　　　　　　　產品企製組／黃雅鈴
綜合業務組／何欣穎

發　行　人／江媛珍
法律顧問／第一國際法律事務所 余淑杏律師・北辰著作權事務所 蕭雄淋律師
出　　版／國際學村
發　　行／台灣廣廈有聲圖書有限公司
　　　　　地址：新北市235中和區中山路二段359巷7號2樓
　　　　　電話：（886）2-2225-5777・傳真：（886）2-2225-8052

代理印務・全球總經銷／知遠文化事業有限公司
　　　　　地址：新北市222深坑區北深路三段155巷25號5樓
　　　　　電話：（886）2-2664-8800・傳真：（886）2-2664-8801
郵政劃撥／劃撥帳號：18836722
　　　　　劃撥戶名：知遠文化事業有限公司（※單次購書金額未達1000元，請另付70元郵資。）

■出版日期：2022年08月　　ISBN：978-986-454-225-3
　　　　　2024年9月6刷　　版權所有，未經同意不得重製、轉載、翻印。